講談社文庫

架空通貨

池井戸 潤

講談社

目次

架空通貨

第一章　霧

1

午後四時頃から宵にかけ、街を濡らしたのは蜘蛛の糸を垂らしたような小糠雨《こぬかあめ》だった。少し気温が下がったのか、いま窓から見える住宅街には霧がたちこめ、輪郭も朧《おぼろ》な屋根の上空に星は見えない。遠くの鉄塔で明滅を繰り返している赤いライトは、音もなくふわりと点灯したかと思うと、すっと消える。オンとオフしかない単調なリズムに合わせ、霧は様々な様態にその姿を変える。不思議な磁力が視線を引き寄せ、時間を忘れさせて感覚を翻弄する。それを、吸い込まれそうになる夜だ。蒸し暑いだけの一日の終わりに訪れた非日常的な光景。それを、雑然とした中馬込《なかまごめ》界隈にある自宅マンションから眺めている自分がいる。

この霧の向こうから謎めいたメッセージを携えた使者がやってくる。それがさらに非日常的な世界へと俺をからめとっていく——。

辛島《からしま》武史は込み上げてきた笑いに声もなく肩を揺すった。

想像するなんてことは随分長く忘れていた。幻想が幻想を生む。濃霧に支配された景色が辛島をありもしない想像へ駆りたて、冴えない現実にどっぷりと浸かった日常生活から解放されるような錯覚を覚えさせる。

しかし、辛島の想像は長くは続かなかった。

リビングで電話が鳴りだしたからだ。

時計を見上げる。ちょうど、七月二十六日から二十七日へ日付が変わる頃だった。

「黒沢です」

女の声が名乗った。

辛島は落ち着いた声の主を求めて記憶の底をさぐり、漸《ようや》く該当する名前と顔をひとつ思いついたが、それは「ああどうも」という曖昧な返事をした後だった。

間の抜けた対応をした自分に苛立ち、もう一度、壁の時計に目を向ける。頭上では旧型のエアコンが盛大に振動していた。肌に直接吹きつけてくる風の冷たさに、辛島はガラステーブルの上にあったリモコンをとってスイッチを切る。部屋は静かになった。

「近くまで来てるんですけど、ちょっといいですか」

黒沢麻紀は遠慮がちにきいた。

何時だと思ってんだ、という言葉を辛島は呑み込む。分別のない生徒ではない。

コードレスの受話器を持ったまま書斎として使っている部屋に戻り、伏せておいた本にしおりを挟んだ。閉じてテーブルの脇に置く。

「いまどこだ」

「中馬込第一公園」

マンションの目と鼻の先にある小さな公園の名を告げた。住所録で調べてきたのだろうか。再び窓の外へ視線を向けた。霧がたなびくベールの向こうに、植樹のてっぺんだけ夜間の照明に光を当てられた公園が見える。

「ひとりか」

「ええ」

辛島はため息をついた。

「そこにいてくれ」

「すみません」

わざわざ自宅近くまで来たのに追い返すわけにもいかず、パジャマ代わりのジャージを脱いでポロシャツに袖を通す。洗いたてのコットンパンツにジョギング・シューズを履いてひとり住まいの2LDKを出た辛島は、出がけに、車で送ることになることも考えて財布とキーをポケットに入れた。駐車場はマンションの裏手だ。財布には免許証が入っていた。

霧のたちこめた道を、足早に数分、歩いた。中馬込第一公園は、住宅街にあるちっぽけな公園だ。ブランコと滑り台、おきまりのジャングル・ジムに砂場。中央に老人がゲートボールを楽しめるだけのスペースがあって、観客席は四隅の二人掛けベンチ。昼間は子供連れの母親と老人でにぎわうが、夜は訪れるカップルもなくひっそりとしている。

入り口まで行くと、白いワンピース姿の黒沢麻紀が立っていた。街灯の下に佇《たたず》んでいる姿は、主演女優が舞台に立っているような大人びた落ち着きがある。派手な格好ではない。顔もそれほど美人というわけではないが、一本芯が通った性格は表情を見ればわかる。麻紀は、近づいてくる辛島に気づくと自分もゆっくりと歩み寄ってきた。

「これ、前に借りた本。どうもありがとうございました」

頭を下げ、差し出したのは近代日本史の本だ。辛島が所蔵していた全集の一巻だが、本を黒沢麻紀に貸しているという事実だけはかろうじて記憶にとどめていた。書棚のその部分だけスペースが空いたままになっているからだ。そうでなければ忘れていた。

本には、女子高生らしいかわいい絵柄のカバーがかけられていた。内容はそれとは正反対に地味で専門的な近代史で、高校二年生が読みこなすには少々手こずったはずだ。

辛島は本から麻紀に視線を移した。

「面白かったけど、ちょっと難しかった」

「なるほど。で、なんだ」

この常識外れの時間に訪ねてきた本当の理由。ただ本を返すためだけに彼女が訪ねてきたとは考えられない。

　思ったとおり、思い詰めた横顔を見せた。

「あのな、黒沢――」

　言いかけて口を噤む。麻紀の瞳が揺れたからだった。泣いているのか。それが余り突然だったので、辛島は口ごもった。

「遅くにすみませんでした」

「ちょっと待て」

　脇をすり抜けようとする麻紀の華奢な二の腕を摑む。振り返った麻紀の髪が肩のところで翻り、頑なな瞳が辛島の背後にある国道を向いた。

「俺になにか話があったんじゃないか」

　麻紀は薄っぺらな胸を上下させただけで応えなかった。

「本のためだけにわざわざここまで来たわけじゃないと思うけどな。家の人には言ってきたのか」

　返事はない。

「お茶でも飲もうか。近くにファミレスがある」

　返事を聞かず、辛島は歩きだした。すごすごとついてくる麻紀の数メートル前を歩きながら、なんだか妙なことになったものだと、辛島は思っていた。

辛島は彼女のクラスの副担任だが、教師と一定の距離を置くタイプの黒沢麻紀と特に親しかったわけではない。数人の生徒たちと談笑しつつ、ふと目を上げると、冷ややかに見つめている視線とぶつかる。それが黒沢麻紀だった。優秀だが扱いにくい生徒、というのが職員室での評判だ。

ガラスのドアを二枚くぐって、がらがらの店内に入った。

「タバコはお吸いになりますか」

「吸います」

店員の質問に麻紀が応えた。

「おい」

「生徒だっていらいらすることもあるのよ。先生も吸う?」

辛島は人目を気にしてから首を横に振る。

窓際の席で、麻紀は鞄から出したセーラムライトの封を切った。パッケージをはがす指先は少し迷ってセロハンの端をつまむ。最初の一本を箱から出すのに手こずり、灰皿の中にあったブックマッチで火をつけた。吸い方はぎこちない。

「なにがあった」

コーヒーを二つ注文してから、タバコを灰皿の底に押しつけた麻紀に問いかけた。

「別に、なにをどうしたくて先生に会いに来たわけじゃない」

ニコチンが回って頭がくらくらするのか、顔をしかめた麻紀は辛島の質問に応えるかわり、指先でこめかみを軽く揉む。

「ただ、自分でもどうしていいかわからなくなっただけ。相談しても仕方がないのはわかっているんだけど、それでも顔を見てみたいってこと、あるでしょ。先生って、精神安定剤みたいなところがあるのよ。見ていて安心するっていうか」

「そう誉めるなよ」

相談しても仕方がないという言葉には引っかかったが、相談されても力になれるという保証もないので辛島も茶化す。へらへらした態度に余計、自分が嫌いになった。教師になってからの辛島はいつもこんな調子だ。

「大丈夫なのか」

麻紀はこっくりとうなずいた。

「たぶんね」

女子高生と付き合うコツは距離を詰めすぎないことだ。そして与えられたピエロの役柄を忠実に演じること。学校という新しい職場で学んだ処世術は少し悲しい。

辛島は始まったばかりの夏休みに話題を移した。

「休みはどうだ」

「暇と言えば暇、忙しいといえば忙しい。いろいろあってさ」

そう表現した麻紀は、テーブルの端においたタバコにはもう手をつけようとしない。髪をかき上げる仕草にも、吸い殻の転がった灰皿を見つめる視線にも、いつもの強気な黒沢麻紀を感じることはできなかった。どこかちぐはぐで、頼りなく見える。途切れがちな会話を持て余した辛島は、間を埋める話題を探した。だが、何をきいても麻紀からは気のない言葉しか返ってこない。しばらくそんなぎくしゃくした会話を続け、いい加減、自分の道化ぶりにばかばかしさと苛立ちを感じ始めたとき、麻紀が口を開いた。

「ひとつきいていい？　先生、前は商社に勤めてたって、ほんと？」

辛島は麻紀を見た。昨年の十月まで、辛島は東京第一物産に勤務していた。一部上場の総合商社だ。麻紀は探るような目を向けている。

「シャサイについて詳しい？」

シャサイが社債だと気づくまでコンマ何秒かの間が必要だった。

「またどうして」

「いいじゃない、別に。基本的なことでいいから教えて」

今度探るような目になったのは辛島のほうだった。しかし、理由はきかないで欲しい、そう麻紀の顔には書いてあった。

「要するに社債っていうのは、会社の借金さ。国債といえば国の借金。電力債は、電力会社の借金。金融債といえば銀行の借金。その借金に誰が応じるのか、どうやって集めるのか、どうやって返すのかによっていろんな種類がある」

「返済の期日ってあるよね」

「そりゃあるさ。社債の場合は償還《しょうかん》というけどね。出世払いじゃあるまいし、催促なしのある時払いなんて都合のいい話はせいぜい親から借金するときぐらいさ」

「その期日の前に返したりすることはないの」

辛島はじっと少女の瞳を覗き込んだ。黒沢麻紀が何を抱え込み、何を悩んでいるのか想像もつかない。

「期前償還《きぜんしょうかん》か。無いことはない。期日前に会社が買い戻すことはあるかも知れん。だけどそれは例外だろうな」

「交渉してもダメかな」

辛島は、黒沢麻紀と自分とを隔てた壁の厚みを感じた。

「どんな事態であっても交渉だけなら、いくらでもできるさ。でもどうしてそんなことをきく」

「ちょっと気になっただけよ」

麻紀は開きかけた心の扉を再び閉じ、強張った表情で話題を変える。

「商社ではどんなことしてたの」

辛島はテーブルに乗りだした体を背もたれに戻した。

「企業の信用調査」

重い気分で答えた。あまり好ましい話題ではない。

「具体的にどんな仕事をするの」

「取引先企業の財務内容を調べる仕事だ。相手にヒアリングしたり、財務内容や様々な経営環境を分析して報告をまとめるわけだ」

「それって面白い？」

麻紀の口調に皮肉なものが混じる。放っておかれたタバコに手が伸びて一本を抜いた。

「いろんな事実からある会社が置かれている状況をあれこれ推理するわけだから、それ自体は実に面白い仕事だと思うね」

「要するに他人の財布を覗き見るわけでしょ。お金のためにそんなことまでするの」

辛島は少し驚いて麻紀を観察した。彼女の中にくすぶっている根本的な疑問に気がついたからだ。正義、倫理、道徳。そんな疑問を辛島自身何度か抱いたことがある。だが、皆捨てた。

「ビジネスでは必要なことなんだよ。相手の懐《ふところ》事情を知らないと取引できない」

「必要なことだったんならなんで辞めたの。仕事も面白かったんでしょう」

理解できないという顔になった。辛島の胸がちくりと痛んだ。

「リストラで俺のいた調査部門が縮小されたんだ」

麻紀は目を見開き、小さくごめんなさい、と言った。

「まさか、そういう事情だとは思わなかったんだ」

「いいさ。もうこうして新しい働き口を見つけている」

だが、厳密に言うと、リストラされたかのように話したのは嘘だった。部門を縮小すると聞き、人事部はひそかに調査部員を退職勧告組と出向組、そして残留組に色分けしたと聞いた。辛島は残留組だったが、旧態依然とした大商社の体質に不満を抱いていたこともあって、同時に募集していた「希望退職」に手を挙げたのだ。外資系格付機関からアナリストとしての誘いもあった。そこなら自分の実力を存分に発揮できると考えて転職を企てたのだ。多少の慰留はあるかと予想していた希望退職はあっさりと認められ、辛島は東京第一物産を退職した。ところが、直後になって予想外の事態になった。入社予定の外資系企業が突如日本からの撤退を決め、支社を閉鎖してしまったのである。

人生の歯車は、このとき狂いはじめた。

辛島は受け皿を失った。失業したのだ。

待っていたのは、職安通いと新聞の人材募集広告を見ては履歴書を送り、人事面接を繰り返す日々だ。何社かまとまりかけたところもあるが、三十五という年齢、給与などの条件面で折り合わず、新しい働き口はそう簡単には見つからなかった。

妻の加代から離婚を切り出されたのはそんなときだ。信じられなかった。しかし、商社時代に家庭を顧みなかった辛島は、妻に恋人がいたことにも気がつかなかった。

職の無い焦りと家庭でのごたごたが辛島の神経をすり減らし、生きる気力を削いでいった。離婚に際し、娘の養育費も何もいらないという妻の言葉はかえって辛島を混乱させ、懊《おう》悩《のう》させた。恋人との新生活では辛島が直面しているような経済的な不安もないのだ。そのことは辛島のプライドをもズタズタに切り刻んだ。

どうでもいい。

疲れ果てた辛島は抗弁する気力も失せ、離婚届に捺印し職探しも止めた。同時に、十年以上もの間、アナリストという仕事を続けていられたのは、家族という支えがあったからだと思い知らされたのだった。

いま、辛島が勤務している私立共成高校は、高校時代に在籍していた運動部の先輩が理事を務めている。古い友人にひっぱられて行った高校のOB会で再会したその先輩は、辛島の現況をきいて救いの手をさしのべてくれたのだった。同じく高校教師をしていた父の影響で、大学時代に教職課程を履修していたことがこのときばかりは幸いした。

正直、社会科教師という仕事は、気が進まない。だが、断る理由も見当たらなかった。結局、どうでもいい、とそのときも思った。本音だ。アナリストに戻ろうという気力もすでになくなっている。このときも、そしていまも辛島には生きる目的といえるものが何もない。

無気力。いまの辛島を一言で言い表せばこの言葉がぴったりだ。

「苦しかった？」

麻紀の質問に、辛島はコーヒーを一口すすって、まあな、と無愛想に応えた。すさんだ精神状態と、それまでの住まいの売却代金で買い換えた中馬込のマンションで始めた味気ない一人暮らし。残高が減っていく預金通帳を眺めながら、ただ呼吸をしているだけの日々を過ごしていると、生きているより死んだほうが楽だろうと思うことすらあった。

「苦しかったね」

辛島は麻紀から顔をそらしてため息混じりに認めた。麻紀の視線が横顔に当たっている。返事はなく、代わりに白いキャンバス地の鞄を引き寄せるのが見えた。

「なんかここ寒い」

彼女は右手で左腕をさする。ノースリーブのワンピースから白い二の腕が出ていて、先ほど彼女の腕を摑んだときの華奢な感覚が手によみがえった。辛島は丸められてプラスチックのスタンドに入れられているレシートを抜いた。

「遅くなったな」

駐車場には、来たときと同じぐらいの車の数しか入っていない。甲高いバイクの排気音が夜空のどこかでくすぶっている。麻紀は、辛島が支払いを済ませる間に、生暖かい夜気が居座っている店の外に出て待っていた。濡れた路面からはゆっくりと靄《もや》が立ち上っている。

「ごちそうさまでした」

それに軽く手を挙げて応え、財布をポケットに突っこんだ辛島はきいた。

「どうやって来た」

「タクシー」

「車で送っていこう。暇だから」

麻紀は首を横に振った。

「いいよ、大丈夫。一人で帰るから。勝手に押しかけたの私だし。ほんとにいいってば」

「だったらタクシーに乗るところまでは見届けさせろよ。一応、教師としての責任があるからな」

大田区池上から環状七号線へ抜ける通りに立った。深夜一時過ぎということもあって、タクシーはなかなか来ない。麻紀は無言だ。話しかけられるのを拒んでもいるような横顔と並んで立ち、本当にこのまま帰してしまっていいのか、という葛藤《かっとう》と気詰まりを感じた。やがて、緩やかな坂道の向こうから「空車」の表示を出したタクシーが走ってきたのを見たとき、辛島の気持ちの揺れは増幅し、もう一度念を押した。

「いいのか」

「ええ」

麻紀はヘッドライトに向かってさっと片手をあげる。タクシーのスピードが落ち、二人が並んでいる前で停車した。

後部座席にすべりこんだ麻紀の、行き先を告げる声はドアの閉まる音にかき消されて聞こえない。

「さよなら」

窓を少し開けて彼女がそう言ったのと車が動き出したのはほぼ同時だった。テールランプが霧の揺らぐ住宅街に消えるまで辛島は見送り、そっと歩きだした。

2

バックネット裏の芝生に寝ころんでいる辛島の位置からは、茶色い土のグラウンド、トンボを腰の位置に保ちながら一塁方向から三塁方向へと弧を描くようにならす一年生部員たちが見えている。顧問を務めることになった野球部は、すでに予戦の二回戦で敗退し、いまは二年生が中心になった新しいチームに代替りしていた。仕事に追われ、季節感もろくすっぽ味わったことのなかった十年余りにすり減らした精神に、青空という薬はよく効く。

辛島は黒沢麻紀の訪問について考えていた。

さよなら——。

あの後、部屋に戻った辛島は、その言葉が妙に気になった。おやすみ、ではなく、さよなら。ひとつ気がついたこともあった。彼女は夢にではなく、現実に目を向けているということだ。

現実なんてこんなものでしょう。

辛島と話をしているときの黒沢麻紀の態度や考え方には、世の中の地平線を見極めてしまったかのような冷めたところがある。それはどこかで辛島自身が抱いている人生への思いと一致している気がしてならないのだった。すでに人生に疲れてしまったとでも言いたげで、それでいて捨てきれない希望と現実の狭間でいらだっている中途半端で曖昧な感情を麻紀も持て余しているのではないか。

誰かに名前を呼ばれた気がして頭の下に組んでいた両手に力を入れた。腹筋運動をする要領で顔を上げると、坊主頭の部員達がホームベースのところに立ってこちらを見ていた。練習が終わったのだ。

辛島は立ち上がり、バックネットを回り込んで彼らの待つホームベース付近に下りた。水を打ち、足跡を付けるのがはばかられるほど整備されたグラウンドには、清涼感すら漂っている。

「ありがとうございました！」

一斉に声を上げおじぎをした部員に「解散」を告げ、辛島はシャワーを浴びてから職員室に戻った。辛島の席は社会科の教員が机を寄せ集めている島《シマ》だが、他に同僚の姿は見えない。

デスクの抽斗《ひきだし》をあけて日誌を取り出したとき、離れた場所で仕事をしていた南田政人が辛島に近づいてきた。音楽を教えている年輩の教員である。独身で、辛島など足下にも及ばないほど立派につきだした腹をしている。

「ああ、よかった。平田先生に連絡をしたいんだけど捕まらなくて」

平田清二は、辛島が副担任を務める二年三組の担任教師だ。辛島は日誌から顔を上げて、ほっとした表情の相手と向き合った。

「さっき黒沢麻紀という生徒の母親から電話があって、転校したいと言ってきたんです。辛島先生、副担でしたね」

「黒沢が、ですか」

どきりとした辛島は、ボールペンを置いてきき返した。「理由はなんです」

「どうも家業がうまくいかなくなったらしいですね。会社を経営していたということですよ。どんな会社だか知りませんけど、それが行き詰まったということらしいです」

黒沢麻紀の家が会社を経営していたとは知らなかった。そういえば昨日は七月二十六日だ。二十五日は企業の決済が重なる、いわゆる〝ごとうび〟だが、それが日曜日だったために休日明けの二十六日が決済日になる。

不渡りでも出したのだろうか。

麻紀は、そのことについて、一言もふれなかった。

「電話をしてきたお母さんも、取り乱した様子でねえ。転校先が決まったら連絡をいただけるそうですが、もし債権者から問い合わせがあっても答えないようにしてもらいたいとおっしゃってました」

南田は気の毒そうに言う。「不景気になるとたまにあるんですよ、こういう話。生徒たちにはなんの罪もないんですけどねえ。かわいそうに」

知らせてくれた南田に礼を言い、デスクのブックスタンドに挟まった生徒名簿をとった。黒沢麻紀の住所は、大田区久が原になっている。東急池上線沿線では高級住宅街で知られた場所だ。

通じるかどうかわからなかったが、電話をしてみた。辛島の経験では、行き詰まった会社やその経営者に電話をかけてもすぐに連絡がとれることはまずない。資金繰りのために奔走しているか、あるいは債権者からの督促電話に居留守を使っているか、そのどちらかだ。最悪の場合、もう夜逃げをした後ということもある。そういう経営者と次に顔を合わせるのは、債権者集会だ。

十回程呼び出し音が鳴るのを聞いたところであきらめ、受話器を置いた。

「南田先生、自宅は留守のようですが、連絡先をきいていらっしゃいませんか」

遠くの席で南田のふっくらした顔が振り返り、返事の代わりに斜めに傾けられた。

「しょうがない、行ってみるか」

職員室に据え置きの地図をコピーし、名簿の住所をその余白に転記した。最寄り駅は東急池上線の久が原駅だ。ここ私立共成高校のある東急東横線武蔵小杉駅からは、自由が丘を経由して四十分ほどかかる。駅から先は徒歩でも行ける距離だった。

冷房の効いた電車を降りると、うだるような炎天の日差しにたちまち肌を灼かれる。早朝に見上げたコバルトブルーの爽快な空はもうそこに無く、白っぽい空が新種の金属を思わせる輝きを放っていた。

久が原駅の改札を抜けた辛島は噴き出してくる汗をハンカチで拭いながら駅前商店街の端で立ち止まった。小綺麗で、それなりに賑わっている商店街を背中にして二股の岐路に立っているのだった。まん中に挟まれているのは都市銀行の支店で、透明なガラス扉を通して満杯の待合室が見えていた。月の最終週。ビジネスの世界では、夏休み前の最後の繁忙期となる。

辛島はポケットから地図を取り出し、自分が立っている位置を確認して歩きだした。

一ブロックも行かないうちに道の両側に大きな一戸建て住宅が並び始める。昼下がりの閑散とした通りで、電車が行き交う音も、商店街の喧噪も、まるで端役がそっと舞台から消えるように退いていく。幾つかの角を曲がり、電柱の表示と地図を見比べ、ようやくモルタル二階建ての家に行き着いたときには、汗びっしょりになっていた。黒沢麻紀の自宅は際だって立派というわけではないが、凝ったつくりの和風建築だった。

家は角地に建っており、敷地に沿って板を交差させて張り合わせた木塀が続いている。回り込んだところが玄関だろうが、家の中からは物音ひとつ聞こえては来なかった。二階の窓に雨戸が閉まっている。それで家人が不在であることを予想できた。

玄関に向かおうとして、足を止めた。女性が一人、道路の端に立って家を見上げているのに気づいたからだ。黒っぽいパンツスーツを着込んだ肩までの髪の女だった。はずしたサングラスは折り畳まないまま、手にぶら下げている。

歳は三十前後。洗練された風貌は知性を感じさせ、売掛金を取りはぐれた夜の女には見えない。道路の先にシルバーのメルセデスが停まっていた。車内に人影はない。

車から視線を移すのと彼女が辛島に気づくのはほとんど同時だった。きつい視線だ。だが、それは一瞬のうちに辛島から興味を無くして、再び、「黒沢」と表札のかかった家へと向けられる。女は何か思案しているようにも見えた。玄関まで歩いていった辛島は振り返って彼女に声をかけてみた。

「いらっしゃいませんか」

「そのようね」

返事は素気ない。想像した通り、はっきりした口調の凛《りん》とした声だ。

「債権者の方ですか」

うなずいた。反応はそれだけ。友好的な態度とは言いかねるが、債権回収という修羅場に立つ者の心はたいていすさんでいるものだ。

インターホンを押すと家の中で透明な音が鳴ったのがかすかに聞こえたが、返事はない。いまここにいるのは彼女だけのようだが、不渡り当日には、大勢の債権者が押し寄せてきた可能性がある。回収に血眼《ちまなこ》になった債権者の群を、麻紀はいったいどんな気持ちで眺めたのだろうか。それとも、起こりうる事態を察してこの家から身を隠していたのだろうか。できれば、後者であって欲しいと辛島は思った。

なにをどうしたくて会いに来たわけじゃない――昨夜、麻紀はそう言った。なにをどうしていいのかさえ、昨日の彼女にはわからなかったのではないか。進学の夢さえ途絶えようとしている現実は、いままで目指してきたもの、前提としてきたものの崩壊に等しい。しかし麻紀は自分ひとりの胸にしまい込み、その悩みを辛島に打ち明けはしなかった。

苦しかった？

麻紀の言葉が再び思い出され、胸を塞がれる。苦しかったのは辛島自身ではなく、彼女の方だったのだ。

「くそっ」

自分のふがいなさに悪態をついたとき、車のエンジンのかかる音がした。背後に女の姿はすでにない。かわりにメルセデスのブレーキランプが点灯したところだった。それが滑るように発進するのを見届けてから、改めてジャージ姿の自分の格好を見下ろす。きっとアルバイトの集金係ぐらいにしか見えなかっただろう。

辛島は玄関の下にほんの少しだけできた日陰から出て、駅へ向かって歩きながらあれこれ考えた。親が経営している会社を訪問しても麻紀と会うことはできないだろう。せいぜい、債権者の数人と顔を合わせるのが落ちだ。南田が受けた電話から察すると、彼女はいま債権者からの追及を逃れ、家族とともにどこかに身を寄せている可能性が高い。居場所を探り当てるのは至難の業といってよかった。

「手も足も出ず、か」

噴き出す汗をハンカチで拭いながら辛島はひとりごちた。それに、麻紀と顔を合わせたところで何ができる。黒沢麻紀は慰めを求めたりはしないだろう。いつも冷静で、しっかりしていて強固な意志を持つ生徒は、同時に辛島がいかに無力な存在かも見抜いている。相談しても仕方がないのはわかっている、という麻紀の言葉が、何よりその証明ではないか。

だが——。

だからこそ、いったん崩れたらぼろぼろになってしまうのではないか。

辛島は喉元に不安がせり上がってくるのを感じた。

3

午後遅くになって連絡がとれた担任の平田と相談したが、連絡を待つしかないという結論になった。探すのは無理だし、家庭の事情であれば学校としては見守るしかないのだ。

夕暮れの職員室にひとり残った辛島は、黒沢麻紀の個人ファイルを手にとった。

黒沢麻紀。一九八二年六月二十五日生まれ。父、義信、母、恭子。兄弟はない。

この共成高校には一貫教育の同中学から入学し、競争の激しい進学校で上位の成績を残している優秀な生徒だ。数学や化学、物理といった理系科目は若干、苦手らしく、得意科目は世界史や英語、現代国語。志望は東大の文系だ。このまま行けばたぶん合格するだろう。

記録にはひとつ、違和感のあるデータがあった。社会科の選択科目が「世界史」だということだ。昨夜、麻紀が返してきたのは「日本史」の本だった。つまり、黒沢麻紀は受験勉強のためにあの本を借りたのではないことになる。しかも、趣味で楽しんで読むような本ではない。受験だけが全てではないだろうが、腑《ふ》に落ちないものを感じた。

クラブ活動は、馬術部。きりっとした麻紀が馬上にいる姿はさぞかし絵になっただろう。

クラブ活動別の名簿から馬術部のメンバー何人かに電話をかけてそれとなくきいてみたが、彼女の連絡先を知っているものはいなかった。夏休みに入ってから、麻紀は練習をすべて休んでいるということがわかっただけだ。

父親の職業欄に会社の名前を見つけた。株式会社黒沢金属工業。所在は、大田区羽田だ。京浜工業地帯の中心だが、この辺りの中小企業は不景気になると最初に打撃を受けることでも知られる。第一京浜、第二京浜という産業幹線の国道が二本あり、それを海側へ一本越すごとに不景気の度合いが増すと言われている地域である。一方、技術力と対応力は抜群で、できないものはないと言われるほど、産業技術の集積が著しい。

「金属か」

信用調査部時代の感覚が蘇って業績が気になったが、調べたところでどうなるものでもなく、辛島は麻紀の個人ファイルを戻した。

開け放した窓から藍色に染まった夕暮れ時の空が見える。堆積した埃のような都会の騒音が空と地面との間に挟まれて横たわっている。辛島は立ち上がって手近な窓を閉めると、研究資料の整理のために残っている教員のひとりに挨拶して帰路に就いた。


麻紀の母親、黒沢恭子から電話があったのは、その夜のことだ。

「辛島先生のお宅でしょうか。私、黒沢麻紀の母でございます」

切迫した声で告げた。

「昼間、用件だけ学校にお伝えしたのですが聞いていただけましたでしょうか」

「ええ、伺っています。突然のことで正直、驚きました。ご家庭の都合ということですが」

「お恥ずかしいことに、きのう不渡りを出しまして」

予想はしていたが、不渡りという言葉は、胸にずしりと重くのしかかってくる。

「一回目ですか」

「はい、そうです」

不渡りとは、会社が振り出した手形や小切手が、当座預金の残高不足で引き落としができなくなること――つまり、決済できなくなることをいう。二回目の不渡りを出すと手形交換所規則による「銀行取引停止処分」となり、当座預金はもちろん、融資などの銀行取引が打ち切られる。過小資本で資金の多くを銀行からの借入に頼っている企業の資金繰りはここで行き詰まり、倒産する。黒沢の会社は一回目の不渡りということだが、一度不渡りを出した会社は早晩、二回目の不渡りを出すことが多い。

「何と申し上げてよいやら。それで、いまどちらにいらっしゃるんですか」

「ちょっと友人のところに――」

麻紀の母は、具体的な住所は言わなかった。居場所を知らせたくないのだ。

「ただ、ここにも長くはいられませんし、これからどうするか……」

「お父さんもご一緒ですか」

「いいえ、黒沢は離れて金策に走っています。ところで、お電話したのは他でもないのですが」

黒沢恭子は小さく咳払いした。「うちの麻紀が出ていってしまったんです」

辛島は胸騒ぎを覚えた。

「実は昨夜もそっと抜け出してずいぶん遅くに戻ってきまして。どこに行っていたのかきいたのですが、私には言わないんです。そして今日の昼過ぎに姿が見えなくなってしまって、私、どうしたらいいか……」

「あの、すみません。そのことは担任の平田にはもう？」

「いえ、まだなんです」

恭子は答え、数秒間、押し黙った。平田にではなくこっちに連絡してきたことに、〝何かある〟と辛島は思った。

「あの子は、先生のことを尊敬してました」

深い呼吸が電話の向こうから伝わってくる。辛島は鼓動が速くなるのを感じた。尊敬だと？　これほど自分に似つかわしくない言葉が他にあるだろうか。人生の底辺で気力さえ失っているというのに。

「実は、ゆうべ遅く、麻紀さんが私を訪ねてきました」

恭子は息を吸い込んだ。

「十二時頃、突然、電話をしてきて借りた本を返すと。少し話をしてからタクシーで帰したんですが」

「ご迷惑をおかけしまして、ほんとに」

辛島は心残りのまま麻紀を帰したことに胸の痛みを感じた。

「手紙やメモといったものは、残っていないんですか」

「私宛ての走り書きはありました。——お金を取り返してきます。心配しないでください。すぐに戻ってきますからって。これだけです。携帯電話にも出ませんし、あの子ったらほんとに」

金を取り返す。辛島の記憶の襞《ひだ》から一つの気泡が離脱し、浮かび上がってきた。社債——そう、彼女はそれについてきいたのだった。辛島は恭子に話し、きいた。

「心当たりはありませんか」

「いいえ。なんであの子、そんなことをお伺いしたのかしら」

恭子はさも怪訝そうに言う。

「お宅で社債をお持ちなのではありませんか」

黒沢金属工業、あるいは麻紀の父でもいい。社債を持っていたとすれば、その期前償還を交渉に行った可能性はある。

「会社のことは私……」

恭子は言い淀む。

「でも、お母さんがご存じないのに麻紀さんが知っているというのも変じゃありませんか」

「いいえ。麻紀は主人が小さい頃から会社に連れていってましたし、後継者になるよう吹き込んでいたものですから会社の事情は私より詳しいんです。主人も私には黙っているのに、麻紀には商売のことをよく話していました」

「それならご主人にきいてみて、彼女が行きそうな場所を当たってみてはどうです」

「それが、二、三日出ておりましてすぐに連絡がつくかどうか……。債権者からかかってくるものですから携帯電話にも出ませんし。東京を留守にしているのです。どうしたらいいかしら」

どうしようもない、というのが正直なところだが、それを言ったら気の毒だ。

「もしよろしければ決算書でも試算表でもお宅の会社内容がわかる資料を見せていただけませんか。何か手がかりを得られるかも知れません」

教師としての領分を越える、そう思いつつも辛島は申し出た。黒沢恭子はあたふたした声を出す。

「すみません、もう一度。なにをご覧になりたいんでしたっけ」

辛島は再度、必要な書類を繰り返した。

「とにかく、お宅で持っていた貸付金か株、あるいは国債といった有価証券の明細がわかる資料を見せていただけるなら何かわかるかも知れません」

恭子の声が決算書、試算表、明細、とたどたどしく繰り返す。

「こちらから連絡することもあるかと思いますので連絡先を教えていただけますか」

渋々という感じの恭子から電話番号と住所をきいた。居場所は目黒区柿の木坂。環状七号線を北上すれば辛島のマンションから二十分ほどの場所だった。

電話を切った辛島は自宅に置いてある生徒名簿を取り出し、黒沢麻紀と仲が良かったと思われる生徒何人かを選んでそれとなく電話してみたが徒労に終った。

そもそも、彼女はあまり群れるということをしない生徒だった。彼女が他の女子高生と比べ大人びて見える理由の一つはそこだ。黒沢麻紀は独力で解決を図ろうとしている。

4

翌日、資料が見つかったという黒沢恭子からの電話で、久が原の黒沢家で落ち合うことにした。恭子は友人宅からタクシーで行くと言う。学校から帰って間がなかった辛島は急いでシャワーを浴び、洗濯したての服に着替えて駐車場へ降りた。

辛島の車は三年前に買ったミニ・クーパーだ。グリーンのボディにホワイトのラインが入っている小さな車。一万五千キロの走行距離のうち、商社時代に乗ったのは三千キロに満たない。あとはすさんだ気持ちを紛らわすため、離婚後一人になってから走った。

混雑している幹線道路を避け、上池台や石川台といった住宅街を抜けた。アップダウンの激しい道路を地図を頼りに走り、なんとか黒沢家のモルタル二階建てを視野に捉えたとき、昨日は閉め切られていた家に灯りを見た。債権者らしい人影は無い。第一回不渡りから二日。羽田にあるという会社はいざ知らず、ここでは確実にほとぼりがさめつつある。

「辛島先生ですか」

消灯したままの玄関が開き、ベージュのシャツに黒のスカート姿の中年女性が顔を出すと、辛島のもとに足早に近寄って丁寧に頭を下げた。髪をきれいにアップにまとめ、どこか幼い雰囲気のある丸顔は麻紀と似ている。さりげなく巻いたパールのネックレスが気品を漂わせ、その優雅な雰囲気はどう見ても倒産寸前の社長夫人には見えない。

ひと通りの挨拶のあと、辛島は、麻紀の父、黒沢義信の書斎に案内された。一階の奥、中庭に面した八畳程の洋間である。角部屋で中窓が二つあり、その一つの窓を背にしてアンティークの机と椅子が配されている。部屋の隅にパソコンデスクがあり、そこに古いタイプのＩＢＭ社のパソコンが鎮座していた。右の壁は天井までの書棚になっているが、本で埋まっているのは半分ほどで後はキャビネット代わりに使われていた。

並んでいる本で多いのは専門書と新書だ。本の種類から推測すると、麻紀の父は理科系の知識と頭脳の持ち主らしい。いわゆる技術屋である。

経営者にも様々なタイプがあって、技術畑の社長には新技術開発を至上命題としてカネ勘定が二の次になってしまう人もいるし、営業畑の社長は売上の増減だけに目を奪われ、経費や利益の内容にまで目が届かない人もいる。麻紀の父、黒沢義信がどんな経営者かはわからないが、経理に関心が薄いことだけは恭子が出してきた資料を見ればあきらかだった。

　黒沢金属工業の決算書や経理書類の多くは、税理士事務所の袋に入ったまま、戸棚の段ボール箱に押し込まれていた。唯一の整理事項は、段ボール箱の側面に日付が書きつけられていることだ。箱は全部で三箱。毎月作成される試算表も一緒にしてあった。

「見せていただきます」

　黒沢恭子に一言断り、辛島は段ボール箱の一つを戸棚からおろした。

「想像ですけど、黒沢さんは、取引先が資金調達のために発行した社債を引き受けていらっしゃると思いますよ」

「はあ。難しいことは私」

　恭子は曖昧な声で言った。辛島は箱の底に溜まっている封筒入りの決算書類を束で取り出し、デスクの上に積み上げる。

「麻紀さんは、社債を発行した会社へ出向いて、黒沢金属工業が引き受けた、つまり貸した金を返済してもらおうとしているんじゃないでしょうか」

「それだったらなんで、私に相談しないのかしら」

　恭子は眉を寄せる。それは辛島のほうがききたかった。

「うまくいってましたか、彼女と」

封筒を開けながらさりげなくきく。言葉の調子とは裏腹に、それは鋭い針となって彼女の内面を突いたようだった。恭子の表情が曇った。

「表立って喧嘩をしたりはしませんでした。でも、喧嘩をしていたほうがまだ、ましだったかも知れません」

辛島の脇で俯いた黒沢恭子はまるで職員室で教師に説教されている生徒のようだ。

「思春期の子供たちは難しいですから。お母さんの責任だけではないと思います」

財務資料の入った封筒を開封しながら言う。辛島の気休めに、恭子からの返事はない。

気まずい空気のなか、辛島は自分の前に積み上げた資料の山から最新の決算書を見つけて

引っぱり出した。決算期は三月だ。七月現在、決算書の日付からすでに四ヵ月が経過してい

るが、現状の財務内容についても大枠を知ることができるはずだ。

辛島が最初にしたことは、貸借対照表の資産項目で社債の計上を確認することだった。

あった。

一億二千万円。黒沢金属の売上高は年間十一億円だから、それと比較しても決して少ない

額ではない。

続いて付属明細を開いた辛島は、それを傍らの恭子に見せる。

「このうちのどれか、だと思うんです」

明細に記載された社債の発行企業は全部で十社あった。

「どれかおわかりになりますか、先生」

「ある程度、範囲を絞ることはできますが、ここにある社債を発行している会社のどこへ麻紀さんが行ったのかは特定できません。ただ、株式を公開している企業ではないはずです。公開企業の社債なら証券会社で簡単に売れるはずですから悩む必要がないし、それはたぶん、銀行の担保になっていると思います。彼女が自分で発行元に償還交渉をしなければならないのは、相手が未公開企業だからですよ。この中で未公開企業は——」

名前を見ただけでは即断できないものもあったが、書棚の『会社四季報』のお陰で判別することができた。全部で三社だ。電卓を叩いて金額を合計すると、七千三百万円あった。会社の所在地は都内に二社、残りの一社は地方となっている。

「ご存じの会社はありますか」

「ええ。個人的に社長さんとお付き合いをさせていただくこともありますので。でも、こういう形で関係があるとは存じませんでした」

辛島は、黒沢恭子が経営者同士のゴルフ・コンペでプレーに興ずる光景を想像してみた。会社経営のことは何もわからなくても、いや、泥臭いことは何もわからないから余計に、恭子には社交の場が似合ったに違いない。

「でも、この社債にも株券のような証書があるんじゃないですか」

「麻紀がそれを頼りにお金を返してもらおうとしたのなら、それをどこで手に入れたのでしょう。あの子、羽田の事務所まで行ったんでしょうか」

「実は中小企業の社債では、社債券そのものを発行しないケースが多いんです」

辛島は説明した。

「社債台帳だけを作成して社債券を発行しないほうが費用もかからないので。ここに掲載されている未上場企業三社の社債もその形式を取っていると考えれば、彼女の行動は説明がつきます」

これだけのことを調べるのに、麻紀はさぞかし苦労したはずだ。全てを失いかけたとき、麻紀はいかにしてその窮地から脱出できるかを考えた。そして、彼女なりにこの決算書を分析して、資産として計上されている社債に注目したのではないか。いいセンスをしている。

「すると麻紀はここにある三社のどこかへ行っているのでしょうか」

「可能性は高いと思います」

恭子も、真剣な表情で社債明細に並んだ会社名に視線を落とした。

「麻紀のことですから取引先の名前ぐらいは知っていたと思いますが、相手の社長さんと面識はありません。主人も会社のことを教えてはいましたが連れて歩いていたわけではありませんので。それでも行くでしょうか」

「社債券ですか」

質問の形になっていたが、答えは恭子自身もわかっていたはずだ。麻紀ならば面識の有無など問題にしないだろう。

「電話をしてみればわかりますわね」

恭子は書斎にある住所録から電話番号を書き出すと居間へ電話をかけに行く。部屋に一人残った辛島はその間に決算書に目を通した。不渡りの理由も気になったからだ。

黒沢金属工業の業績は確かに低迷していた。ここ二期連続で減収減益、つまり売上も利益も減少し続けている。赤字は出していないが、借入金は短期と長期とを合わせて六億円近くあった。これは借入過多で、体力以上に借りすぎている。おそらく所有している不動産には銀行の根抵当権がびっしりついているだろうし、有価証券などめぼしいものも銀行に担保として取られているだろう。

だが、売上高と利益の推移をひと通り眺めたところで辛島は首を捻った。

黒沢金属工業の業績は決して良くはないが、不渡りを出すほど悪いとも思えない。とすれば、原因は他にあることになる。

資金繰り倒産か。

いくら利益を出していても、仕入れ代金の決済ができなければ会社は不渡りを出す。先行投資で慢性的な現金不足に陥っている中小企業の多くは必要資金を銀行からの借入金に頼っている。そのため、融資の見送りなどによって資金が工面できなくなると不渡りを出し、経営が行き詰まる。業績とは必ずしも一致していないことから、これを資金繰り倒産という。勘定合って銭足らずの状態である。

会社にとっての金は人間にとっての酸素や血液と同じだ。健康な人でも酸欠状態になれば苦しくなるのと同様、会社も資金という酸素が欠乏すれば弱り、時に死に至る。黒沢金属工業もまたそうだとすると、資金難を招いた要因がどこかにあるはずだった。

電話を終えた恭子が戻ってきた。

「一社しか確認できませんでした。あとは社長さんと連絡がとれなかったり、いろいろで……」

娘を捜す電話であっても、債権者にとっては鬱憤の捌《は》け口になることだってある。恭子の蒼白な顔がそれを物語っていた。

「麻紀さんの所持金はどのくらいあったんですか」

「郵便局でおろせば五十万円ぐらいはあったはずです。あの子、キャッシュカードは自分で持っていましたから。残高はまだ確認していませんが」

「部屋を見せていただいてもよろしいでしょうか」

決算書だけを残して資料を段ボール箱にしまい込んだ辛島は、恭子の案内で二階にある麻紀の部屋に入った。窓際にオーディオのセットがあり、手前右手にベッド。その足下にクッションが二つ転がっている。勉強机というには洒落すぎているシンプルなライティングデスクが入って左手。くの字に折れ曲がったスタンドがまるでダンスのポーズを取っているかのようだ。ベッド脇の白いドレッサーには、化粧品が何本か立っていたが、黒沢麻紀が化粧している姿を辛島は思い出すことはできなかった。

本棚の前に立つ。おきまりの参考書と辞書類に混じって、マンガ本が数冊。恭子に断ってデスクの抽出を開けると、テストや配布されたプリントが几帳面にファイリングされていた。日記はない。つけていなかったはずです、と恭子が言った。手帳も見あたらなかったが、それはおそらく自分で持ち歩いているからだろう。

デスクの上にノートが数冊重ねてあり、決算書の写しはその下で見つけた。書斎にあったもののコピーだ。辛島はそれを手に取り、彼女が仔細に検討した痕跡に目を通した。鉛筆でチェックした跡や、計算式、数字などの書き込みが無数に散らばっている。社債明細に記載された未公開企業の一社に黄色いマーカーが塗られていた。

田神《たがみ》亜鉛株式会社——。

「亜鉛、か」

社債の引受《ひきうけ》額は七千万円。黒沢金属工業の規模を考えると破格だ。記された住所は中部地方にある某県の郡部だった。

「先ほど、この田神亜鉛という会社にもお電話されましたね。どうでした」

「社長さんが不在でお話しできなかったんです。仕方がないので購買の担当の方に電話を回していただこうと思ったのですが、担当の方も外出中で。今日は連絡がつかないということでした。ここは大切なお客様なんです。まさかあの子――」

「困りましたね」

相手が不在であれば調べようがない。

それとも直接訪ねてみるか――。しかし、この住所まで行くのに新幹線と在来線を乗り継いでも深夜近くになる。そんな時間に行ったとしても捜しようがなかった。

親子であっても、一旦崩れた関係を修復するのは、一般的な対人関係と同様、いや、それ以上に難しい、と辛島は感じた。平穏を装ってきた家庭の均衡が破れ、いま恭子は麻紀の考えていることがわからないと言った。だが、相手の考えていることがわからなくなっているのは麻紀も同じだったのではないか。

自宅マンションに戻ったときには、すでに午後九時を回っていた。

一昨日の深夜、麻紀が返しにきた本がそのままガラステーブルに載っている。手にとって開いてみた。

何かがひらりと落ちた。

何だ、これは？

辛島は目を近づけて観察した。

大きさは一万円札と同じくらい。茶色がかった上質な紙で、周囲は黒いインクで縁取りされている。右下と左上に漢数字で「壱万円」と印刷されていた。おもちゃのお金？　デパートの商品券のようにも見える。中央付近に丸い風景画があった。描かれているのは川と、それに迫る急峻な山肌。中腹にあるのは……。

図書館か、学校か――いや、そんなものではない。そこに描かれているのは、様々な太さのパイプを纏《まと》った異様な建造物だった。

その絵の下に田神亜鉛株式会社という小さな文字が並んでいるのを見つけ、辛島はぴんときた。

すぐに黒沢恭子に電話で知らせる。

「どうしましょう。主人も出ておりますし、行きたいのですが私まで留守にするわけにはいかないんです」

「困りましたね」

辛島は麻紀が残した風変わりな〝商品券〟を眺める。そのとき、ふと気づいたのだった。

これは麻紀からのメッセージではないのか。麻紀から辛島への……。黒沢恭子にではなく、辛島への期待。それが込められているのではないのか。

無気力で、徒然《つれづれ》にとしか生きていない今の自分を黒沢麻紀は頼りにしてくれたのか。うれしいというより、湧き上がってきたのは自分が情けないという思いだった。

「私が行ってみましょうか」

次の刹那、自分でも驚いたことに、辛島は申し出ていた。

「お願いできますか」

恭子の声が弾む。辛島の脳裏に霧が見えた。あの晩、麻紀から電話があったときに眺めていた濃霧。あの霧は辛島にひとつのメッセージを運んで来た。それは目的さえ失った人生に甘んじている辛島を叱咤激励する神の差配だったのかもしれない。

電話を切った辛島は、さっそく決算書に記載された田神亜鉛の住所を頼りに、日本地図で場所を確認した。東京から中央自動車道を経由しておよそ四百キロの距離にある。

クローゼットから旅行鞄を引っぱり出し、とりあえず数日分の着替えを詰め込んだ。空いたスペースには、麻紀の部屋から預かってきた黒沢金属工業の決算書や、あの商品券を挟んだ本を突っ込む。音楽教師の南田に電話をかけ、事情を話して野球部の面倒を見てくれるよう頼んだ。人のいい南田があっさり引き受けてくれるのを申し訳なく思いながら、受話器を置いた。

後部座席に荷物を放り込んで車を出した辛島は、高井戸インターから中央自動車道に入り、途中、双葉サービスエリアで窮屈な仮眠を取った。

再び出発したのは、午前三時を過ぎた頃だ。それから数時間、白々と夜が明け始める頃、中央自動車道を降りた。

そこに、どこにでもありそうな田舎町の風景が広がっていた。

山が近い。

道路の左手下方に、緑色の豊かな水量をたたえた川が横たわっている。木曽川の中流域になるのだろう。両岸に、切り立った岩肌がせり出す景観だ。山の形に沿って縫い進む道はやがてなだらかな一本道となり、次第に高度を上げていく。家々の瓦屋根が朝陽に染まりだした。空がビロードのように澄み渡った黄色に輝いている。左前方、のどかな田園風景の中を、単線のレールが延びていた。朝早い農作業の車を見かけるほか、対向車は無い。道路はそのレールと平行に走りだし、次第に近づいていくと、ちっぽけな踏切で交叉した。

駅だ。

線路はそこで途切れ、クリーム色の車両が停まっているのが見える。鉄道の終点。駅の名前は見なくてもわかった。

田神駅。町の名前と同じである。

古ぼけた駅舎と、駅前の手入れの行き届かない丸い花壇、それを囲むようにつくられたロータリー。甲府の双葉サービスエリアからぶっ通しで運転してきた車を停め、辛島は冷めていくエンジンの音を聞いた。

静かだ。車を降り、背伸びをして固くなった体中の関節を伸ばしながら駅舎に入った。観光ガイドを二つ、三つ手に取ってみる。駅員がひとり、掃き掃除の手を止めて物珍しそうに辛島を眺めた。目が合うと田舎の人らしい会釈が返ってくる。

観光案内の一つに地図が載っていた。探していた宿泊施設の所在と電話番号もある。それを持って車に戻り、再び走りだした。

高台の駅から町中へ通ずる道は緩いカーブを描いて下る。その途中で視界は一気に開けた。

辛島は、思わず息を呑んだ。

黄金の川だ。川面が朝陽を浴びて黄金色に照り輝いている。

光の微粒子がフロントガラスを一面に染め、古代の銅鏡のように輝きを放っている家々の屋根が、背景を埋める蒼い山影に映えていた。川には青いアーチ型の橋が架かっている。エアコンを切り、窓を開けると、たちまち、清冽な空気が吹き込んでくる。橋の途中でスピードを落とした。

川を挟んで町と切り立った険しい山肌が対峙している。その山の中腹に、太いパイプをグロテスクに身に纏《まと》った巨大な建造物が黒々とした巨軀《きょく》を横たえていた。

あの〝商品券〟に印刷されていた光景だ。

近くで見るその偉容は、圧倒的な存在感をもって屹立している。鈍色のパイプは生々しく、どう設計するとかくも毒々しい存在になりうるのかと感心するほど特異な外観だ。配線をむき出しにした機械の内部や、学校の理科室にある人体模型に似て、本来隠れている部分を表に晒したような醜悪な様態である。

　車を停め、後部座席の鞄から麻紀が返してきた本を取り出した。なかに、〝商品券〟はしおりのように挟んである。絵は、辛島が見ているのとほぼ同じ角度から同じ光景を描いたものだった。見上げていると妙に胸騒ぎがして、落ち着かない気分にさせるそれは、亜鉛の精錬所のようだった。

　観光案内にも書いてある。

　そう、ここは亜鉛の町なのだ。

第二章　黒い町

1

田神大橋という名の青い橋を渡った辛島は、小さな児童公園脇の路肩に車を寄せてエンジンを切った。街路樹として植えられたポプラの葉が茂り、適当な木陰をつくっているその場所には、川から涼しい風がそよいでくる。折り曲げた膝の上で観光案内に掲載された地図を広げた辛島は、町内の旅館とホテルを見つけてボールペンで印を付けていった。

魚釣りや山菜取りを目的とした山間部の旅館を除けば、町の中心部には五軒の旅館と一軒のホテルがある。黒沢麻紀はおそらくこのうちのどこかに投宿しているだろうと、辛島は見当をつけた。

ただ、活動を始めるには時間が早い。まだ六時前だ。

地図を助手席にどけ、辛島はリクライニングのシートを倒した。長距離ドライブの疲労は眼球の底にちりちりする痛みの感覚として残っている。そのまま少し眠った。やがて、近くを通る車の音が頻繁になった頃、行動を開始した。

リア・シートの荷物から洗面用具のポーチを取り出して歯を磨き、公園の脇にあった水道で口を漱《すす》ぎ、顔を洗う。ポロシャツに撥ねた水滴の染みが乾いて消えるまで待ち、車のエンジンをかけた。ダッシュボードの時計は、七時十五分になっていた。

最初の旅館は、車で五分ほどのところにある。

「お客様のことについては、お答えしかねます」

事情を話すと、カウンターにいた男は予想通りの応対をした。客商売には守秘義務がある。その壁を崩さなければ麻紀を探すことはできない。辛島は自分が教師であることを告げ、名刺はないので身分証明書を見せた。

「そこを何とかご協力いただけませんか。実はこの生徒、家を飛び出してしまいまして」

「家出ですか」

「ええ、まあ。警察の方とご一緒すれば教えていただけますか」

思案の末、男は宿泊者名簿で黒沢麻紀の名前を探してくれた。該当者はいない。しかし、けんもほろろに断られなかっただけ、滑り出しとしては悪くない。

同じような問答を何軒かで繰り返し、ようやく手掛かりを摑んだのは町の中心にある『扇屋』という旅館だった。町中でもとくに古い街並みがそのまま保存されている通りにひっそりと佇む旅館は、百年の歴史を持つ老舗だと観光案内にある。

「ええ、いらっしゃいますよ」

応対した女将は言い、高校生だったのねえ、と驚いた顔でつけ加えた。てっきり大学生だと思ったらしい。

「呼んでいただけますか」

「もうお出かけになったんですけど」

「チェックアウトですか」

慌ててきいた辛島に、いいえ、と女将は首をふる。

「滞在は明日までと承っています」

麻紀は七月二十七日の夕方、宿泊の手続きを取っていた。一泊の予定だったが、翌日になってさらに延泊を申し出ている。都合が変わったのでと説明したらしいが詳しいことはわからなかった。宿代は現金で支払い済みだ。

「お戻りになるまで、中でお待ちになりますか」

女将は親切に言ってくれたが、いつ戻るかわからない相手を待つより、田神亜鉛を訪ねてみようと思った。麻紀の行き先といえばそこしか思いつかない。田神亜鉛への道は、旅館の女将にきくとすぐに教えてくれた。一旦駅まで戻り、そこから山間の県道を回り込んで行くのだ。

駅の近くで「田神亜鉛株式会社〇・六㎞」と書かれた大きな立て看板と矢印を見つけた。

しかし、その先で道路は二股に分かれていた。山の上方へ続く道路と比較的平坦な下の道路だ。

後者を選んだのが失敗だった。

道幅は急に狭くなり、右手に山肌が迫りだす。左手は断崖。錆びついたガードレール越しに数十メートル下を木曽の懸河が流れているのが見えた。岩肌からの湧き水が道路にまで流れ出て、路面を濡らしている。

舌打ちし、引き返す場所を探すうち、どんどん奥深く入り込んでいく。やがて眼前にフェンスが現れ、そこで道路は唐突に遮断されていた。

「これより私有地」という看板が緑色のフェンスにくくりつけられている。手前に小さなスペースがあったのでそこで車を回し、辛島は運転席を降りてみた。

うるさいほどの蟬時雨だ。清冽な香気が鼻腔をつき、町中にない湿度を肌で感じた。フェンスは中央で開扉できる構造になっているから車両がここを通過することもあるのだろう。フェンスの高さに大型南京錠がぶら下がっている。しかし、フェンスの向こう側に続く道がどこへ行き着くのかわからなかった。それは山肌に沿って曲がり、十数メートル向こうでカーブを切って山中に消えていたからだ。

再び分岐点まで戻ったとき、遅まきながら「ここから私有地　行き止まり」という小さな看板が道ばたの植樹の陰に隠れているのが見えた。気をつけていても見落としそうな表示だった。

もう一方の道は高台へと辛島を導き、両側に果樹園が広がりはじめた。それにつれてあの亜鉛精錬所がみるみる近づいてくる。まるで、黒々とした鋼鉄の鎧で武装した要塞だ。数十メートルはあろうかという煙突が二本、空に向かって突き出し、怪物の臓腑を連想させるパイプが複雑に絡まりながら這っている。近くで見ると、途方もなく巨大で醜悪な工場だ。その手前に田神亜鉛の本社屋らしいレンガ色の建物が建っていた。辛島が通っている高校の校舎に似た横長の三階建てだ。

正面ゲートで守衛に車を停められた。

「購買部の黒沢金属工業ご担当の方にお会いしたいんですが」

身分を告げると、初老の警備員はよく日に灼けた顔に怪訝な表情を浮かべる。

「学校の先生ね。アポは」

「ありません」

眇《すが》め見られ、断られるかと思ったが、いかつい見かけより親切な男だった。

「どこの会社の担当だって言いました？」

黒沢金属工業の名前をもう一度言う。クロサワ、クロサワとつぶやいた守衛は詰め所の電話で購買部にかけた。高校の先生です、という言葉が話の合間に聞こえ、ひどく場違いな気がする。

「どういうご用件ですか」

詰め所からぶっきらぼうな声が飛んで来た。

「黒沢さんのお嬢さん——うちの生徒なんですが、訪ねてきたと思うんです。ご存じないかと思いまして」

「ちょっと待って。——知らないそうですよ」

「購買部でなければ、経理の方にきいていただけませんか」

迷惑そうな顔をするでもなく、その初老の男は、一旦置いた受話器を持ち上げて同じことをきいてくれた。今度は当たった。

「一昨日来て、それきりらしいけど」

送話口を手で押さえた男は、どうするという顔で辛島の返事を待った。

「お話を聞かせていただけませんか」

うなずいた守衛は電話で何事か告げ、入館証を持ってきた。広い敷地を外来者用の矢印に沿って走ると建物の裏手にある駐車場に導かれる。時間が早いせいか、スペースはがら空きだ。辛島は真ん中辺りの、より建物に近い場所に停めた。そこが日陰になっていたからだった。

「二日ぐらい前やったかな、突然訪ねていらっしゃいましたよ。随分、しっかりしたお嬢さんで」

2

緑が窓一杯に映えた明るいオフィスに十人ほどの社員がいる。グレーのズボンに白い半袖のワイシャツ、よれたネクタイをした男が、半分ほど禿げ上がった頭を指先でかきながら出てきて辛島の相手をした。歳は五十ぐらい。富田真樹男という名の経理課課長代理だった。関西風のイントネーションで話す男だ。

「どんな話をしていきましたか」

「それが突然訪ねてきましてね、黒沢金属の娘だと名乗ってから、社債の期前償還を検討してもらえんかと。あんまり突然で、しかも話が話ですからこっちがびっくりです」

単刀直入なところはいかにも麻紀らしい。

「で、なんと応対されたんです」

「そりゃあ、先生。常識的にそれは難しいです。不渡りを出したことは知っていましたから気の毒やとは思ったんですが、一応、お断りしましたよ。すると社長を出せときた」

相当手こずったのか、富田は苦笑いでまた頭をかいた。話している間、貧乏揺すりをずっと続けている。

「生憎《あいにく》、社長は出張中でしてね。なんとか連絡をとる方法はないかと言われて往生しました。出張先に電話して相談する話とは思えませんし。なんせ金額が金額ですからな」

「七千万円でしたね」

「よくご存じで」

富田は自分の前の湯飲みを口に近づけ、効きすぎるほど冷房の効いた部屋でハンカチを額にあてた。

「立ち入ったことをお伺いするようですが、御社は黒沢金属に対する債権はありますか」

「いえいえ。うちは黒沢さんから買っている方やから」

黒沢金属工業にとって田神亜鉛がかなりのシェアを持つ取引先であることは決算書を見てわかっていた。しかし、債権が無いのなら、黒沢金属工業が倒産したところで、この会社には大した痛みも影響もないのだろう。

「それで彼女はどうしました」

「お帰りになりましたよ。社長が戻ったらすぐに話を伝えるということでようやく納得してもらって」

「社長さんはいつお戻りですか」

富田は壁にかかったカレンダーに目を向けた。

「今日まで海外に行っておりまして、明日には通常通り出勤してくるはずです」

麻紀が旅館の宿泊を明日まで延ばした理由がこれでわかった。辛島は改まって富田にきいてみた。

「社長さんがお戻りになって検討していただけるとは思いますが、黒沢金属工業に対する社債の期前償還、可能性はありますか」

富田は腕組みをして唸る。

「こればっかりは私には何とも言えませんが、かなり難しいでしょうな。うちの社長、厳しいですから」

「黒沢さんとは面識があるようですが」

「面識ったって、特別親しいわけやないでしょう。社長にしてみれば関係ないと思いますよ」

富田の意見は悲観的だった。「まあ、私の判断することやないし。もしかしたら、社長の機嫌がよくてぽんと金を返してもらえるかもしれないし」

「そういう決定はトップダウンで？」

「まあ、そうですね」

富田は視線を逸らして頼りない笑みを浮かべた。

何の実権も無い男。それが富田に関する辛島の評価だった。とりあえず、きくことだけきき、そして事務的に頼むことだけを頼んだ辛島は、経理部を辞去した。

扇屋旅館で案内された部屋は三階にあった。一人で泊まるには広すぎるほどの和室で、窓際にテーブルを挟んで籐椅子が二脚、萌葱《もえぎ》色のカーテンを開けると、民家のくすんだ瓦屋根の海、川に向かって犇《ひし》めく町工場が見えた。正面に見える川の対岸には粗削りな岩肌が露出して、どうにもその上方に聳《そび》え立つ田神亜鉛の精錬所が気になって仕方がない。

黒沢麻紀は、社長の戻りを待ち、交渉に持ち込むことができるまで、この町に滞在するつもりだろう。ならば辛島も帰ることはできない。

「思わず目が行ってしまいますわね」

扇屋の女将は座敷のテーブルでお茶を淹《い》れる手を寸時休めた。

「鉄鋼会社の工場は見たことあるけど、これだけグロテスクなのは珍しいね」

そういって辛島は窓を離れて座布団に腰を下ろす。

「目障りですわよね」

女将は言いにくいことをさらりと言って、笑った。

「でも、仕方がないんですよ。この町は田神亜鉛さんの企業城下町ですから。あの会社に養ってもらってるようなもんです」

「するとあそこに並んでいる町工場は、その関係ですか」

「ほとんど下請け企業さんって言ってもいいんじゃないでしょうか。お陰様でウチなんか、観光旅館なのに仕事でいらっしゃったお客様もお泊まりいただけるんですけどね。景色一つで文句は言えません」

社債を発行する企業の大半は上場などの株式公開をしている。未公開企業でありながら社債を発行するだけあって、田神亜鉛はかなりの規模だ。もちろん、企業が大きくなれば全て株式公開するというものでもない。

「といっても最近は前ほど景気は良くないみたいですけどね」

「どうしてわかるんですか」

「ビジネスでお泊まりになるお客さんが減ってますから。聞くところでは、下請けさんも大変みたいですしねえ」

「素材産業は景気に左右されやすいからね」

「はあ、そうですか。それに今は少なくなりましたしねえ、トタン屋根。あれ、亜鉛なんですって。田神亜鉛はもともとそこから出発した会社なんですよ」

「なるほど」

確かにトタン屋根は少なくなっただろう。女将には言わなかったが、辛島の推測が正しければ、おそらく自動車のボディに使われる亜鉛メッキ鋼板あたりが田神亜鉛の主力商品ではないか。自動車業界全体の販売実績が低迷しているのに、その素材を供給している会社だけ景気がいいはずはない。とはいえ、田神亜鉛ほどの中堅企業であれば、亜鉛という一つの素材に頼り切った経営をしているとも思えなかった。亜鉛製造業を「非鉄金属」という業種の括《くく》りで言えば、銀や銅、鉛なども営業品目に含まれているだろう。

「社長は、どういう人ですか」

先ほど相対した経理課長代理の富田のことを思い出しながら、辛島はきいた。富田の素振りや言い草には、経営者に対する下層社員の畏怖が見え隠れして、傍目でも見苦しいほどだった。

「ああ、安房《あぼう》さんですか」

「安房？」

「ええ、安房正純というんです。安房峠の安房ですわ」

「この辺りにはそういう名字が多いんですか」

「いいえ。安房というのは田神亜鉛の安房さん一軒だけです。お父さんの代にこの町へ越して来られたらしいですよ。――ああ、実は私の母から聞いた話なんですけどね。私はそんな歳じゃありませんから」

女将は右手の指先を口へ持っていって笑った。

「すると二代目社長」

「いいえ。田神亜鉛は安房さんが一代で築いたんです。お父さんもこの近くで事業を興されたらしいですがうまく行かなくなってねえ。〝片手の安房〟の話は結構有名なんです」

興味が湧き、辛島は身を乗り出した。

「安房さんのお父さんが親戚を頼ってこの町にいらっしゃったのは終戦間もない頃なんです。それ以前どこにいらっしゃったか知りませんが、戦後の混乱期に財産を処分してこの町に家を建て、事業を興したらしいです。ところがその事業がうまく行かなくなってしまいまして、困った安房さんは、自分の手を工場の機械に挟んで落としたんですって」

女将は右手で急須の弦《つる》を持ち、左手でそっと包むようにしたまま、まるで自分の手が機械に挟まれたかのように顔をしかめた。

「保険金が下りたぐらいですから正式に事故で処理されていたんでしょうが、誰彼ともなくわざとやったんだって噂が出て……。社長がまだ小さかった頃の話らしいですわ。まあ安房さんがこれほど立派にならなければとうに忘れられているはずの悲劇なんでしょうけどね」

「それで、その会社はどうなったんですか」

「詳しくは聞いていませんが、結局、駄目になったんじゃないでしょうかね。安房正純さん自身、母方のおばあちゃんに育てられたって話ですから。苦労したと思いますよ」

「苦労人、か」

「そういう過去を背負っていたから、あれだけの会社になったんでしょうね。凄い人ですよ。見ると圧倒されますもの」

辛島は女将にきいた。

「ご存じなんですか、安房社長を」

「もちろんです。こういう商売ですし、狭い町ですからね」

3

女将が下がった後、辛島は財布ひとつ持って町へ出た。

宿は古い町並みをそのまま保存した、観光案内のいう歴史保存地域にあったが、全長百メートルほどのその通りを抜けると周囲の光景は驚くほど一変した。埃っぽい道路と薄汚れた町工場が建ち並ぶまさに町の素顔ともいえる光景が目の前にたち現れ、辺りは下請け工場がせっせと噴き上げる排煙と臭気にまみれはじめる。いったい、朝見たあの黄金色の光景はなんだったのか。輝きを放っていた町並みや透明な空はいったいどこへ消えたのだろうか。いま目の前にあるのは、鈍色《にびいろ》の屋根と煙突の煙で黄色くなった空、そして工場排水で濁った川ではないか。遠景と近景の差、朝焼けの光の悪戯と片づけるには余りの落差に辛島はしばし茫然となった。ここは黒い町だ。町全体が亜鉛になってしまったような煤《すす》けた町だ。

地図によると、川に向かって下る三本の坂道がある。それは、道の両側に小さな社屋や工場がびっしりと張りついた、工場密集地帯の動脈のようだ。車がようやくすれ違えるほどの石畳の道は、坂の頂上付近から見下ろすと遠近法の手本のようにすぼまっていき、突き当たりに小さく木曽川の川面が揺れていた。坂道はそれぞれ、男坂、女坂、天神坂と名付けられ、その坂の名の下に「通り」を付けた名称で地図に掲載されている。観光案内を頼りに、昔ながらの飲食店が散在するという天神坂通りまで歩き、坂の中程にある食堂に入ってみた。紺ののれんに「かっちゃん」と入っている。

「いらっしゃいませ」

子供の声に迎えられて振り向くと、十歳ぐらいの男の子がはちきれそうな笑顔で辛島を見ていた。くるっと丸い目が印象的な小柄な子供だ。昼時ということもあって、十五坪ほどの店は満杯だった。近隣の工場で働く作業服姿が多い。

テーブルを拭いていた割烹着姿の女性が顔を上げ、辛島に声をかけた。こちらは少年の母に違いなく、目や顔の輪郭がそっくりだ。小さな盆に麦茶を載せて運んできた少年のたどたどしい給仕振りを見守った母は、息子の働きぶりに顔をほころばせ、「なんになさいますか」ときく。

日替わり定食を注文した。エビフライと山菜おこわのセットだった。少年が店の奥に駆け込んで「日替わり、一つ！」と叫ぶのが聞こえる。その声はかなり混雑した店内でもよく通った。客はみな黙々と飯をかっ食らって、賑やかというより忙《せわ》しない。

運ばれてきたエビフライに箸をつけたとき、辛島は自分がいかに空腹だったのか思い知らされた。考えてみれば昨夜自宅を出てから途中のサービスエリアで飲んだコーヒー以外なにも摂《と》っていない。空腹は当然なのだが、疲労や空腹すら忘れ、黒沢麻紀を捜し出すという目的のために必死になっている自分に改めて気づいてみると、滑稽でもあった。つい昨日まで、無気力で目的を失っていた日々を過ごしていたというのに。

辛島が食べ終えたのを見計らうように少年が新しい麦茶を運んできた。よく気のつく子だ。

「どうもありがとう」

辛島が言うと、ぎこちないお辞儀をして少年はお盆をもって背をむける。そのとき——、

「困るんです」

という声が耳に挟まった。母の声を聞きつけ、数歩歩きかけて立ち止まった少年が心配そうにレジを窺う。

レジの前に立っているのは、上等なスーツを着た小太りの男だった。おかっぱにした髪の頭頂部が丸く禿げ、のっぺりした顔に脂肪太りの体型は中世の修道士が背広を着ているような雰囲気だ。童顔の中できらきら光っている攻撃的で狡猾な目が、困惑している少年の母を見据えている。

「あんたな、ここで商売するつもりなら使えないってことは許されないんじゃないのかい」

店内に、男のなれなれしい言葉が響き渡る。

クレジットカードか。使えない、という言葉から、辛島は男の主張を想像した。立派なりにしては随分と粗末なクレームだ。

「申し訳ありません」

少年の母はレジの中で深々と頭を下げて謝っている。男は肩を揺すった。

「ほれ」

財布から一枚の紙幣を抜き出してレジのカルトンに投げる。不遜な態度は見ていて不愉快だが、それで一件落着とみた辛島の予想は外れた。

「須藤さん、これではちょっと」

困り切った顔で少年の母は言う。足りなかったのだろう。須藤、と呼ばれた男の目に凄みが増し、底意地の悪そうな低い声が出てきた。

「申し訳ないと頭を下げたのは嘘か。あいにく、これしかないんだ、女将」

嘘だ。辛島のところからも、膨らんだ札入れの中味は見える。

「それでしたら、後でも結構ですから」

「持って来いっちゅうのか」

声を張り上げた男は拳でレジを殴りつけた。さっと緊張が漲《みなぎ》り、店内が静まりかえった。喉元からこぼれそうになった悲鳴を、女将はかろうじて手で押さえ込む。そのとき、いつのまにか駆けだしていた少年が男の背を思い切り突いた。

「つ——このガキっ」

たたらを踏んだ男はバランスを崩し、レジに手を突く。振り向き様一閃した平手が、少年の頰で鳴った。レジから飛び出してきた母親が少年の頭を胸に抱え込む。

「お客さんになんてことするの」

叱られても少年は少しもひるむことなく、男を睨みつけている。

「すみません。申し訳ありませんでした。すみません、須藤さん」

ひたすら謝りながら母は少年にも頭を下げさせようとするが、後頭部を押す手の力に少年はまっすぐに体を伸ばして抵抗していた。そして、母の腕を振り払うと、ぱっと店の外へ駆けだしていく。

「なんてガキだ」

音を立てて閉まったドアに向かって男は吐き捨て、おさまらない様子で母を振り返ると、

「教育が悪いな」とつけ足した。

「お代は結構ですから。申し訳ありませんでした」

深々と頭を下げて謝る女将に、ふんと鼻を鳴らして店の出入り口へ向かう。歩くたびに体が大きく左右に揺れるのは左足が不自由だからだ。

須藤という男、金回りは良さそうだが、子供相手の、なんとも見苦しい立ち回りだった。男の背後で力任せにドアが閉められると、店のどこかで、ちぇっという舌打ちが起きる。そ

れが合図になって、静まり返っていた店内にさわさわした雰囲気が戻ってくる。凍りついた水が溶け出すように、中断していた人々の食事が再開されるなか、辛島はレシートを取り、まだ立ちつくしている少年の母親に声をかけた。

「よろしいですか、お勘定」

その言葉に、女将は我に返り、右の人指し指で目尻を拭きながら洟《はな》をすする。手早くレジを打って、涙声で七百五十円です、と告げた女将と辛島の間にそれはあった。

緑色のカルトンにあの男が置いた紙幣が、そのままの状態で忘れられていたのだ。

辛島の視線は刹那それに吸い寄せられ、まるで画鋲で留められてしまったかのように動かなくなった。

「あ、すみません」

女将の手がさっと脇にどける。曲がった紙がそっくり返り、描かれた小さな風景画が辛島の目に飛び込んできた。屹立した建造物と、その壁を這う蛇の姿を彷彿とさせる醜いパイプ――。〝商品券〟だ。

女将と男とのやりとりが辛島の脳裏で繰り返される。足りないのではなかった。あの男はこの〝商品券〟で食事代を払おうとしたのだ。

「これは、いったいなんです」

千円札で釣りをもらった辛島は、思わず女将にきいた。問われた女将は一瞬、言い淀み、そして、「なんでもありません」という言葉を喉から絞り出すと、震える指でそれを割烹着の前にあるポケットにねじ込んだ。

店を出た辛島は須藤のおかっぱ頭が天神坂通りをゆっくりと下っていく姿を追った。飲食店街はやがて中小企業の社屋と工場が入り混じる風景に変わる。

須藤の姿はその中にあるひときわ大きなビルへ消えていった。ブロンズのプレートが玄関のコンクリート壁に塡《は》まっていた。株式会社須藤鉱業。あの男の会社か。

振り返った辛島に、坂道の両側に零細企業やその工場が並ぶ光景はうら寂《さび》れて見えた。櫛《くし》の歯が欠けたように玄関を閉ざしているところがぽつぽつと見受けられる。景気はよくない。それだけではない。妙に重たい淀んだ雰囲気がここにある。黒々とした精錬所が威圧的に見下ろしているせいだと辛島は思った。

天神坂通りの石畳の道は、下りきったところで川と並行して走る道路とぶつかって終点を迎えていた。

T字路になったその場所に立って辛島は木曽川の滔々《とうとう》たる流れを眺めた。川沿いの道は一段高いところについている。川まで、二十メートルほどの帯状の土地に畑が広がり、腰をかがめて農作業をする老人の姿が見えた。右手には、大きな高い屋根をいただいた製材所がある。電動鋸《のこぎり》が材木を切る甲高い音と乾いたおがくずの匂いが辛島のところにも漂ってきていた。

ふと、その畑の真ん中に建っている小屋の前で膝を抱えている少年の背中に気づいた。ガードレールの切れ目から畑へ降りる階段を見つけて下る。キャベツが並んでいる畑の中央にできた細い道を踏みしめていった辛島は、小屋を取り囲むように埋められた古タイヤに少年と並んで腰を下ろした。とめどなく流れた涙を腕で拭った少年はくやしさに唇を嚙みしめ、まだしゃくりあげている。

「もう泣くな、男だろ」

辛島は手のひらで少年の背をぽんと叩き、少年が泣きやむまでじっと待ち続けた。返事の代わりに、鼻をすすった少年は顔を空に向ける。

「反面教師って言葉知ってるかい」

辛島は自分も前方を向いたまま、語りかける。少年が首を横に振ったのがわかった。

「悪いお手本っていうのかな。あのオジサンがそうだよ。あんな奴に腹を立てたらいけない。そんなことより、あんな大人にならないってことの方が大事なんだ。君はそれがわかったはずだ。違うかい」

辛島は夏の日射しを輪の形に反射させている少年の髪に手を置く。帽子をかぶっていない頭は熱く、少年の手足はよく日に灼けていた。

「うん」

小さな返事があって辛島は微笑んだ。

「もう泣くな」

こっくりとうなずき、少年は体を震わせて大きな呼吸をした。背後の小屋で物音がしたのを聞き、少年は腰をあげ、木の扉を開ける。扉は木を五枚ほど並べて横木で固定しただけの簡単なものだ。目を丸くした辛島の前に、茶色い毛の塊が飛び出してくる。「ゴン」と少年は犬の名を呼んだ。雑種の子犬だ。はしゃいだゴンは、しゃがみ込んで手を差し伸べた少年の濡れた頬を舌でなめ回す。

「君の犬かい」

犬の喜びようにほんの少し笑顔が戻った少年は、「ううん、よっちゃんの」と言った。

「こんなところで飼ってるんだ」

驚いた辛島に、少年は寂しそうな顔をした。

「よっちゃんち、飼えんようになったから」

真新しい赤い首輪をした子犬は畑の中を駆けずり回る。小さな足が土を蹴散らし、まろぶ様は見ている辛島をも楽しくさせた。農作業用の物置だろう。窓の無い小屋の内側は、外光に慣れた辛島の目に漆黒に近い闇をのぞかせている。

「それじゃあ、君が預かってるってことか」

少し虚ろな目をした少年は、そんなところ、と応えた。

「君、名前は」

「タカユキ。山下タカユキ」

少年は落ちていた小石で自分の名前を地面に書いた。貴之。そして漢字を書けたことに誇らしげな顔を辛島に向ける。

「おじさんはカラシマ。学校の先生をしてるんだ」

「先生なの」

尊敬の眼差しで見られ面映ゆくなった辛島は、まあな、と曖昧に言い、「どうしてよっちゃんは犬が飼えなくなったんだい」ときいた。

「引っ越しした」

「引っ越した先のアパートで飼っちゃいけない、とか言われたのかな」

「わからん。この町を出ていくとき、よっちゃんから預かったんや」

それから少年は辛島を見上げる。

「ここで飼ってること、秘密だよ」

「わかった。誰にも言わないよ」

無邪気に尻尾を振る子犬を眺めた辛島は、少年と犬とのこれからを考え、少し憂鬱になる。こんなところで、ずっと飼えるはずはない。開け放った扉の内側に水の入ったボウルを見て、辛島はきいた。

「よっちゃんはいつゴンを引き取りにきてくれるかな。それまでの間だけ飼うように母さんに頼んでみたらどうだろう」

「どうせだめや」

「わからないじゃないか、きいてみたのかい」

うなずいた貴之の瞳からすっと光が逃げていく。

「怒られたのか」

「ううん。もう、よっちゃんは取りに来ないっていうんだ」

その言葉で、「よっちゃん」の家に何か起きたのだと辛島は気づいた。

「よっちゃんのうちはどうして引っ越したんだい」

脚の間に入ってきてお座りをしたゴンの頭をやさしく貴之はさする。

「会社がツブレたんだって」

たどたどしい貴之の説明が辛島の胸に刺さった。

川面からそよいできた風がキャベツ畑を渡って少年と辛島との間を吹いていった。工場の排水が流れ込んでいるせいか、どぶの臭いがする。

深刻な顔になった少年をゴンは不思議そうに見て、舌を出す。茶色の毛に覆われ、眉と鼻の先が黒い。洋犬との混血なのか、不格好にぴんと立った大きな耳が印象的だ。辛島が指を差し出すと、ぺろりと舐めた。

少年は言った。

「……いいお金と悪いお金があるって、母さんが」

辛島は顔を上げる。

「よっちゃんちは、悪いお金を使う人に騙されたんや」

「悪いお金、か……。それはどんなお金なんだい」

少年はかぶりをふった。「わからん。でも、母さんはそう言ったよ」

「そんなお金があるのかな」

「あるんだよ。良いオジサンと悪いオジサンがいるのと同じ」

辛島は思わず苦笑し、貴之の頭を撫でた。

「さっきのオジサンがそう」

「確かにいいオジサンには見えないな」

「違うよ。あいつが騙したんや、よっちゃんち」

辛島はまじまじと少年の顔を見つめた。少年は俯き、足下に落ちている小石を拾う。そして、「ぼく、知っとるんや」とつぶやいた。

「騙したってどういうことだい」

「ようわからんけど。でも本当や。よっちゃんに聞いたもん。それに母さんも、あいつのことほんとはすごく嫌いなんだよ」

なんと返答をしてよいものやらわからなかったが、とりあえず少年に話して聞かせる必要があるようだった。

貴之くん、と辛島は少年の名を呼ぶ。

「大人ってのはさ、相手のことが嫌いだと思っていても、そうは言わないもんなんだよ。喧嘩をしたりするのは本当にどうしようもないときだけで、普段は、できるだけ仲良くつき合っていこうとするんだ。それに、あの男が本当に騙したかわからないだろう?」

「ぼくは嫌いな奴とは遊ばん」

「遊びだったら、大人だってそうだよ。嫌いな人と遊ぶはずはないさ。母さんが、あのオジサンに謝ったのは、仕事でつき合っているからだよ。仕事では好き嫌いで人を判断したりしないんだ」

「変だよ、そんなの」

少年はこぼしたが、それ以上、異議を唱えることはしなかった。

「よっちゃん、君の親友かい」

貴之は大きくうなずく。

「だからゴンのこと、取りに来るまで面倒みるって約束したんや。なあ、ゴン」

少年は腰を上げて小屋に入り、残り少なくなっていたボウルの水を捨てた。畑の端にある水道の蛇口を捻り、飛沫を上げて流れ出した水を入れて、元の場所に置く。ゴンは畑の中をほっつき歩き始めた。辛島は立ち上がって小屋の中を覗いてみる。目が慣れてくると、農作業用の道具が片隅に寄せ集められているのが見える。くたびれたトラクターの横に、ボロの毛布を詰めた段ボールの箱が一つ置いてあった。日中の室温が高くなるのではないかと心配したが、立て付けの悪さと、屋根と壁との間がぽっかりと空いているという構造のお粗末さが幸いして、結構、風が吹き通るようだ。

貴之は段ボール箱を外にまで引っぱり出し、犬の毛が付着した毛布を払うと再び丁寧に箱の底に敷いた。

「もうどのくらい飼ってるの」

「一週間」

扉を全開にし、段ボール箱を片隅に置く。内部には土と油の臭いに混じって、微かに子犬が発する獣のそれが漂っていた。

「ここは君んちの畑なのか」

「うん。ここでとれた野菜はうちの料理で使ってるんだ」

誇らしげな少年の言葉を聞きながら、犬のことを母は知っているはずだと辛島は悟った。少年が打ち明けるまで、ここに犬を飼っていることを叱らずに見守っているに違いない。少年の代わりに須藤にひたすら頭を下げ続けた割烹着姿を辛島は思い出し、胸の奥に温かいものがあふれ出すのを感じた。

「君の母さん、優しい人なんだな」

辛島の言葉に少年はただはにかみ、手を動かし続ける。段ボール箱を置いた位置を確認し、ゴンが怪我をする危険のあるものはないかと辺りに目を配り、そして椀代わりになっているピンク色の洗面器に、片隅に置かれた大きなドッグフードの袋から一カップすくい上げてあける。

「ゴン！」

子犬は小さな背中をボールのように丸め、走ってきた。少年はその犬の首輪を摑んで小屋の中へ入れ、扉に手をかける。

閉めかけた扉の隙間からゴンは鼻を突き出し、くーん、と一声鳴いた。それを手で押し込んだ少年は、ごめんな、あとで牛乳持ってきてやるから、と言うとそっと扉を閉めた。

旅館に戻った辛島は、クーラーの効いた部屋で座布団を枕に三時間ほど眠った。うたた寝から目覚めた視界に飛び込んできたのは、窓一杯に広がっている黒雲の立ち籠めた空模様だ。天空を占拠しつつある積乱雲は傾いた太陽のわずかな残光をも封じ込め、地上近くまで垂らした雲のあちらこちらでは雷の放電が始まっている。

まもなく雨になる。

麻紀は傘をもって出ただろうか。

辛島は、眠ってしまったために、やけに固くなった体を起こして窓辺に立った。掃き清められた濃紺の道路が眼下から町の中心に向かってまっすぐに延びている。空が完全に雲に覆われてしまうと、万物が息を潜めたようにしんとなったのがわかった。やがて一陣の風が玄関脇のしだれ柳を揺らしたかと思うと雨がきた。大粒の雨だ。

蜘蛛の子を散らすように人々が駆けだすなか、一人の少女が手を顔の前にかざしながら辛島の視界に入ってきた。

黒沢麻紀だ。

恨めしげに空を見上げる仕草が彼女らしい気の強さを連想させ、辛島の口元がふっと緩む。麻紀と目があった。

辛島と麻紀の時間が止まる。彼女の髪を雨が洗い流していく。全身濡れ鼠になった麻紀に向かって辛島は右手を挙げた。麻紀の表情に微笑が広がり、

「先生」

唇がそうつぶやくのがみえた。

再び駆けだした麻紀の姿が旅館の玄関に消えるまで見送り、辛島はゆっくりと部屋を出ていった。

4

「ウチは去年の暮れに田神亜鉛発行の社債を七千万円も引き受けたの。父だって本当はそんな借金に協力したくはなかったのよ。景気は悪いし会社だって大変な時期だった。だけど田神亜鉛は強引で、断れば仕事をもらえない。言うことを聞くしかないじゃない。やり方汚いよね」

透明なプラスチックファイルから麻紀が取り出した書類は「社債払込証」のコピーだった。社債を引き受けた――つまり金を貸したという証明書である。金額、七千万円。昨夜、田神亜鉛を大切な客と言った恭子の説明を思い出した辛島は、同じ会社に対する恭子とのニュアンスの違いに気づいた。その恭子に電話でこっぴどく叱られたらしいが、それでも麻紀は東京に帰るとは言わなかった。

「そういうこと、母は知らないのよ。苦労をするのはいつも父。母はお金のことなんて言うもんじゃないって綺麗事言うけど、お金を儲けるのがどんなに大変なことかは全然わかっていないんだ。お金に齷齪《あくせく》している父を心の底では軽蔑してる。父の会社が大変な時だって、電話番ひとつしようともしない。私はそんな母が嫌い。結局、こんなことになっても母は父を非難するだけで自分では何もできやしないのよ」

辛島はため息をついた。

「だからといって、心配かけていいということにはならないだろう」

「母に相談したくなかっただけよ。こうなったら自分の身は自分で守るしかない。私たちにとって、このお金があるとないとじゃ大違いなの」

麻紀は膝小僧に置いた手を固く握りしめた。Tシャツにショートパンツという軽装で籐椅子にかけている彼女は、年格好より遥かに大人びた考え方をしている。

「黒沢金属工業の次の決済日はいつかわかるか」

「来月二十日。七千万円あれば決済できる」

七千万円。そういう金額を高校生が口にしているというのに、麻紀が言うと実に自然に聞こえるから不思議だった。

「とにかく、ここまで来て帰るわけにはいかない。こっちは生活がかかってるしね。ついでに私の将来もよ」

麻紀は面白くもなさそうに髪をかき上げ、カーテンを開け放った窓から見える田神亜鉛の精錬所を睨みつける。一時間ほど空が抜けたように降った夕立はあがり、いま満天の星明かりの下でそれは巨大な猛獣が蹲《うずくま》っているように見える。

「社債の明細が知りたい。資料あるか」

精錬所から麻紀へ視線を戻した。彼女は、手元のファイルを引き寄せて中を覗き込みながら怪訝な口振りになる。

「どうするの」

「交渉するんだろ、明日。中味を知っておく必要がある」

「交渉って――」

手を止め、麻紀は顔をあげた。

「俺も行く」

「嘘でしょ」

辛島は真剣な顔で麻紀を見た。

「嘘だと思うか」

「そんなことしてもらったら悪いっていうかさ……」

かまわず書類を受け取り、広げた。彼女は言葉の続きを呑み込み、辛島のやることをじっと見ている。

「なんで。だって、先生、関係ないじゃない」

「お前だって関係ないだろ。社債を引き受けたのは黒沢金属工業だぞ。お前、代表権あるか」

「ないよ、確かに。でも社長の娘だ」

「その娘の教師だよ、俺は。関係なかろうが、とにかく、ついてく」

麻紀はどう応えていいのかわからないらしくじっと考え込んでいたが、ぷいと立ち上がったかと思うと缶ビールと缶コーヒーを買って戻ってきた。辛島は小銭入れからコインを出して麻紀に差し出す。いらない、と彼女は受け取らなかった。

「なんか自分の中でも矛盾してるんだけど、そこまでしてくれなくていいんだ。正直、励まして欲しいとは思った。思ったけど、そんなことまで先生がするべきじゃないと思う。これはウチの話だし」

「邪魔をするわけじゃない。ただ、ついていくだけだ」

辛島は、手元の資料に視線を落とした。『田神亜鉛株式会社第二回社債募集要項』と書いてある。

「第二回ということは一回目があったということか」

「でしょうね。でもそれについては聞いていない」

黒沢金属工業の決算書にはただ「社債」と記載されていただけだった。

「私募債《しぼさい》だな、これは」

「どういうの、それ」

「社債には公募債と私募債という二つの種類があるんだ。公募債というのは名前の通り、不特定多数の人たちから資金を集めるもの。これに対して私募債は別名〝縁故債〟とも言って、取引先や銀行のような特定の相手から資金を募る」

「難しいね。何度か本読んだけど、ピンとこない」

「公募債のほとんどは、財務内容を公開している上場企業が発行するものだ。だから、公募債はいわゆる債券として株式と同じように証券市場で売買される。ところが田神亜鉛は上場も店頭登録もしていない未公開企業だ。つまり、財務内容を公開していないから、一般投資家に正確な業績はわからない。こうなると不特定多数の人たちから資金を集めるというのはほとんど無理なんだよ。投資家は未公開企業の社債なんか見向きもしない。だから私募債に頼るしかない」

説明しつつ、辛島は募集要項に主幹事銀行の名を探したが見当たらなかった。

「どうしたの」

「おかしいな。私募債を取り仕切っている金融機関があるはずなんだが……。ふつう、取引している銀行が社債発行一切を取り仕切る幹事になるんだ」

他の資料を探した。やはり主幹事の名前はない。

辛島は募集要項に記載された項目を順番に目で追っていった。社債発行総額四億九千万円。金利二・五パーセント、償還期日は五年後の十二月末日。お申し込み受付、田神亜鉛総務部。

総務部？

「銀行はからんでないのか」

辛島は、はっと顔をあげた。

「これは——少人数私募債だ」

麻紀は怪訝そうな顔をした。

「なに、その少人数なんとかっていうの」

「銀行や証券会社を通さないで発行する社債の一種さ。中小企業のような未公開企業の直接金融が可能になるんだ。取締役会決議だけで発行できる」

指で額を押さえながら、辛島は知識の底をさらった。

「たしか、資金の出し手が五十人未満、つまり四十九人までと限定されてるから少人数私募債と呼ぶんだ。利率などの発行条件は企業が独自に決められるが、その際、引受人に銀行や証券会社がいないことが前提になる」

「珍しいの、それ?」

辛島は頷いた。

「とくに中小企業経営者にとっては夢の社債さ。私募債は元来、銀行の手数料稼ぎという性格が強かったんだ。融資すれば済むところを銀行が提案して私募債の形を採る。すると、金利の他に幹事を務めることでばかにならない手数料が銀行に落ちるというわけだ。だが、田神亜鉛の社債は違う。まさに本物の直接金融と言っていいだろう」

銀行などの金融機関ではなく、一般の企業や人から直接お金を借りることを直接金融と言う。

「これだけ金融が自由化されても中小企業で独自に社債を発行する技術を持っているところは少ないんだ。ましてや銀行抜きで、縁故者から直接金を集めるという少人数私募債の手法は一般的にほとんど知られていない。その手法で資金調達して見せたというのは、かなりの力業だ」

麻紀はため息とともに缶コーヒーのプルトップを引き、怒りで強ばった一言を吐き捨てた。

「むかつく」

社債の発行日は昨年十二月。五年の普通社債だから、まだ期日まで四年半近く残っていることになる。募集要項の資金使途欄は「研究開発費」だ。

「この研究開発費の中味はなにか、聞いているか」

「リチウムイオン電池って言ったかな？　それの研究開発費の一部って名目だったと思う。それが開発されれば取引先も恩恵をこうむるわけだから、金を出せっていう理屈」

「研究開発は田神亜鉛一社でやってるのか」

「それは分からない。私も父から聞きかじってるだけだから」

小型・軽量のリチウムイオン電池は、携帯電話やノートブック・パソコンなどのモバイル・デバイスの普及で有望な市場になりつつある。それだけに、出力密度や寿命の延長、安全性の向上、低コスト化など、開発競争も熾烈だ。だが、多角化の一環として田神亜鉛がリチウムイオン電池開発競争に参入するのはともかく、それを社債で調達して仕入先に負担させるというのはどうにも荒っぽい。

しかも、この社債には担保がない。少人数私募債の発行条件は、総額五億円未満であれば担保不要のはずだ。役所への届け出も要らないことから、行政の監視をかいくぐる野放しの社債と言うこともできる。

「田神亜鉛と親しい取引先でつくっている田神協力会っていうのがあるんだ。うちの会社もその一員になってるのよ。グループリーダーとかいう肩書きをもらってね、おかげで社債の分担額が増えただけだけど」

麻紀は皮肉の籠もった口調で言う。「お金に振り回されるなんて、最低よね」

「金で思い出したよ」

その言葉に辛島は立ち上がり、バッグの中から彼女が巻いたかわいらしいカバーがそのままになっている歴史書を取り出した。麻紀は、つと厳しい表情になる。中に、それが挟んである。辛島をここに呼び寄せた〝商品券〟だ。

「いったいこれが何なのか、説明してくれないか」

麻紀の目に翳が落ちた。

「妙なことになってるらしいの」

麻紀は町屋の屋根の連なりに視線を向けた。星空の下、町は水底で息を潜める水棲生物のように艶めかしく、静まり返っている。

かつん、という音がしたのは、麻紀が、飲んだコーヒー缶をガラステーブルに戻したからだ。

「それは明日、説明するよ。私より詳しい人がいるから。でも、この町は普通じゃない。先生、それだけは間違いないよ」

麻紀は椅子をたち、小さくお休みと言って部屋を出ていった。もぬけの殻になった籐椅子には、麻紀の残した奇妙な雰囲気が渦を巻きながら、辛島の思考を惑わしている。

膝の上に置いたままの歴史書に視線を落とし、それから麻紀の視線が辿ったように、町屋の黒々とした瓦屋根の連なりを見下ろした。そこにあるのは、濃密な夜の光景と、刻々と過ぎていく時間だけだ。確かに、目に見えない何かが語りかけてくるのだが、幾ら目を凝らしてもその欠片《かけら》さえ、見えやしない。不思議な夜もあったものだ。

辛島は歴史書をバッグに戻した。

もう貴之は眠っただろうか。ゴンは眠っただろうか。しかし、人々が寝静まるなかでも決して眠らないものがある。それはこの世の中に浸透し、血液のように流れ巡っている金だ。

辛島はテーブルの上にある麻紀が受け取らなかった五百円硬貨を見つめる。こいつもまた目覚めている。金とはそういうものだ。常に動き、働き続けている。利息を生み、価値を維持するという仕事を休みなくこなしている。

価値は秩序を形成する。辛島は貴之の言葉をたぐった。「いい金と悪い金がある」。それが具体的に何を意味するかは定かでないが、悪い金があるとすれば、それはすなわち価値を持たない金だ。そして大概の場合、〝悪貨は良貨を駆逐する〟。だが本当に駆逐されるものは金ではなく、その金を持つ人の生活であり人生であり、ときに良心である。

硬貨に表裏があるように、金にも常に裏の働きがある。裏の働きとは、金を持つ者の心を支配するという働きだ。金の表裏は、いわば貧富の表象《ひょうしょう》である。豊かなときには貧しさを忘れさせ、貧しくなると豊かさを渇望する。

金の表と裏は、夢と絶望という言葉に置き換えてもよい。人々はその狭間のどこかで生き、暮らしている。辛島も麻紀も、そして貴之も。それに気づく、気づかないは別にして、貧富という両極は現実のものとして世の中の価値観を支配しているのだ。

5

道は深い緑のトンネルをくぐって走る。木洩れ日が強烈な光量をもってフロントガラスに降り注ぎ、その濃淡の激しさに目が眩む。麻紀は助手席の窓を一杯に開け、太い風の奔流に髪をなびかせながら目を細めている。

森が呼吸している。爽やかな吐息を蹴散らして走るミニ・クーパーの車体は、まるで昆虫が森の中を逃げまどっているように見えるだろう。

麻紀は風を受けていた髪を手で押さえ、窓を閉めた。

「いい風だけど、強すぎる」

まるでお前の性格そのものじゃないか。そう言おうとして辛島は口を噤んだ。麻紀が緊張した面持ちを、光と影がまだらな模様をつけている道路へ向けたからだ。

麻紀は、面談の約束を午前十一時にとった。最初、社長との直接交渉を申し入れたが、多忙を理由に断られ、経理課課長代理の富田と会うことになっている。

「とにかく交渉しないことには前に進まないさ」

麻紀の気分をほぐそうとしたが、黙ってうなずいただけだ。

「私、難しいことしようとしてる?」

麻紀は不安を表情に滲ませる。辛島は、いや、と短く応えた。

「貸したものを返してもらうだけのことだ。そして、その金はお前にとって絶対に必要なものなんだ。そのことを忘れるな」

カーブを右に曲がった。その瞬間、両側の緑が途切れた。助手席の麻紀が小さく息を吸い込む。フロントガラスを精錬所の奇観が塞いだからだ。辛島はその睥睨《へいげい》を拒むようにアクセルを踏む。田神亜鉛の正面ゲートが現れた。

十分後、経理部がある本社屋二階の一室で、約束の相手、富田と向かい合っていた。

「先日来、お伺いしている件なんですが」

辛島が切り出すと、富田はあからさまに渋い表情になってハンカチを額にあてた。

「ああ、そのことやけどねえ。申し訳ないけど、期前償還に応ずることはできんいうことになりまして。お気持ちはわかります。せっかく来てもらったのにお力になれなくてすんません」

麻紀の顔が青ざめ、その目から表情が消えた。

「あ、あの、富田さん――」

麻紀は声を絞り出す。喉元が動き、酸素が足りないとでも言うように胸で息を吸い込んだ。あまりのあっけなさに言葉も出てこないようだ。見かねた辛島が隣から口を挟んだ。

「社長さんには相談していただいたんでしょうか」

「もちろんですよ」

富田は大袈裟な身振りでいった。「その上でこのように申し上げてるんでして」

「そんなに簡単に結論の出せる問題ではないと思うんですよ。黒沢さんの事情はきちんと説明していただいたんですか」

「そりゃあもう」

富田は強調する。「黒沢さんは大事な取引先ですから、できるだけのことはしたいと存じますが、何分、金額が大きいですし、いきなり償還と言われましても弊社にも資金繰りの都合っちゅうもんがありますから」

おたくの売上は何百億円もあるのに——そんな言葉が喉から出そうになる。未上場とはいえ、企業城下町を抱えるこれだけの大所帯で、七千万円の金が出せないとは考えられない。

辛島は妥協案を探った。

「それは、来月なら何とかなるという意味ですか。だったら、黒沢金属の当月の支払いを一ヵ月遅らせていただくよう交渉するという方法もあると思うんです」

辛島の言葉に麻紀がうなずいてみせる。

「とおっしゃられましてもなあ」

富田は困惑した顔になったが、それ以上の言葉は出てこなかった。課長代理の富田は単なるメッセンジャーにすぎない。いくら粘ったところで、手応えを得られる相手ではないのだ。

「社長さんと直接お話ししたいんですが」

辛島の言葉に、富田は苦虫を嚙みつぶしたようになる。

「いえ、ですから、忙しいのでお会いする時間は……」

「お待ちするのは一向に構いません。今日が駄目なら明日以降でも結構です」

「困りましたなあ。ちょっとそういう用向きではお会いすることはないと思うんで」

富田の言葉に、次第に本音が見え始めた。

「会う価値もないということですか」

憤りを込めた口調で、麻紀が言った。まあまあ、と富田は両手を差し出す。メガネの奥の目が小刻みに揺れ、説得の言葉を探していた。やがて、体《てい》のいい返答が口からこぼれ出る。

「それでは社長の予定を確認してこちらからご連絡させていただきますので、申し訳ありませんが、今日のところはお引き取り願えませんか」

「どうして。予定ぐらい、今、きいていただけないんですか」

「生憎《あいにく》、社長は外出していて、帰社の時間も判りませんし……」

辛島はきいた。

「先程、資金繰りというお話でしたが、安房さんがそうおっしゃったわけではないんでしょう。期前償還について、どういう反応だったんですか」

前屈みになった富田は、中指でメガネを押し上げる。

「申し訳ありませんが、期前償還というのはちょっと応じかねると、かような結論でして」

「ウチなんて潰れてもいいってこと？」

麻紀の言葉に、富田は弱り切った表情になって眉間に皺を寄せた。

「そんなことは――」

「だってそういうことじゃない。お金借りるときだけ頼りにして、いざとなったら平気で見殺しにするのが安房社長のやり方ですか」

麻紀の肩に、そっと辛島は手を載せた。

「この人に言っても仕方がない」

富田が唇を嚙むのがわかった。

何かを言いかけた麻紀を制して、辛島は富田を振り向く。

「とりあえず、明日以降会っていただけないか、もう一度きいてみていただけませんか。あとでこちらに連絡してください」

扇屋旅館の名前と電話番号を書いたメモを渡した。

6

麻紀は魂の抜け殻のようになって助手席のシートに収まっている。焦点の定まらない空洞のような目をしていた麻紀は、赤茶けた駅舎が遠くに見えてきた頃、ようやく口を開いた。

「こんな惨めな思いをしたこと、ない」

ちょうど電車が入線したところで、乗客たちが正面から出てくるのが見えた。駅前ロータリーにはタクシーが二台、赤に白のラインをあしらった定期バスが一台、待っていた。

「諦めるなよ。ねばり強く交渉してみよう」

麻紀は淋しげな微笑を浮かべた。

「だめよ。あれじゃあ、いくら交渉しても同じ。田神亜鉛の社長にはそもそも私たちを救ってやろうなんて気が無いのよ。それに――社債を引き受けたのはこっちの責任でもあるし」

何かとっかかりが必要だと辛島は思った。まだ会ったこともない、安房正純という専制君主の気持ちを変えさせるための何か――それが必要なのだ。だが、果たしてそれが何なのか、今の辛島にはまったく見当もつかない。

「そこ、右に入って」

田神大橋を渡ったところで、突然、麻紀が指さした。慌てて、車を脇道へ入れる。緩慢に下る坂道は、すぐに川と平行になった。昨日、辛島が歩いた道だ。左手の斜面に小さな工場が点在し始め、すぐにその密集地域へと風景を変える。道の両側に、軽トラックや商用車の路上駐車が増えてきた。

「停めて」

言われるまま辛島は路傍に寄せ、エンジンを切った。

「どうするつもりだ」

「ゆうべ言ったでしょう。説明するって」

麻紀は車を降り、すぐ先にある坂道を上っていった。須藤鉱業のビルが近くに見えている。天神坂通りを川下側から歩いているのだった。背後の畑にゴンの小屋が見えている。その坂道を麻紀はどんどん上り、クリーム色の古びたビルの前まで来た。一階が倉庫になっており、奥に商品が山積みになっている。それに埋もれるようにして、配送係が忙しそうに書類を手に体を動かしていた。

脇に階段があり、ドアが開放されたままだ。その脇に、有限会社牧村商会という看板が掲げられていた。麻紀は勝手知ったる様子でその階段を上っていく。「事務所は二階」という貼り紙が見えた。

「いらっしゃい」

ドアをあけた途端、奥から元気のいい声が飛んで来た。声の主は丸めがねをかけてパソコンの前に座っている若い男だ。麻紀も手を挙げてそれに応え、そのまま年輩の女子社員が二人いるだけの事務所へ入っていった。

男は応接室へ二人を招じ入れた。

「私の学校の辛島先生。牧村商会の牧村社長です」

麻紀の紹介に、牧村は百九十近い長身の背中を丸めて頭を下げ、名刺を出した。牧村耕助。新人営業マンのようにこざっぱりとした、笑顔の似合う男だった。

「お若いですね」

辛島は牧村が差し出した名刺と顔を見比べながら言った。

「三年前までうちの会社で働いてたんだけど、先代社長が亡くなられたんで急遽《きゅうきょ》、その後を継いだの」

麻紀が横から説明する。

「社長と言っても社員十名の零細金属加工業です」

牧村の歳は三十前だろう。小さくても、社員を抱えて会社を切り盛りするのはかなり大変なことに違いないが、表情には苦労を微塵も感じさせない。

牧村は辛島にソファを勧めた。

「で、どうだった、麻紀ちゃん。田神亜鉛は」

麻紀は小さくため息をついて首を横に振る。牧村は、自らも深刻な表情になった。

「先生も一緒に行っていただいたんですか、ご苦労様でした」

自分のことのように頭を下げた。

「力になれなくて。ところで田神亜鉛という会社はどのくらいの規模なんですか」

「ウチに来ている銀行の担当者が田神亜鉛にも出入りしてまして、彼の話では年間四百億円ぐらいの売上があるって話です。上場してもおかしくない規模だと思います」

「そんなに売上があるの?」

麻紀は驚きの声を上げた。

「社債の発行金額は四億九千万円でしたね」

「田神亜鉛はそうです。でも、他に関係会社三社も同じように五億円弱の社債を発行していて、調達総額は合計でおよそ二十億円のはずですよ。それならば最初から田神亜鉛一社で二十億円の社債を発行すればいいのに、なんでそんな面倒なことをするのかわかりませんけど。ウチも、黒沢さんほどではありませんが社債を引き受けさせられたんです。まあ、田神亜鉛からの受注がないとやっていけない立場だから仕方が無いと諦めてはいますが。ウチが引き受けたのは、田神開発という会社が発行した社債でした」

辛島は、牧村に少人数私募債の発行条件を説明した。

「五億円弱を社債発行の上限にしたのは、この私募債の規定で、五億円以上は担保が必要となっているからなんです。牧村さんの引き受けた社債には担保はないでしょう」

「ありません、そんなの。くれ、とも言えませんしね」

四百億円もの売上規模を誇る会社が、二十億円程度の資金調達を縁故債に頼った——辛島はその事実にふと疑問を感じた。

「研究開発費名目だったそうですね。開発そのものは進んでいるんですか」

牧村は首を傾げた。

「具体的にはまだ何の発表もないです。まあ、こちらとしても、そんな簡単に成果があがると思っていませんし」

ほとんど諦め口調になる。

「田神亜鉛の経理担当者は社債を返すための資金繰りがつかないなんて見え透いたことという

のよ」

憤然と言った麻紀に、やれやれと牧村は腕を組んだ。

「あの会社に限って、それはないですよ。毎日、銀行さんが日参してますもん。安房社長は高額所得者の常連だし、この辺りで田神亜鉛といえば大変な信用力なんです。この町ひとつ、田神亜鉛に支えられているようなものですからね」

辛島は話を社債の期前償還に戻した。

「彼女の交渉を成功させるためには何かきっかけが必要だと思うんです。それなのに、あまりにも田神亜鉛という会社について情報が不足しているのですが、もし田神亜鉛の資料をお持ちでしたら見せていただけませんか。資金繰り云々の話が見え透いているにせよ、それを論破できないことには先に進まないですし」

牧村は申し訳無さそうな顔をした。

「田神亜鉛の財務資料は残念ながら手元に無いんです。社債は出しても情報公開はしてくれませんでしたから」

ひどい話だ。呆れていると隣から麻紀が言った。

「その銀行の担当者に頼んだら見せてくれるんじゃない?」

おいおい、そら無理だと牧村は苦笑いする。

「でも、牧村さんもウチも田神亜鉛にお金を貸してるのよ。相手の懐具合もろくに知らされずにお金を出してるなんておかしいわよ」

「そりゃ、そうだけど——」

「牧村さん、しっかりして」

麻紀に叱咤され、渋々、出入りの金融機関にきいてみることを牧村は了承させられた。どうやら、牧村も麻紀にはかなわないらしい。

「昨日、町の中を歩いたんですが、だいぶ閉められた会社もあるようですね」

牧村の表情が曇った。

「今年になって、近所の中小企業がすでに十軒以上も倒産しましたかね。こんなちっぽけな地域でこれだけの数というのは、ちょっと異常だと思いませんか？　たしかに、それまでにも倒産する会社はありましたが、ここのところ急ピッチで。先日も同業者が一軒、倒産しました。まだ若い社長で私の知り合いでもあったんですが」

「景気が良くない、と」

貴之少年のことを思い出しながら、辛島はきいた。

「それだけじゃないんです」

「何か気になることでも？」

牧村は顔をしかめる。

「問題は倒産の理由です。どうやら、金に関係があるらしくて」

真意を測りかねる。倒産に金が絡むのは当然のことだ。

「すみません牧村さん、おっしゃることがよく呑み込めないんですが」

「ごもっともです。申し訳ない。ただ、金といっても普通の金ではなく——その、別な通貨とでも言ったらわかりやすいでしょうか。そんなものが密かに流通しているという噂があるんです」

通貨？　辛島は牧村を見つめる。

「いえ、噂というのは少し前までの話で、いまはもう事実と言っていいと思います。急速にその金が広がっているらしくて」

辛島の脳裏に食堂でのやりとりが浮かんだ。「いい金と悪い金」といった貴之の言葉が脳裏に蘇る。

「町では田神札《たがみさつ》と呼んでます。辛島さんは社会の先生ですからご存じだと思いますが、西南戦争のとき西郷隆盛が資金繰り難を克服するために西郷札《さいごうさつ》とよばれる軍票を発行したらしいですね。それになぞらえて誰ともなく、そう呼んでいるんですが」

垂れてきた前髪を右手で後ろにはね上げ、牧村は深刻な表情で足下を凝視する。

「倒産した会社は皆、田神札を大量に保有していたようなんです」

クーラーの冷気が頭上から吹きつけているというのに額には汗が滲み出している。それをハンカチで拭ったとき、牧村が立ち上がって壁の紐を引いた。

辛島の頭上で蜂のようなぶーんという音がし始めた。

天井に取りつけられた扇風機の小さなプロペラが回り始め、冷気の攪拌《かくはん》を始める。

「まあ、ちょっと見て下さい」

7

牧村がデスクの抽斗から取り出した田神札を見て、辛島はあっと声をあげそうになった。〝商品券〟だ。麻紀が返してきた本に挟んであったものと同じ、前の日貴之の食堂で見たのと全く同じあの商品券が、目の前に差し出されたのだ。何人かの手にわたって流通してきたものなのか、端が折れ曲がっている。

「これが、田神札……？　金、だったのか」

つぶやいた辛島に、麻紀は頷いた。

二枚ある。一万円札と千円札。紙幣中央にある田神亜鉛の挿し絵は共通しているが、全体的に茶色のトーンの一万円札と比べると、千円札のほうは青みがかっていた。辛島は改めて、それを手にとった。紙の厚みは、本物のお札と同程度だ。一見して、それほど複雑な作りには見えない。

「話は、今から半年ほど前に遡ります。協力会企業の中には田神亜鉛の社債引き受けが原因で資金繰りに窮するところが出始めたんです。危機感を抱いた一部の会社が安房社長と密かに打開策を検討しているという話が耳に入ってきまして——その直後です、これが出回るようになったのは」

牧村は言い、壁に耳ありとでもいうのか外聞を憚る様子で誰もいない背後を一瞥する。

「田神札というのは通称で、正式には、『田神亜鉛協力振興券』という仰々《ぎょうぎょう》しい名前がついています。田神亜鉛の関係企業間の決済をこの振興券で行うことができるという触れ込みでした」

「仕入れ代金の支払いをこれで賄《まかな》えるというわけですか」

「ええ。田神亜鉛は、希望する協力会企業に社債を引き受けた額に応じてこの振興券を配布します。その企業は、下請け業者に振興券での決済を受け入れてくれるか打診し、了承した会社には円ではなく振興券で仕入れ代金を支払うわけです」

奇妙な話だ。

「断ればそれで済むことではないんですか」

「本来的にはそうです。別に強制しているわけではありませんから。ところが、ここから先が狡《ずる》いところで、振興券の受け入れを了承した下請け業者に対して、発注を優先するという施策を田神亜鉛協力会の主だった企業が足並みを揃えて行ったわけです。もちろん下請け業者は振興券で代金を受け取ってしまえば儲けになりません。でも、それを受け入れないと発注を減らされ、あるいはストップされてしまうとなれば話は別です。どうしてもその要求を呑まなければならなくなる」

「要するに、協力会に参加している企業が引き受けた社債を振興券という形でさらに下請け企業に負担させたと」

「その通りです」

「すると倒産している会社というのは？」

「取引の詳細まではわかりませんが、受注を維持するために余りに多くの振興券を受け入れた会社、あるいは受け入れそのものを拒絶して発注を大幅減額、あるいはストップされた会社と考えて間違いないと思います」

辛島は絶句した。

「ところが下請け企業のほうもそれでは困ってしまいますから、自分が受け取ってしまった振興券を受け入れる先を求めることになります。結局、商取引の強者から弱者へ振興券は流れ、それが個人商店などにまで及び始めるに至って、徐々に振興券はこの町だけで流通する独自通貨の性格を持ち始めてきたんです」

「いい金と悪い金、か」ひとりごちた辛島は、ようやく貴之少年から聞いた話に合点がいった。それと麻紀が昨夜言った、妙なこと、という言葉にも。

「最終的に振興券は円に交換されるんですか」

「五年後、社債の償還期日後に田神亜鉛に持参すれば円に換えてもらえることになっています。その意味では永遠に存在するというのではなく、五年という時限のある条件付きの通貨ということですが、その間は資金を立て替えなきゃならない。これは零細企業にとって厳しいですよ」

「利息はどうなります。社債であれば利息がつくはずですよね」辛島はきいた。

「たとえば五百万円の振興券を受け入れたとすると、実際には年率二パーセントで計算した単利計算で五年分、五百五十万円の振興券を支払うということは協力会と下請け企業とのやりとりでは行われているようですが、町で流通しはじめた振興券はどうでしょうか。実態はよくわかりません」

「ウチには振興券なんて話、無かったから、田神町だけで流通しているのよ」

麻紀がつけ加えた。

「牧村さんは当事者ではないんですか」

辛島の質問に牧村は両手を胸の前で振った。

「とんでもありません。うちは違いますよ。協力会には約五十社ありますが、中でもとくに安房社長と親密な会社が何社かありまして、企画したのはそういう会社の経営者たちです。うちのようなしんがりには声もかかりません。よかったです。下請けにそんなものを押しつけるわけに行きませんから」

「流通している振興券――田神札の総額はどのくらいになりますか。通貨の流通量――M_1が問題だと思うんです」

「エム・ワン？　なにそれ」

目を丸くした麻紀に説明する。

「マネーサプライってきいたことあるだろう。通貨供給量のことだ。M_1は狭義のマネーサプライを意味する記号で、現金と預金の総量を指す。田神札の場合は現金のみだが、それだけの企業倒産が連続しているとなると、これがどれだけ町に供給されているかが問題だと思う。供給量が多ければ、ダメージは大きくなるはずだ」

牧村は考えを巡らす。

「私募債の発行総額が約二十億ですので、半分ぐらいが振興券に換わったとして、十億。そのくらいの供給量はあるでしょうか。協力会のなかにもウチのように振興券は使わないという会社は何社かあるはずなんです」

「十億円、か。――町全体の経済規模はどのくらいかご存じですか」

「ちょっと待って下さい。確か、町役場が出した統計があったはずです」

牧村は椅子を立つとキャビネットの中を探し始めた。出てきたのは、『田神町町勢要覧』という公式資料だ。その統計欄を広げる。辛島も一緒に覗き込んだ。

「年間商品販売額という統計がありますね」

牧村は資料のグラフを指さした。

「町の経済規模を仮に年間販売額とすると、約七百億円――そんなものではないでしょうか。十億円相当の田神札が流通しているとすればその七十分の一というところですか」

牧村は電卓を叩いた。「一・四三パーセント」

影響は微小、との判断が牧村のほっとした表情に表れている。違う、と辛島は考えた。

「でもこの年間販売額には、田神亜鉛の四百億円という売上実績が含まれています。田神亜鉛そのものは、振興券を引き受けているわけではありませんから、実際には七百億円から四百億円を差し引いた三百億円を分母とするべきでしょうね。すると三十分の一。三・三パーセント相当の影響額になります。牧村さん、あなたの会社の利益率は何パーセントですか」

牧村ははっと顔をあげた。

「うちは――うちは経常利益ベースで売上高の三パーセントです。――そういうことですか。利益相当分だと」

「そう。大変な数字ですよ。田神札だけで利益が吹き飛ぶ。しかも、田神町の一部地域や企業に集中するんです。相当のダメージになるでしょうね。倒産が相次ぐはずです」

辛島にはさらに気になることがあった。

偽造についてだ。

仮にも田神札を紙幣や有価証券の類いとして製造するのであれば、当然、偽造されないための様々な工夫がなくてはならない。一万円札にも、光に透かすと肖像が浮き出る「すかし印刷」や裏面下部の「NIPPON GINKO」という「マイクロ印刷」など、印刷技術の粋といってもいい特徴があり、製紙技術の素晴らしさも偽造防止の有効手段となっている。

また、株券や社債券などは、大手印刷会社三社がほとんどシェアを独占し、そこで様々な偽造防止手段が講じられている。それは、商品券や宝くじ、某政権の政策で配布された地域振興券でも同じことだ。

「私もそれが気になって調べたことがあるんです。ほら、この紙幣の中央付近に光沢の有る部分が見えるでしょう。こうしてみるとわかります」

牧村は、紙幣を斜めにして光の加減を変えてみせる。光線の具合が微妙に変わると、直径五ミリほどの円が浮き上がってみえた。よく見てみれば、紙幣の四隅に同じものが配置されている。

「なんの加工ですか」

「マイクロカプセルです」

「なんなの、それ」

麻紀がきいた。辛島も初めてきくものだ。

「ほら、カーボン紙ご存じですよね。紙の上に置いて鉛筆でなぞると、下に敷いた紙にその痕が残るでしょう。理論はそれと同じです。カーボン紙というのは、非常に細かいカーボンがカプセルに入って裏側に張り付いた構造になっているんです。そのカプセルは、筆記用具の先端からかかる圧力で壊れ、中に入っていたカーボンが飛び出す仕組みになります。田神札にあるこの銀色の円も全く同じ原理に基づいているらしいんです。ただし、中味はカーボンではなくリチウムで、しかも相当強い衝撃がないとそのカプセルは壊れません」

「カプセルが壊れたらどうなるの」

「どうなると思う」

意味ありげに牧村はきいた。「希少金属のリチウムは石油に漬けた状態で保存するんだ。どうしてかわかるかい。リチウムは空気に触れると激しく燃焼するからなんだ」

麻紀は瞠目《どうもく》し、何かを言いかけたが牧村がそれを代弁した。

「そう。危ないんだよ、確実な技術力がなければ。こんなことは田神亜鉛にしかない技術なんです。亜鉛を扱う他社ではたぶん、ここまでの技術も、それ以前にそんな発想すらないでしょう。これくらいのレベルになるとそこらへんのヤクザに真似できることじゃありませんよ」

牧村は辛島と麻紀を連れて応接室を出ると、一階倉庫へと降りていった。壁際に寄せてあった工具箱を開けて中から金槌を取り、それからコンクリートの床に田神札を置く。

「見ててくださいよ」

牧村は金槌を振り下ろした。

コンクリートを打つ、ドン、という鈍い音。もう一度。

ぽ、と小さな炎が目の前に現れた。

しゅるる、という小さな音。表の道から差し込む真夏の光がその炎の色を見分けにくくしている。炎が紙幣の中央に一円玉ほどの穴をあけたとき、牧村は靴の踵でもみ消した。

「たぶん、リチウムイオン電池開発での副産物でしょう。でも、偽造対策としてはなかなかのものだ」

「いっぱしのお金気取りってわけ？」

麻紀は鼻に皺を寄せ、皮肉った。

牧村は、再び冷房の効いた部屋へ辛島と麻紀を案内する。

「麻紀ちゃん、これからどうするの」

麻紀は思い詰めた表情になる。

「このまま帰るわけにはいかないわ」

「もし良かったら、旅館を引き払ってウチに泊まってくれないか。お袋がいて気詰まりかもしれないけど、お袋は麻紀ちゃんが来るんなら大喜びだ。黒沢さんもウチにいると言えば安心してくれるんじゃないかな。どうでしょうか、先生」

「もしお願いできるのなら」

願ってもない。麻紀は浮かない様子だったが、辛島は賛成した。旅館に滞在するのは費用もかかるし、いまの黒沢家は少しでも余計な出費を抑えたほうがいい。

「辛島先生はいつまでこちらに」

決めていなかった。

「交渉がうまく行けば今日帰ろうかと思ったんですが、あれでは……」

「ご予定がなければ今夜、食事でもいかがですか。よろしければ麻紀ちゃんと一緒に、ウチに泊まっていただいて」

宿泊の申し出は断ったが、午後六時の再会を約束して牧村商会を出た。

「何でお前が日本史の本を読んでいたのかわかったよ——西郷札を調べていたのか」

牧村の話にも出てきた西郷札とは、西南戦争の戦費捻出のため、一八七七年に西郷隆盛が発行した紙幣だ。金種は、当時の十銭から十円まで六種類。西郷の膝元である鹿児島を中心に流通したが、戦争での敗北が濃厚になった途端、通貨の信用は失墜し、西郷札の所有者は多大な損害を被ったという。

「牧村さんから西郷札のことを聞きかじったものだから。そこにウチが生き残るヒントがあるかも知れないと思ったの。それだけじゃない。いろいろ調べていくうち、そもそもお金っていうものが何で、どう流通するのかってことが疑問に思えたんだ。でも、西南戦争の記述をいくら読んでも分からなかった。それがこの町に来て分かった気がする。田神札を見て、思い知らされた。お金というのは権力の象徴なのよ。その権力とは、何の価値もない紙切れに意味を持たせ人を動かす魔法のことなのよ」

麻紀は川に隔てられた対岸を振り向いた。

「安房宮っていうんだって、あれ」

田神亜鉛の本社とその左隣でいつもの偉容を誇る精錬所に視線を向ける。

「阿防《あぼう》にかけたシャレだそうよ。先生、阿防って知ってる？　私、知らなかったんだけど、地獄の獄卒のことなんだって。ほんと、ぴったりの名前よね」

「黒沢……」

「いいのよ。仕方がない」

麻紀はふうっと頰を膨らませる。

「ほんと、中小企業は辛いよ。——旅館まで乗せてってくれる？　荷物まとめるわ」

辛島は工業地帯の道路から車を出し、試練に直面している少女にかけてやる言葉を探し続けた。しかし、どんな言葉さえも彼女が求めているものの前には何の意味もない。どんな金言も名言も、一円の値打ちすらない。黒沢麻紀が求めているのは実際に目で見え、手で触れることのできる経済価値そのものだ。それは金である。

金とは世の中を支配している不文律だ。一旦支配されたら最後、とことんそれに隷属しなければならない概念でもある。そのことを今、辛島はいやという程、痛感させられたのだった。

8

天神坂通りにある小料理屋「かわ田」の二階には、衝立《ついたて》で隔てられた小さな座敷が幾つか並んでいる。客の入りは七分ぐらい。山菜と川魚料理、と表の看板にあった。工場が密集するこの辺りの川は問題外だが、上流には渓流釣りができる良い沢があるのだと牧村が説明した。

「昔は山紫水明の里だったんですよ、田神は。それがどこでどう間違ったか、いまや工場が密集した黄色い空の町ですが」

瓶ビールを二本頼んだ。牧村はコップ一杯で顔に赤味が差す。

「さきほど漸く黒沢さんと連絡がつきまして、麻紀ちゃんを、せめて夏の間だけでもうちでお預かりしたほうがいいだろうということになったんです」

麻紀は軽く肩をすくめてみせただけだ。

「そうですか。ひとつよろしくお願いします」

辛島は頭を下げ、牧村のコップにビールを注ぎ足した。麻紀はウーロン茶を飲みながら、せっせと食事を口に運んでいる。

「ウチに資金的な余裕があれば、黒沢さんの社債を買い取ってあげたいところなんですが、余裕がなくて」

牧村は肩を落とす。

「銀行のご担当はどうでした」

「午後、ウチに来たとき頼んでおきました。うんと言わせるのに苦労しましたよ。もうすぐ、来ると思うんですが」

牧村は腕時計を覗き込んで障子に目をやる。七時を回っていた。

「営業時間中に決算書をコピーしていると人の目があるというので、上席が帰った後にこっそりやってもらうことにしたんです。バレたら馘《クビ》だそうです」

「月末で銀行さんは忙しいんじゃないですか」

辛島の言葉に牧村はにやりと笑った。

「役席者が転勤になって、今日はその送別会だそうですよ。銀行というところは、いくら忙しくても宴会だけはきっちりやるところらしいですね」

そのセリフに、沈みがちな麻紀も思わず吹き出した。

午後七時半。障子がすっと開いて、ふっくらした顔の男が顔を出した。学生相撲でもやっていたのではと言いたくなるほどの巨体だ。チャコールグレーの上着を腕に抱え、白いワイシャツに水玉模様の派手なネクタイを合わせていた。体は重そうだが、性格は軽そうな男だった。

牧村が招くと、嬉々として座敷に上がり込んでくる。牧村と同年代だが、さすがに一国一城の主である牧村の方が落ち着いて見える。

「東木曽銀行の滝川君です。こちらが東京からいらした辛島先生と、うちがお世話になっている黒沢さんのお嬢さんで麻紀ちゃん」

滝川の名刺には田神支店融資課課長代理の肩書きがあった。

東木曽銀行は近隣市に本店を置く地場の金融機関で、田神亜鉛との取引がある田神支店は中でも重要拠点のひとつなのだと牧村が説明した。それを神妙な顔で聞いた滝川はつまり、戦略支店の中堅行員というわけだが、その割には脳天気な印象だ。聞けば、滝川自身も田神町出身なのだという。

滝川は、瞬く間にビール瓶をひとつ空にし、日本酒と料理を追加で注文する。見かけ通りの大食漢らしく、あっという間に皿が空になった。その食べっぷりにはさすがに麻紀も目を丸くする。

「牧村さんもついに身を固める決意をしたんですか」

滝川の冗談に麻紀が膨れて見せる。図々しいが、人の良さそうな滝川は、そこで思いついたらしく、手提げ鞄からマニラ封筒を取り出して牧村に渡した。

「約束の書類。これで、お願いしますね」

口の前で指を立てた。

「最近、景気はどうですか」

滝川に質問してみる。

「悪いっすねえ。東京のほうはどうですか」

「東京も相変わらずですよ」

言いながら、田神町よりは格段にまし――という言葉を呑み込んだ。不可解な通貨が流通している町よりは。

そんな辛島の思惑を滝川の陽気な笑い声が吹き飛ばす。

「まあ、悩んでみても仕方がありません。私ら弱小地銀の渉外マンは雨の日も風の日も、取引先を回ってご用をきくことしかできません。天気のことを嘆いても仕方がないのと同じです。天気が良ければ良いなりに、悪ければ悪いなりに。畑仕事と同じです」

陽気で遠慮のない性格の裏に、それなりの芯がある男に見える。

「それにしても牧村さん、突然、どうされたんです？　あそこの資料が欲しいだなんて」

気になっていたのだろう、しばらくすると滝川は牧村に渡した封筒を目で指し、それとなくきいた。封筒は牧村の鞄と一緒に壁際に置かれている。

「電話で説明した通り、社債のことが少し心配になったもんでね。――どう思う、あそこの業績」

牧村は衝立の向こうを憚って、田神亜鉛という名を口にはしない。この狭い町で、誰がどこで聞き耳を立てているかわからない、そんな警戒心が滲んでいる。

「どうと言われても……」

滝川は返答に困った様子で言葉を濁した。「確かに利幅は落ちているようですが、業績は常態《じょうたい》といったところじゃないでしょうかね」

牧村は腕組みして考え込んだ。

「だけど、下請けは惨憺たる様だよ。これで果たして常態と言えるか」

「仰るとおり、田神町そのものは普通とは言えないかも知れません。でも、某社単体で見るとそれほど悪いわけでは……」

某社とは田神亜鉛のことだ。苦しげに言葉を絞り出した滝川は顔色を曇らせて口を噤み、気まずい間を埋め合わせるかのように手酌でビールをつぎ足す。辛島はきいた。

「田神札——振興券のことを牧村さんから伺ったのですが、滝川さんもそれが通貨のように出回っていることは、ご存じですか」

「ええ、まあ一応」

滝川にも微妙な問題との認識があるのか、曖昧な言葉を口にする。

「振興券発行について御行に事前の相談は？」

「それは……ありませんでしたね。ウチはあの会社から相談されるほどの立場じゃないし、相談されても困ったと思いますが。せいぜいその程度なんです」

卑屈な態度を見せた滝川は、酔いのせいか赤黒くなった頬のたるみをふるわせた。

「どのぐらいの量の田神札が流通しているかはご存じない？」

「さあ」滝川は首を傾げる。

「多発している倒産の原因は田神札ですか」

少し乱暴な質問だということは承知の上で、辛島はきいた。案の定、滝川は反論しようと鼻の穴を広げたが、牧村の「黒沢さんのところも不渡りを出されたんだ」という一言で言葉を引っ込めた。

「そうだったんですか……。大変でしたね」

背中を丸めている滝川の姿を見ていた辛島の胸に、この男、何かを知っているのでは、という疑念が湧いたが、初対面で問い詰めるわけにもいかない。すると滝川は細々と反論らしいものを口にした。

「不渡りを出した会社が田神札を摑んでいたことは事実ですが、倒産の原因というのはなかなか一言で断定するのは難しいもので、その点はなんとも……。全体的に不景気で受注量が減っていたことなんかも原因と言えないこともないですし」

「倒産した会社は受け取ってしまった田神札をどう処分しているんだ。握ったままか」と牧村。

「いえ。五年後の換金を当てにして持っている人もいれば、支払いの足しにといって手放してしまう人もいるようですね」

「田神札を受け入れている会社というのはどのくらいあるんです」

辛島の質問に滝川は、さあと首を傾げた。

「それはなんとも。把握しようがないんですよ」

「田神札のメンテナンスはどうなっているんですか」

「――とおっしゃいますと？」

「通貨のように流通している以上、券面が破損したり何らかの事情で使えなくなったりするケースもあるでしょう。普通の金だって、破損した紙幣は銀行へ持っていくと替えてくれるし、通貨当局は損券《そんけん》を処分するかわり新券を増刷している。田神札の場合はどうなっているんですか。田神亜鉛が大蔵省の役目を果たしているとすれば――」

辛島は自分の言葉に戸惑った。田神亜鉛が大蔵省？　ひどく滑稽な響きに聞こえる。ところが気がつくと、さらにおかしなことを質問している自分がいた。

「中央銀行に当たる存在というのはないんですか？」

「須藤不動産という会社がそれをしているんです」

滝川は隣席に聞こえないよう小声でこたえた。牧村が口をぽかんと開け、ほんとか、とつぶやく。

「そういえば須藤鉱業という会社がありましたね」

貴之と須藤との一件を思い出して辛島はきいた。

「その子会社です。町の不動産業者で、そこへ持っていくと破損した田神札は新券と取り替えてくれるんです。まあ、田神札関連の業務はそれだけじゃないようですが」

「知らなかったよ、そんな話……」

ショックを受けた様子の牧村を滝川は庇《かば》った。

「ご存じないのも当然ですよ、言ってみれば裏経済の話ですから」

「でも、現に田神札を扱っている連中は知っているということだろう」

「須藤不動産を利用しているのはある程度の量を日常的に扱っている会社や人だけじゃないですか。私も小耳に挟んだ程度です」

「ということは田神札っていつも新しいのが印刷されてるってことよね」

麻紀が疑問を呈した。

「印刷枚数の管理はどうですか」

辛島はきいた。

「記番号《きばんごう》があるんです」

「記番号？」

背広のポケットから自分の財布を取り出した滝川はそこから紙幣を二枚、引っぱり出した。一枚は普通の一万円札、もう一つは田神札の一万円だ。普通の一万円札に印刷された福沢諭吉の胸辺りを指さす。

「ここに記号が印刷してあるでしょう。この札なら、UE373784Bです。これが記番号と呼ばれているもので、言ってみればお札の背番号ですね。アルファベットと数字の組み合わせで、一巡すると約百三十億枚になると言われています。あ、単純に計算すると合わないですよ、ローマ字のIとOは含みませんから。数字と間違えやすいのでその文字は使われていないんです」

空で計算しはじめた牧村にやや慌てて釘をさしてから、滝川は本題に戻る。

「一方の田神札の場合はこんな風になっているんです」

辛島は滝川が出した田神札の券面を見た。

B4953。

「普通のお札は一記号につき000001から900000までありますが、田神札の場合、頭部にアルファベットを付けて0001から9999まで、約二十六万枚。金額的には一万円券で約二十六億円分までナンバリングできることになります」

「損券の交換が進んでこれが一巡したらどうなる」

牧村の質問に、滝川は、わかりません、と素直に応じた。

「じゃあ普通のお札は？」と麻紀。

「百三十億枚だぜ、麻紀ちゃん。番号が一巡することなんてないよ」

「ありますよ。いえ——過去にあったんです」

目を丸くした牧村に滝川が説明した。

「私も気になって調べたんですが、千円札の記番号は一巡しているんですよ。インクの色を変えたそうです」

「なるほど。すると同じものはないと」

牧村はいまいましげに認めた。

「マイクロカプセルに記番号ね。安直に見えて結構管理はしっかりしてるというわけか」

「そりゃ、通貨として流通しているわけですからね、この町では。ある程度の裏付けはあってしかるべきだと思います」

「なにが通貨だ」

唇をひん曲げた牧村を、滝川は泣き笑いのような顔になって、まあまあ、と宥めた。

滝川は、まだ仕事が残っているといって八時過ぎに中座して職場に戻っていった。

「そろそろ、引き上げましょうか。私も一軒、帰りに寄るところがあるものですから」

牧村の言葉で辛島も腰を上げたとき、麻紀がきいた。

「この店、田神札、使える？」

そんなことは考えても見なかったのだろう、牧村はまるで初めて店に連れてこられた客のように店内に視線を巡らせる。

「商店でも使えるところがあるって、牧村さん、昼間言ったわよね。だったらこういう飲食店でも使える店はあるはずよ。試してみない？　どれくらい田神札が流通しているのか、この目で確かめるいいチャンスよ」

「でもここは、田神町でも一番古くて由緒ある料理屋なんだよ。使えるわけないって」

牧村は麻紀の提案を一笑に付そうとする。

「だったら、逆にこの店で使えれば、かなりの店で同じように使えることになるわけよね」

麻紀は体を乗り出した。「きいてみてもいい？」

「おいおい、麻紀ちゃん」

牧村が止めるのも聞かず、麻紀はさっさとジャケットに袖を通すと、先に一階へ降りていった。

辛島も慌ててその後を追う。

レジへ行くと、麻紀が差し出した伝票を白シャツにネクタイをした支配人が入力していた。一足遅れてきた牧村も麻紀の背後に立って、ことの成り行きを見守っている。使えるわけがないという牧村の言葉の裏には、使えて欲しくない、という願望が込められているはずだ。

「ありがとうございます。一万四千とび七十円になります。お支払いは現金ですか」

セカンドバッグを開けた麻紀は最初から使う機会を狙っていたのだろう、田神札を二枚取り出した。

「これでお願いします」

田神札をカルトンに置き、支配人を見る。緑色のカルトンはさんざん使われて中央付近が丸くすり減っていた。支配人の頬が動き、営業用の笑顔に一瞬、腹立たしげな表情がよぎったように見えた。

抑制した声で相手は言った。

「割引料を十パーセントいただきますが、よろしいですか」

牧村がたじろぎ、呻《うめ》く。次いで、使えるのか、というつぶやきがその唇から洩れていた。

「つまり、田神札の一万円は九千円の価値しかないということですか」

辛島はきく。支配人が、割引料という言葉を使ったからだ。手数料ではなく、割引料というところに、振興券が五年後に換金される性質のものだという片鱗《へんりん》を見た気がした。つまりその間の利息相当分を差し引くという意味である。

「ウチも商売ですから」

支配人はカルトンの田神札に手を伸ばしかけ、どうする、という顔で止めた。骨張った、染みの浮いた手だった。

「これでお願いします」

麻紀が言う。今度こそはっきりと不機嫌になった男は無言でレジのキーを叩いて閉め、下から現金の入った手提げ金庫を出した。経理処理が別になるのだ。たしかに、経理上の勘定科目は「現金売上」ではないはずだ。何になるのだろう。「売掛金」か「未収入金」か。いずれにしても、飲食店などの現金商売にとって、田神札での支払いが通常の金で支払われたものと同様の処理になるはずはない。

釣りは、三千九百三十円だ。二万円分の田神札を出したが、その価値は十パーセント減じて一万八千円。そこから一万四千七十円を差し引いた額となる。辛島の横では、牧村が悲痛な顔でやりとりを見つめていた。その前で麻紀は、田神札の千円券三枚と端数を普通の小銭で受け取る。

「いつから、扱ってるんだい」

牧村の問いに、もうだいぶ前からですよ、と半分自棄気味の返事があった。

「うちは田神亜鉛関係の方が多いので、仕方がないんです。社長だって、そうじゃありませんか」

「すまんね」

がっくり肩を落とした牧村に、支配人は軽く会釈をすると店の奥へ入っていった。

のれんをくぐって外に出た牧村はすっかり意気消沈している。辛島は午後、貴之少年の食堂で見た光景を思い出していた。予想以上に田神札の流通範囲は拡大している。

「認識不足でした。——先生、これを」

辛島に資料を手渡す。滝川がもってきた田神亜鉛の決算関係資料だ。ずっしりと重い紙袋を手にした辛島は複雑な思いのまま、それじゃ、と牧村に片手を上げた。

頭を下げて歩きかけた牧村だったが、そこで足を止めた。

「これから一軒、寄ってみようと思うところがあるんですが……もしよろしければ先生もご一緒にいかがです。田神札と関係があるんです。もし、お時間があれば」

「構いません。これを見るぐらいしか予定はありませんから」

いま牧村から預かったばかりの紙袋を指した。

「じゃあ、付き合ってください」

どこへ、と麻紀が目できくより早く、牧村は「いま車をとって来ますから」と小走りに離れていった。

麻紀はやれやれと大きなため息をつく。

「七千万円の社債が償還されないのなら、それを田神札でくださいって言ってみようかしら。十パーセント割引料をとられても、換金できるのなら、それでもいいわね」

辛島は工場の排煙で濁った夜空を見上げながら、本気とも冗談ともつかない麻紀の口調に、果たして本当にそんなことができるのか、と考えを巡らせてみる。すると、

「いずれにせよ、八月二十日までに全額ってのは無理か――」

と、麻紀なりの答えが出てきた。おそらくそれは正しい。

「田神札、どうしても自分で使ってみたかった。でも正直なとこ、驚いたよ。本当に使えるんだ」

「使えるから、流通するんだろうな」

麻紀は、悪循環だね、と一言つぶやいた。金曜日の午後八時。宵のいい時間だというのに、天神坂通りを行き交う人の姿は疎《まば》らで寂しい。景気が悪いとはこういう状態を言うのだろう。

坂の上方から牧村の運転するセドリックがゆっくりと下りてきた。

9

口数が少なくなった牧村は、車を町の山側へ向けて走らせる。

二十分も走ると道路の両側から商店街の姿はすっかり消え失せ、たまに対向車がある以外人通りのほとんどない山あいの道になった。ステアリングを握る牧村に、これから行くところに何があるのか辛島はあえて問おうとはしなかった。行けばわかる――質問するのではなく、そこに行って自分の目で見て欲しい。何があるのか想像もつかないが、牧村はそう言いたいようだった。

後部座席で車窓を埋める殺風景な夜の田舎道を眺めている辛島にウィンカーの音が聞こえ、車は本道から脇道へと入る。がたっ、と車のシャシーが揺れた。左へ下る。眼下に、柿か梨の木が植えられた狭い畑があり、その向こう側に平屋建ての長屋が数棟、姿を現した。

「町営住宅です」

道路は下りきった場所にある広場で行き止まりだった。その両側に四棟ずつ建物が向かい合っている。牧村は広場の端にあるスペースに車を頭から突っ込み、エンジンを切った。

「あそこです」

一番近い家の玄関を指さし、牧村は先に立って歩いていく。

「アキさん」

木造住宅のガラスの塡まった引き戸には鍵がかかっていた。「アキさん」と牧村がもう一度呼ぶと、中でごとごとと音がしてやがて引き戸の向こう側に人影が立った。

「どちら様」

「俺だよ、牧村」

戸の内側の鍵が外れ、六十過ぎの女性が顔を出した。牧村を見てほっとした顔をする。それから牧村の背後にいる辛島と麻紀を見やって、こちらは、ときいた。

「黒沢金属工業のお嬢さんの麻紀ちゃん。こちらは麻紀ちゃんの学校の先生で辛島さん。こっちは、うちの社員のアキさんです」

牧村に紹介されると、アキさんは「柳井《やない》秋江と申します」と丁寧に挨拶して三人を居間に使っている六畳間に招じ入れた。

座卓を挟んで秋江と向かい合った辛島は、その青白い顔色が気になった。家の中にはどことなく薬品の匂いが漂い、隣の部屋は家の造りと不釣り合いなベッドで埋まっている。

「アキさん、体の具合はどう」

「ええ、まあなんと申しますか。お茶でも淹れるわ」

狭いキッチンへ行き、冷蔵庫から麦茶のペットボトルを取り出す秋江の動作は緩慢で、心底疲れ切ってみえる。慌てて牧村が立って、秋江に代わり人数分の麦茶を淹れた。

「眠れないのかい」

「お薬、もらってるんですけどねえ」

牧村が柳井秋江は父の代から働いている従業員なのだと説明した。定年を過ぎ、いまでは嘱託社員という形で経理を手伝ってもらっているのだが、ここ一週間ばかり体調を崩して休んでいるという。

「お医者さんはなんて」

「ノイローゼの症状だっていうんです。いやですよ、ほんとに」

秋江は苛立たしげにテーブルの上のタバコを点けた。「でも、考えてみればノイローゼにもなりますよ。ほとんど毎晩ですもん」

辛島は柳井秋江の言葉に耳をそばだてる。

「今夜は?」

牧村がきいた。秋江はちらりと玄関のほうに目をやり、小声で言う。

「まだ」

たるんだ喉元を震わせ、両目をぎゅっとつぶった。

「来るだろうか。それで先生や麻紀ちゃんにも来てもらったんだ」

「もううんざりですよ。もし来たら、若、出てもらえませんか。あたし、もう顔を見るのもいやで。ああ、考えただけでも息が苦しくなってくるよ。もう怖くて怖くて」

黒っぽいブラウスの胸の辺りに骨張った右手を添え、秋江は白目を見せる。その様子に明白な怯えを見て取った辛島は、牧村にきいた。

「いったい何が来るんです、牧村さん」

「それが、こんなこと先生は信じられないかも知れないけど、押し売りみたいな連中が——」

「両替屋っていうんだよ。そいつらが、入れ替わり立ち替わりやって来るんです」

牧村の代わりに答えたのは柳井秋江だった。

「なんなんですか、それ」

麻紀が低い声で尋ねる。

「田神札を持ってきて普通の金と交換して欲しいって言ってくるのよ。それがもうしつこくて怖くて。まるでストーカーよ。夜も眠れなくなってしまったの」

「もっと早く俺に言ってくれたらよかったのに」

牧村は言い、辛島と麻紀とに説明する。

「うちの母が今日ここに来て、アキさんからそんな話を聞いたもんですから。相手はみんな田神町の人かい」

「ええまあ」

なぜか秋江は言葉を濁した。

「若には話そうかとも思ったんだけど、これはあたし個人の問題だしね」

「何言ってるんだよ、もう」

時計の針は、八時四十分を回ろうとしていた。それからさらに二十分ほど待つ。何も起こらない。たまに外で足音がすることもあったが、どこかの家の玄関に吸い込まれていってしまう。

「ほんとに、来るかな」

九時を回った掛け時計を見上げ、麻紀は少し緊張した面持ちでつぶやいた。

「奴らが来るのはいつもこのぐらいの時間なんですよ。遅いんだ。年寄りの時間帯ってものを知らないんだよ、あいつらは」

秋江は不安を隠しきれない様子でいう。落ち着かないのか、牧村に吸い過ぎを注意されるまでたて続けにタバコをふかし、手洗いに立って戻ってきた。

さらに十分——。

玄関先で物音がした。

口に運びかけたコップから麦茶がこぼれるのも構わず、秋江は見開いた両眼を玄関へ向けた。視線を追った麻紀がはっと口に手を当てる。人影が立っていた。黒い大きな影だ。

「どうしよう、若」

秋江がうろたえ、押し殺した声で牧村を振り返ったとき、立て付けの悪い戸のすきま風を思わせるような猫なで声が辛島にも聞こえてきた。

「柳井さあん」

「ひっ」

のけぞった秋江は座布団からずり落ち、牧村に支えられた。顔面蒼白になり、痙攣《けいれん》でも起こしたように体が震え始める。

「こいつかい」

小声で聞いた牧村にうんうんと頷いた秋江の両目は、まるでひびの入った皿のようだ。

「柳井さあん。アキさあん。いらっしゃいますか」

続いて、がしゃがしゃ、と引き戸が鳴った。そして、鍵がかかっていないことに気づいたらしい。辛島にも、数センチの隙間から差し込まれた指がムカデの足のように動くのが見えた。

牧村がたっと玄関に降り、気配を窺う。足音を聞きつけたか、「アキさあん」とうれしそうな声になる。辛島の横で震え上がった秋江は、座布団を頭からひっかぶった。

牧村の手が、がっ、と勢いよく戸を引き開けたのはそのときだ。

「あ」

全身黒ずくめの男がその姿に驚き、飛び退く。黒の作業ズボンにワークブーツ、着古したシャツを身につけている。異様なほど痩せ、黒ずくめの格好の中で目だけが光を放っていた。カラスのような男だ。

「おいっ」

牧村は一喝し、逃げようと背を向けた男の腕をはっしと掴む。

「有坂さん」

その瞬間、男の背中がぴたりと動かなくなった。肩が落ち、がくりと首が傾く。二人の男はそのままの格好で静止した。

「なんで、あんたが」

返事はない。無精ひげを生やし、油で汚れた横顔がゆっくりと振り返った。随分老けた印象だったが、まだ五十代だろう。疲れ、やつれ果てた男の顔だった。

男と牧村は互いに言葉を探して見つめ合う。

「話を聞かせてほしい」

やがて牧村に促され、有坂と呼ばれた男はすごすごと入ってきた。辛島と麻紀、恐怖の表情を顔面に張りつかせている柳井秋江に向かって頭を下げると、居間の片隅に正座する。そして拳を膝に置き、腕をまっすぐに伸ばした格好で畳に視線を固定した。やがてその指に力が込められ、強く両目をつぶった有坂は、掠れた声で、すみません、と言った。

「どうして」

牧村はただ謝罪の言葉を聞いただけでは収まらない様子だ。

「知ってる人なの、牧村さん」

「まあな。父の古い友人。苦しいときに助けてもらったこともあるらしい。それは俺も知ってる。でもなんでだ、有坂さん？」

うなだれた有坂は、頸骨《けいこつ》がぽっきり折れてしまったように頭を前に垂らしている。その喉元からか細く、とぎれがちな言葉が出てきた。

「どうしようも――なかったんだ。田神札、握っちまって――こんなことするより、どうしようも、なかった……」

牧村は反論する。

「大変なのはわかる。でも、あんたは自分の利益のために年寄りが貯めた老後の資金を狙ったんだよ。病気で入院したとき、田神札で費用が払えますか。これは詐欺だよ」

詐欺という言葉に、有坂の体が反応した。さっと上げた顔にはどす黒い怒りが浮かんでいる。

「好きこのんでやってんじゃないんだよ。俺だって生きる権利、あるだろう」

有坂の抗弁は続く。

「それに——それに、もしこれが詐欺なら、田神札で代金を支払う田神協力会企業はどうなるんだい。ただでさえ金繰りはぎりぎりだってのにこんなもん押しつけて、それは詐欺じゃないのかい」

有坂はズボンのポケットから田神札の束を二つ取り出し、それを畳の上に放り投げた。秋江の視線がそれに釘付けになった。苦しそうに喉を鳴らし、よろよろと立ち上がる。

「もう帰っておくれ。頼むから、もう帰っておくれ」

牧村は慌てて立つと、ふらついたその体を支え、隣の部屋のベッドまで連れていく。辛島のところからも秋江の小さな背中がひどく震えているのがわかる。居間には扇風機がひとつ回っているきり、クーラーはない。座っていると背中から汗がにじみ出してくるのだが、それでも秋江の震えは止まらないようだった。牧村は台所のテーブルにある病院の薬袋を探して精神安定剤を見つけ、コップの水と一緒に秋江のもとへ運ぶ。それを飲んでしばらくするとようやく秋江は静かになり、眠ったのか動かなくなった。

「いくらぐらい、田神札を持ってるんです」

戻ってきた牧村は真剣な眼差しで問う。有坂は居心地の悪そうな顔であぐらをかいた。

「五百万円ちょっと、かな」

「そんなに。どこから受け取ったんです」

「いろいろさ。協力会だけが出所じゃない。あんた、知らないのかい。もうそこいら中に出回ってんだ。強い奴から弱い奴へ押しつけられてさ、しまいに、俺みたいな底辺にいる連中のところに溜まるのさ。ゴミ溜めのゴミみたいなところにさ」

牧村は親指と中指で眉の付け根辺りを押さえ、呻くように言う。

「だからって年寄りを狙うなんて。いつから、こんなことやってるんです」

「いいだろう、別にいつからだって」

「金は返せますか。年寄りから集めた金ですよ」

有坂は血走った目を上げ、情けなさそうに口をへの字にしてふてくされた。

「使っちまったよ。どうすりゃいいんだい。首でも括《くく》れってか」

居直った有坂の態度に、牧村はゆっくりと首を横に振った。

「返すべきだと思うからきいてるんです。——資金繰りはどうなんです、会社のことだけど」

大きなお世話とばかりに、有坂はそっぽを向いた。

「このままじゃ、明日にでも不渡りさ」

牧村は何事かじっと考え込み、そしておもむろにきいた。その表情に決意が込められている。

「いくら足りないんです」

「牧村さん——！」

言わんとすることを察し、麻紀が制止しようとする。有坂の瞳に別な感情が宿った。期待という名の生き物の輝き。それがすっと瞳に浮かんだ。

「とりあえず二百万円」

「二百万円、か」牧村は金額を口の中で繰り返す。

「いいのかい」

有坂は舌で乾いた唇を舐め、牧村を覗き込む。「ほんとにいいのかい。あのさ、もし貸してくれるんなら、一生、恩に着るよ、俺。そういや、あんたの親父に貸したことがあったんだよな」

「いや、まだ決めたわけじゃ」

牧村は逡巡する。そのときだ——。

「いけません」

という声がして牧村をはっとさせた。ベッドから降りた秋江が阿修羅の形相で両腕を細い腰に当て、立っている。

「そのお金、こんな人に貸したら、もう戻って来ませんよ、若。若はもう立派な経営者じゃないか。貸したらだめだよ。こんな人に情けをかけても何も戻って来やしません。先代だってきっとあの世でそう言ってますよ。貸すなって」

「黙ってろよ、この人と話をしてるんだ」

どすを利かせ、有坂は唇を歪める。「忘れるな。俺はあんたの親父が困ったとき、金を貸したんだぜ。恩を仇で返すのか」

「違うよ」

ぴしゃりと秋江がいった。

「そのとき、あんたは先代が持っていた土地を担保に取ったんじゃないか。もし、困っているから昔の恩義で貸せっていうんなら、あんたがやったように担保を持ってらっしゃいよ。若が知らないと思って――」

「担保ならこの――田神札でどうだ。これならいいだろ？　あんた達協力会が俺に支払った金だ」

「そんなもの、担保になるもんですか」

「なんだと。じゃあ、あんた達は俺に紙屑を押しつけてるのかよ」

「失礼ね。どこから田神札を受け取ったか知らないけど、ウチじゃそんなもの扱ってないの。ウチは下請けに田神札で払ったこと、今まで一度も無いのよ。ほか、当たっとくれ」

「もういいよ、アキさん」

制され、秋江は口を噤んだ。

牧村は有坂を見て、「悪いね」と一言だけ告げ、俯いた。

有坂は派手な鼻息を吹き出すと、

「いいよな、恵まれた会社はよ。お坊っちゃんはよ。恩知らずめ」

と捨て台詞を吐く。そしてさっと腰を上げ、脱ぎ捨てたワークブーツに足を入れた。最初のしおらしさは微塵《みじん》もなく、恥も外聞もないエゴを晒している。

「もう、ここへは来ないで欲しい」

再び背を向けた有坂に牧村が言った。

「誰が来るか！　こんなごうつく婆ァのところなんかによ」

有坂は乱暴に言うと、ぴしゃり、と玄関の戸を閉めて出ていった。ワークブーツが立てるごぼっごぼっという籠もった音が小さくなっていくのを聞きながら、誰も口をきけなかった。

「なんで言ってくれなかったんです、アキさん。あの人が両替屋だって」

すとんとその場に座り込んだ秋江は焦点の定まらない視線を部屋の天井辺りへ投げる。

「言えなかったよ。若に嫌な思いはさせたくなかったんだ」

「昔はあんな人じゃなかった」

秋江は、自分の息子を見つめるような慈愛に溢れた目を牧村に向けた。

「金という奴はね、人の性格まで変えてしまうんですよ。それを忘れちゃいけない」

「明日、不渡りが出るって言ってたわ」

心配そうな麻紀に、秋江がかぶりを振る。

「あいつ、いつもああ言うの。二ヵ月も前、ここに初めて来たときからね。みんな嘘なんだよ。真っ赤な嘘さ――」

啞然とし、次に「そうだったの……」と小声で言ったきり口を噤んだ麻紀の隣で、辛島は、有坂も絶望の淵に追いやられている人間であることだけは間違いないだろうと思った。たとえすぐに不渡りは出さなくても、そう遠くない将来、有坂が行き詰まることは間違いない。有坂の嘘に妙なリアリティがあるのはそのせいだ。

帰りの車中、牧村も麻紀も、そして辛島も、三者三様の思いに沈んでほとんど口を開かなかった。なんて辛い夜なんだろう。田神札は思ったより町の経済に浸透し、根幹から腐らせている。その事実を、苦々しい思いで辛島は嚙みしめていた。

10

その夜、風呂に入って一息ついた辛島は、さっそく滝川から入手した田神亜鉛の資料を開いてみた。

封筒の中には三期分の決算書が入っていた。分厚いのは、ご丁寧にも税務署に提出した申告書の写しから経費明細まで全て揃っているからだ。この念の入れようは滝川に感謝しなければならない。

田神亜鉛の直近決算は年商四百二十億円、当期利益八億円となっていた。売上高そのものはここ三期ほど横這い。利益は出ているが、売上の規模からすれば収支トントンに近い。

銀行取引は、全部で八行。主力は東京シティ銀行、東海第一銀行が準主力。滝川の勤務する東木曽銀行は、融資額では下から二番目と振るわず、融資残高は十億円程度。田神亜鉛の借入金は短期・長期借入金を合わせて三百億円を超える。

「借入が多いな」

女将から借りてきた電卓を叩いてみて、辛島はつぶやいた。信用収縮時代のいま、借入過多は企業の資金繰りにとって大きなマイナス要因になる。このくらいの規模の企業であれば、せいぜい二百億円程度に収まっていなければならない。

決算書三期分の融資内訳を見ていて、あることに気づいた。

この三年間の融資額はほぼ同額で推移しているが、内訳を見ると東京シティ銀行が昨年には融資を減らした分、他の銀行が増えている。三年前には名前も見えなかった地方銀行が直近の決算に突然登場し、数十億円の融資を実行している。東木曽銀行もここ二期で融資額を倍増させていた。

なにかある、という直感はそこから来た。

主力銀行が融資を減らすときには、それなりの理由がある。田神亜鉛の財務に最も精通している金融機関が離れていくからには、第三者では知り得ない事情があると考えたほうがいい。

辛島は無心に電卓を叩いて経営指標をはじき出していった。

次に三期分の貸借対照表を並べ、各期ごとの資金運用表を作成してみる。

直感は次第に確信に変わっていった。

何度も気になる勘定科目の明細をチェックし、製造原価の内容まで詳細に洗い直した頃、最終的にこの決算にまつわる矛盾に気づいた。どこかに歪みがある。それが不良在庫をはじめとする決算操作にあると突き止めたときすでに深夜になっていた。

「粉飾決算か」

興奮で頭が冴え渡り、全身をアドレナリンが駆け抜けていく。何時間も座椅子に掛け、背中を丸めて数字に没頭していたため体の節々が痛んだが、そんなことには構っていられなかった。

辛島は、いくつかの具体的な疑問点を抽出していく。

おそらく粉飾の金額は数十億円か、それ以上。それは直近だけではなく、何期にもわたって構築されてきたものだ。

夜は更け、座卓に置いた腕時計の針は午前四時を指している。目の前には、数字で一杯になったレポート用紙が何枚か広げられていたが、いまや辛島の頭の中はそれ以上に疑問で膨れ上がっていた。

決算書を閉じようとした辛島の目に、税引き後当期利益の八億円という数字が虚しく映る。

この数字を信用することはできない。

田神亜鉛の本当の業績はおそらく、実質赤字だ。辛島の抱いた疑惑は、その一点に到達する。

小さな町に君臨し、城下町を形成している企業。この町の人々の信頼と羨望を一身に集めた盟主企業はいま、根拠のない数字で飾り立てるまでに追い詰められている。

主力の東京シティ銀行が融資残高を減らしているのは、その粉飾を知っているからだ。

固定負債の付属明細に面白いものを見つけた。黒沢金属工業が引き受けた社債は「第二回」。ここにはその前に発行した「第一回田神亜鉛株式会社社債」の明細が載っている。

発行日は、ちょうど三年前の六月。発行期間六年の長期債。調達金額三十億円。銀行主導による大型私募債だ。東京シティ銀行以下、三行が幹事を務めている。

「これだ――」

辛島は、ようやく交渉の手がかりを摑んだ。

第三章　軌道道《きどうみち》

1

田神町にある三本の坂道のうち、東側に位置する最も急な坂道が男坂だ。その、まるでジェットコースターの頂上に立った感すらある坂上から三十メートルほど下ったところに、須藤不動産はあった。

田神町にあって一際目立つ須藤鉱業ビルのイメージから余程立派な建物を想像していた辛島だったが、店構えは間口三間ほどのこぢんまりしたものだ。三階建て鉄筋コンクリートの一階が店舗になっており、ビル右手、階段に備え付けられた郵便受けには、テナントらしい社名が入っている。

不動産物件の間取り図がぎっしりと貼られたウィンドーの隙間から回転椅子を三脚並べただけのクリーム色のカウンターが見え、ストライプの制服を着た若い女子社員がひとり、パソコンに向かっていた。間取りは狭いが奥行きはかなりあるようで、ブルーのセパレーターで仕切られた応接用ブースが奥に二つ並んでいる。カウンターの奥まったところに大振りな机があって、黒い椅子の背もたれにスーツの上着がかかっていた。

入ろうか——。辛島が逡巡したとき、モニタ画面を見ていた女子社員が気づいて会釈を寄越した。誘い込まれるように思わずドアを押した辛島は、「お探しですか？」と問われて返答に窮した。

「ええ、まあ」

店内に入った右側の壁にも店先と同じ様に間取り図が貼ってあって助かった。有線放送らしいBGMに混じり、奥のブースから、ぼそぼそと細切れの会話が洩れている。間取り図の前に立ち、背中に視線を感じつつ物件を探すふりをした辛島は、ボードの端、「振興券クイック・ローン取扱中」という黄色い貼り紙に目を奪われた。

「ローンか……」

「ご入り用ですか」

思わず振り返った辛島の前で、爽やかな営業用の笑顔が引っ込み、どこか媚びを売るような表情が浮かんだ。

「条件は？」

女は辛島にカウンターの椅子を勧めると、「須藤不動産　カウンターレディ　中込理恵」

と印刷された名刺を差し出してから、「必要な額はおいくらです？」ときいた。茶色っぽいショートカットの髪、整った顔に蓮っ葉で濃い目の化粧をしている彼女は、艶のある濡れた目を向けてくる。辛島は適当な金額を言ってみた。

「二百万円ぐらい」

「なににお遣いになるんですか」

会社の運転資金、とさらに出任せを言う。女の目が客を値踏みする水商売のそれになる。自分が金持ちには見えないことぐらい百も承知だが、まだ二十歳そこそこの若い女が金貸し稼業の抜け目無さを発揮し始めたのは意外だった。

「いつまでに必要ですか」

「特に急ぎというわけではないので。条件だけ聞きたい」

その一言で、女の、辛島に対する興味は潮が退くように失せたようだ。中込という女は、カウンターの内側からペラ一枚だけのパンフレットを取り出してカウンターに載せた。

「不動産などの担保は要りませんが連帯保証人さんをお一人つけていただきます。これまで、当社のクイック・ローンをご利用されたことは――？」

辛島が無いとこたえると、中込はパンフレットに印刷された簡単な取引図をボールペンで指しながら説明を始める。

「お申し込みをしていただきましたら、遅くとも翌日までにはご資金をご用意いたします。

返済期間は、最長で六ヵ月。融資はすべて短期資金に限らせていただいております。また、融資の上限は五百万円になります。返済方法は、分割返済と一括返済、それにいつでもご自由にご返済いただける任意返済の三通りがあります。もし連帯保証の内容を個別債務ではなく、保証極度付き根保証としていただけるのなら融資枠を設定することも可能です。融資枠と申しますのは、たとえば一千万円の枠をお作りしたときには、借入金の残高が一千万円になるまでいつでもご自由にお借り入れができるというものです」

説明は手慣れたものだ。中込は滑舌よく早口で説明すると、辛島の質問を挟む間をとった。

「金利は」

「ツキサンでお願いしています」

「ツキサン？」

「毎月三パーセント。年率三十六パーセントです」

「高いな」

辛島の感想はさらりと受け流された。

「銀行よりは、という意味でしたら、そうです。ですけど、貸金業としては決して高くはありません。ただし、金利については日本銀行券で支払っていただきます」

田神札を融資し、普通の円で利息を受け取る——。借り手はいるのか。辛島は感じたままの疑問を口にした。

「もちろん、いらっしゃいます。銀行が貸してくれないときに、ウチでご融資させていただく田神札で仕入れ代金を支払えば資金に余裕ができます。もしお望みでしたら田神札を担保にして、日本銀行券をご融資することもできます。ただし、その場合の担保掛け目は三十パーセント、百万円の田神札を担保にいただきましたら、三十万円のご融資額となります」

借り手にとっては相当酷い条件だが、田神町の景気であれば借り手はやはりいるのだろう。そのとき、「またよろしくお願いします」という男の声が辛島を振り返らせた。

声の主らしいでっぷりした男に送られて、奥のブースから現れたのは派手なシャツを着た小柄な男だ。辛島は男の風姿をそれとなく眺めた。危うく見間違うところだったが、男は昨夜行った小料理屋「かわ田」の支配人に相違ない。

過剰なほど丁寧な見送りを受け、支配人はひょうひょうとした軽い足取りで店の前の坂道を上って消えていく。姿が見えなくなるまで何度も頭を下げた男は再びブースに戻ると、黒い手提げ鞄を持ってカウンターの内側にある自分の席に戻った。一番奥の大きなデスクだ。おそらく須藤不動産をまかされている社長だろう。四十半ばの脂ぎった男だった。

男は鞄のファスナーを開け、中味を取り出す。辛島は密かに息を呑んでその動作を見守った。

田神札だ。

太い指が無造作に摑んだ一万円券の札束は、三つ。

三百万円か。

おそらく、こういう金が田神札ローンの原資となっているに違いない。「かわ田」は、集めた田神札をこの須藤不動産で運用しているのだ。須藤不動産が高利で貸し付けて得た利息の一部は、「かわ田」に渡っているはずだ。「かわ田」はそうして得た金で、代金を田神札で受け取ったことで生じる不利益をカバーしているに違いない。

田神札に狂わされ利益を逸した者たちが、さらに他者を狂わせ追い詰めていく。その波及効果が行き着く先が倒産であり、あるいは有坂のような両替屋である。水が高所から低所へと流れていくように、田神札もまた商売上の川上から川下へと流れ下るのだ。

「田神札の運用も引き受けるのか」

いまや明らかに冷やかしだと気づいた女はそっけなく頷いただけだ。BGMは聞いたこともない演歌に変わった。奥のデスクで金を数えなおしている男を一瞥し、「検討してみる」と女子社員に告げた辛島は、須藤不動産の重い扉を開けて出た。

2

山あいの町と思えぬ油照りの一日になった。

午後の数時間を近隣の市立図書館で過ごした辛島が帰路につく頃、案の定、激しい夕立がきた。車のワイパーをどれだけ速く動かしても追いつかないほどの降りが古い街並みを洗う。それが止むと、夕焼けになった。焼けた鉄のように爛れた空が次第に暮れなずんでいき、町屋の屋根にすっぽりと夜闇が降りた頃、排煙と塵を根こそぎ払われた透明な夜空に星がひとつふたつと瞬きだした。

牧村から連絡があったのは、つい五分ほど前だ。

田神亜鉛協力会の連絡会議は午後四時に始まり、七時過ぎから食事会。それが終わり、安房は会場を後にしたという連絡だった。

いま辛島の腕時計の針は午後九時半を指している。何も無ければ安房正純はまっすぐに自宅に戻るはずだ。それを待って、直接交渉する——それが辛島の立てた計画だった。安房正純の自宅は午前中、須藤不動産から戻った後に、下見を終えている。

町の中心へ向かって車を走らせ、そこを抜けた。商店街が途切れる頃、閑静な住宅街に入る。道は緩やかな上りだ。〝奥の院〟と称される高台にはひときわ目を引く大きな住宅が立ち並んでいた。安房正純邸はその一等地でも飛び抜けて立派な純和風の豪邸だ。

辛島の車はいま、安房邸への道程を走っている。やがて、ヘッドライトに広大な敷地を取り囲む白壁が映し出された。その塀沿いに車を走らせ、正門が見える道路脇に寄せて停車する。

しんと静まり返ったなか、フロントガラス越しに瓦屋根のついた立派な門が見える。半弧を描くよう配置された石畳の車寄せが門灯に照らされていた。

「来るかな」

麻紀が初めて口をきいた。

「わからん」

連絡会議が開催されていたのは近隣市内のホテルだ。自宅まで車で約三十分。他に予定が無ければ後十分ほどで安房のリムジンはここに現れるはずだ。

「何か話して」

助手席で麻紀は身じろぎした。「あんまり静かだと緊張するのよ」

辛島は笑った。

「肩の力を抜けよ」

「無理だ、そりゃ。こっちは将来かかってるもん」

「たかが金だと思えばいい」

「そう思うようにしようとするんだけど、ダメなんだ。たかが金だけど、されど金って感じでさ」

真剣な表情になった麻紀の横顔を見た。言い得て妙だ。

麻紀はふうと息をついてフロントガラス越しに安房邸の車寄せを見た。明かりに照らされ、そこだけ小さな円形舞台のように浮き上がっている。

麻紀が窓を開けた。肌に心地よい湿度を保った夜気が虫の音を運んでくる。

二十分ほど待った頃、遠くからエンジンの音が近づいてきた。リムジンだ。辛島の乗った車の脇を通り抜け、前方でブレーキランプを点灯させる。後尾が下がり、飛行機の優雅なランディングを思わせる滑らかさで、車寄せ正面に停止した。

「行くぞ」

辛島は車を走り出た。距離を詰める。

運転手の引き開けた後部ドアから降り立ったのは、油でなでつけた見事な銀髪だった。大柄な体にぴったりと合った上等のスーツを纏い、瞬時、視界をかすめていったのは胸に差した深紅のポケットチーフか。隙のない動作でリムジンを降り立った男は右手をポケットに入れ、大儀そうに左手を挙げた。

「ご苦労」

低く喉を鳴らすねぎらいの言葉が辛島の耳に届く。辛島は駆けるのを止め、その背中まで数歩というところまで近寄っていた。スニーカーの立てる足音が、静かなエンジン音と入り交じっている。

安房より先、運転手が気づいて警戒の視線を向けてきた。安房の視線は、まるで灯台の光芒が漆黒の闇を舐めるかのようにゆっくりと回ってきて、辛島の上でぴたりと止まる。

門灯を背負い、影になった顔のなかで光を放つ二つの眼が辛島に向けられた。威圧感のある目だ。

安房正純の炯眼《けいがん》は、一本の矢となって辛島の魂を射抜いてくる。片手の安房の息子。おそらくは悲惨な少年時代を経て、辛酸をなめながらも這い上がってきた男の目は今まで辛島が見たどんな目よりも固く冷徹で、沈みきった鈍色の底に鋭利な敵意と油断のなさを秘めていた。

この男は、人と容易に接点を持とうとしないだろう。与《くみ》しがたい相手だ。手強いぞ、きっと。覚悟を決めた辛島は、「安房さん」と声をかけた。

「辛島といいます。こちらは黒沢。黒沢金属工業の黒沢です」

頭を下げた麻紀の姿に、安房は一瞬考え、そして、ようやく合点がいったか「ああ」という言葉を洩らす。

「社債の件でお話をしたいんですが、時間をいただけませんか」

「償還の件か」

頷いた辛島に、安房は平然と言った。

「断る」

辛島は訴えた。

「御社と親密な取引をしてきた黒沢金属工業が今どういう状態かご存じだと思います。社債の償還に応じていただけるならなんとか立て直すことができるんです」

「ほう」

気の無い返事だ。安房は全く関心を示さなかった。それどころか、どこか小馬鹿にしたような響きもその声には混じっている。

「検討していただけませんか」

「お断りだ。だいたい、償還期日まで待つのが社債引き受けのルールというものじゃないか。引受人の都合で返さなければならなくなる借金など社債といえるかね」

叱りつけるような調子で言い、安房は辛島をぐっと睨みつけた。正論だが引くわけにいかない。ここからが勝負だった。

「お宅の決算を精査させてもらいました」

ほんの僅か、瞳が疑心に揺れた。それを辛島は見逃さなかった。

「合理的に説明できない部分がかなりある。主力の東京シティ銀行が融資を減らしているのはそのためじゃないんですか。他の銀行が理由を知ったら、どうなるか」

安房は辛島をじっと見つめる。拳を口にあて、ひとつ咳払いした。

「お宅は黒沢のどういう関係かな」

「彼女の学校の教師です」

口を開きかけた麻紀を制し、辛島は応える。

「教師？　どこでウチの決算書を入手した」

「それは言えません。相手に迷惑がかかるので」

安房は考え、視線を足下に落とした。磨き上げられた靴が輝きを放っている。安房の視線がふたたび辛島に戻った。

「生憎、財務の細かい数字は人に任せているのでね。いまこの場でそんなことを言われても困る。どうだろう、もし週明けに時間があれば、詳しい者に説明させるが」

「あなたが同席する条件でなら、それでも結構です」

安房は思案するそぶりを見せたが、決断は早かった。

「いいだろう。ウチの担当者は連絡先を伺っているのかな。月曜の朝、そちらに電話をさせる。それでよろしいか」

「いいでしょう」

安房は軽く右手をあげると、失礼、と言いおいて潜り戸から屋敷の中へ消える。会談はそれで終った。時間にしてほんの数分。交渉のための、交渉だった。

車に戻ってから緊張した面持ちの麻紀が胸を撫で下ろした。

「月曜、一緒に行くか」

「もちろん。——ありがとう」

「礼を言うのはまだ早い」

「結果じゃない。こうしてくれたことに感謝してるのよ」

麻紀を牧村の自宅に送り届けるために辛島は車を出した。

3

田神亜鉛の富田から、九時きっかりに電話がかかってきた。安房が指定した時間は午前十一時。その三十分前に扇屋旅館を出た辛島は、牧村商会で黒沢麻紀を拾った。

田神亜鉛の駐車場に車を停め、「東棟」の三階へ向かう。役員専用フロアらしく、廊下にはグリーンの絨毯が敷かれていた。そこにもう一つ受付があって、辛島と麻紀は応接室へ案内された。

その部屋の大きな窓には、ヨーロッパの古風な部屋を想わせる上飾り、襞飾り付きの豪勢なカーテンがかかっていた。窓からは田神の町並みを一望することができるのだが、ドイツ辺りの高級ホテルの窓から思いがけず日本の田舎町が見えてしまったようなアンバランスな印象を受ける。

「贅沢だけど、落ち着かない部屋ね」

案内した女性が出ていった後、麻紀が感想を洩らした。調度品は申し分なく高級品揃いだが、値段が高いことだけを条件に買い集められたかのように、ソファも壁の色もカーテンも別々な個性を主張して統一感がない。

応接室の部屋がノックされたのは、約束の時間を数分過ぎた頃だ。入室した相手を見て、辛島は、目を瞠《みは》った。

あの女だった。黒沢麻紀の自宅の前で見かけたメルセデスの女だ。

「加賀と申します」

女は、辛島に気づいた様子もなく、名刺を差し出した。田神亜鉛の名刺ではない。株式会社加賀トレーディング代表取締役加賀翔子。会社所在地は、東京都港区になっている。赤坂にあるビルの五階だ。辛島も自己紹介し、麻紀との関係を一言添える。

「どうぞおかけください」

椅子にかけると、明るいブルーのタイトスカートから覗いた綺麗な膝頭が辛島の目の前にきた。足は揃えられ、少し斜めに傾いている。加賀は金のネックレスをしている以外、イヤリングも指輪さえもつけていなかった。脇に抱えてきたブリーフ・ケースを自分の椅子の脇に置き、冷たい静けさの中を何万光年もくぐってきたような視線を辛島に向けた。

加賀はひとりだ。

「田神亜鉛の財務内容についてご質問があると伺っています。どのような件でしょうか」

媚びたところの全くない、低くよく通る声だった。

「財務について質問したくてお邪魔したわけではありません」

辛島は言った。「ここにいる黒沢さんの会社が引き受けた七千万円の社債を期前償還していただくのが目的です。安房社長はどうされました。同席していただく約束ですが」

「残念ながら急用ができまして。その代わり、いまの社債の件も含めて一切のことを任されておりますので、私がお話を承わりたいと存じます」

急用云々は見え透いた嘘だと辛島は思った。

「それは社債の期前償還の件も含めてあなたに権限がある、という意味ですか」

「そう考えていただいて結構です」

「失礼ですが、田神亜鉛さんとはどのような関係なんでしょうか。我々としても第三者に内々のことをお話しするわけにはいかないので」

「資金繰りを含めた財務コンサルタントを任されております」

「社債を企画されたのも加賀さんですか」

この女ならやるかも知れない。そう直感した。並みの手腕ではないことは彼女が纏っている雰囲気でわかる。

「御社は貿易関係のようですが」

社名にある〝トレーディング〟というネーミングを見て辛島は言った。

「本業は、そうです。ですが私どもでは様々なノウハウを提供しておりますので。資金調達もその一環です」

「なるほど。お聞き及びかも知れませんが、黒沢金属さんは今週、一回目の不渡りを出して、あまり芳しい状況ではありません。しかし七千万円の資金があれば、乗り切ることができます。親密なお取引先としてぜひ期前償還に応じていただきたい」

加賀は表情を曇らせた。

「申し訳ございません。償還に応じたいのは山々ですが、資金繰りの都合があってとてもご期待に沿える状況ではないんです」

「年商四百億円を超す企業が七千万円の資金繰りがつかないのですか」

辛島は押した。

「資金効率を上げるためにぎりぎりで運営しておりますので」

「別に余剰資金を回すだけが方法ではないでしょう。銀行で借りていただき、こちらに返していただくなりのお骨折りを期待するのは過ぎたことでしょうか」

「そのようなことは致しかねます。決算書をご覧になったそうですね。それならおわかりかと思いますが、現状でも有利子負債は水準以上に多いのです。これ以上増やすわけにはいきません」

言葉の丁重さとは裏腹に、加賀は一歩も引かなかった。

「加賀さん。田神亜鉛の社債のために、黒沢さんは、銀行から借金してまで応じたんですよ。自社の都合を顧りみない献身的な行為だと思いませんか」

「ありがたいと思っています。でも、契約は契約ですから」

「契約といってもろくな契約書もないじゃないですか」

辛島は少し腹が立ち、刺々しい口調になった。

「いただいているのは募集要項と申込書だけで、資金使途の研究内容や財務内容についての説明すらない。契約なんて概念、最初からなかったんじゃないんですか。田神亜鉛との力関係で強引に金をかき集めただけでしょう」

「本来的に双方の合意さえあれば、契約は成立するはずですが」

「それは理屈です。民法の話をしているんではない。モラルの問題だと言っているんです。それにお宅だって、契約を盾に取られては困るのではありませんか」

加賀の目に警戒心が浮かんだ。

「どういうことでしょう」

辛島は田神亜鉛の決算書を持参した紙袋から取り出した。分析のために細かい書き込みで一杯になっている。加賀の目の前で固定負債に関する付属明細を広げ「社債」の項目を開いた。二回の社債発行額と明細がそこに記されている。黒沢が引き受けた第二回ではなく、第一回目の社債についての記載を指さす。

「この社債は銀行主導の大型私募債ですね。取り扱い幹事は主力行の東京シティ銀行、準主力の東海第一銀行、そして三位の中央相互銀行の三行です。銀行が私募債の主幹事になった場合、信託証書を締結するはずだ。そこには期限の利益に関する特約があるのをご存じでしょうか」

辛島は十ページに及ぶ契約書のコピーを加賀に見せた。一昨日の午後、市立図書館で調べあげたものだった。

「これは、銀行が取引先企業の私募債を受託する場合に締結する『物上担保附社債信託証書』の雛形《ひながた》で、ほとんどの銀行の契約書に共通していると考えられます。銀行主導で発行する私募債では、発行社債の大半を銀行が引き受ける形を取りますから、銀行にとって手数料収入という旨味があるものの、普通に融資しているのと変わらない。だから、当然、相手企業が業績不振になったときに備えて銀行に有利な特約が入っているわけです。第一章、社債総則にそれが含まれています」

辛島は、契約書の当該箇所を示した。

第一章社債総則、第1条の（10）期限の利益喪失に関する特約。

「この十号のへ――」

へ・甲が本号（ホ）のほか、その事業経営に不可欠な資産に対して差押、仮差押、仮処分もしくは競売（公売を含む。）の申立を受け、または滞納処分を受け、あるいはその他の事由により甲の信用を毀損する事実が生じた場合で、いずれの場合も乙が本社債の存続を不適

当であると認めたとき

「甲とは田神亜鉛、乙は銀行です。条文中の『あるいはその他の事由による甲の信用を毀損する事実が生じた場合』の解釈についてですが、粉飾による決算操作が該当することは疑いようがありません。いま幹事行が、この特約によってこの第一回社債の期限の利益を喪失させればどうなるか。もちろん事は社債だけでは済まない。田神亜鉛の資金調達は即座に危機的な状況を迎えることになるでしょう。それこそ、七千万円の資金繰り云々などと言っている場合ではなくなると思いませんか」

「おっしゃる通りだと思います。もし粉飾の事実があれば」

加賀は動ずる素振りさえ、見せない。

「粉飾は事実でしょう。たとえば——」

辛島は決算書を開いて、売掛金の数字を指さした。

「ここにある三期の決算書を使って簡単に資金運用表を作ってみました。これです。売上債権額のばらつきに気づきます。売上高は横這いなのに、これだけのブレがあるというのは通常では考えられない」

売上債権の内訳は、受取手形と売掛金だ。その額が三年前は増加し、二年目は減少し、先期はまた増えている。変動幅は、決して小さなものではない。

「売上債権の額にばらつきがあるぐらいで粉飾呼ばわりされるのは心外ですね。売上債権の内訳は、受取手形と売掛金です。これはスポットの大口受注があったりといった要因で大きく変動する性質のものです。実際、三年前は現金での売上が落ちていたのですが期末にそれをカバーする大口注文が入ってくるという要因があって収支ズレが変動しました。そういうことはよくあることですよ、辛島さん。田神亜鉛の業績をご心配いただくのはありがたいと思いますが」

「随分、都合のいいスポット受注ですね。じゃあ、具体的になんという会社からいくらの金額を受注したのか教えていただけませんか」

加賀は、宥《なだ》めるような口ぶりになる。

「辛島さん、当社は未公開企業なんです。残念ですが、取引内容にまで立ち入ったお話はするわけにいかないんです」

「期末に急なスポット受注で売掛金が増加したのなら、なんで在庫の数字がほとんど変わらないんですか。あなたは今、現金売上が減少していたとおっしゃいましたね。だったら、当然在庫は調整されて少なくなっているのが普通なんです。それも動いていない。まるで架空の売上を数十億円も計上して、実態のないものを売ったように見えて仕方がないんですよ、私には」

「素晴らしい想像力ですね」

加賀は皮肉を口にした。

「想像ではなく、事実に基づく推測です。残念ながら、私にはこの決算書以上に田神亜鉛の財務を調べる術がない。でも、実際に取引している銀行は違うでしょう。連中はきっかけさえ与えてやれば、経理部へ乗り込んででも徹底的に真相を追究しようとするでしょう。それでもいいんですか。黒沢金属工業の七千万円を期前償還してもらいたい。できるだけ早くに」

加賀は、信託証書の雛形を手にとってしげしげと眺めるとそっと辛島の方へ返して寄越した。もう話の重要なところは終わったとでもいうように椅子の背にもたれる。

「辛島さんに一つ忠告しておきますが、東京シティ銀行や東海第一銀行にそのような情報を流しても無駄です。両行の融資残高を考えたことがありますか。約百億円。田神亜鉛から融資を引き上げるのは結構です。その結果仮に倒産することにでもなれば、痛い目に遭うのはむしろ銀行のほうですわね。彼らは損になることは絶対にしない人種なんです。それは当社の融資についても当てはまります」

加賀は言い、悪趣味なカーテンの向こう、田神町上空を覆っている工場の排煙を眺めやった。どうしようもなく、陰気な光景だ。

「残念です。お力になれなくて」

加賀は立ち上がる。

そのとき——。

「謝って」

鋭く麻紀が言った。視線はまっすぐに加賀翔子に向けられている。振り返った加賀は、はじめて驚いた顔になって真正面からその視線を受け止めた。

「契約だかなんだか知らないけど、私募債を企画したとき、無理なことでも協力会の会社なら言うことをきくだろうってあなたは考えたと思う。協力会は確かに田神亜鉛からの注文が無くなると困ってしまう。だから、必死にあなたの要求を呑んだのよ。それがどんなに大変なことかわかる？　申し訳ないという気持ちはないの？　お金を返す返さないというより、それが許せないのよ」

加賀は怒りと悲しみに体を震わせている麻紀をまるで別の生き物のように見つめ、深々と頭を下げた。

「ご迷惑をおかけして、本当に申し訳ありませんでした」

麻紀は言葉を失った。加賀の勝ちだ。自分に頭を下げている加賀の姿を呆然と見つめる。やがて席を立ったかと思うと、辛島が呼び止めるのも聞かず、部屋から飛び出していった。

「今日はこれで」

辛島は慌てて加賀翔子に告げ、麻紀の後を追う。彼女は駐車場の端に立ちつくしていた。田神町が一望できるその場所で泣いていた。

ゆっくりと近づいた辛島に麻紀は言った。

「もういいよ、先生。もういい」

麻紀は焦点の定まらない視線を田神町の上空、排煙で黄色くなった空へ向けていた。涙の筋をつけた頬を風が撫でていく。駐車場は、田神亜鉛本社が建つ土地の端に位置していた。そこに立つと無数の音が聞こえる。風が山の木立をそよぐ音、川向こうの工場群から犇めき合って混ざり合いながら伝わってくる雑然とした音、そして眼下に流れる豊かな水流がうねる気配——。

辛島は麻紀の隣に立ち、彼女の気持ちが落ち着くまで、一緒になってその光景を眺めた。何でもない光景が様々な意味を持ち始め、そしてまた何でもない光景に戻っていくまで、辛島は目を凝らしていた。そうすることが黒沢麻紀とそして自分自身の人生にとても大切な何かを運んでくるような気がして、もう帰ろう、と麻紀が言うまでそこで待ち続けた。

4

車中、ついに一言も発しなかった麻紀を牧村商会の前で降ろし、宿に戻った。難局でもがいている自分の姿は滑稽で、我ながら情けないほど無力だ。こんなとき、長年のアナリスト生活で得た処方箋はひとつしかなかった。相手のことを知ること——つまり、田神亜鉛の社債償還の鍵を握る加賀翔子についての情報を集めることだ。

その日の午後、辛島は退職以来初めて、日本最大の信用調査機関、帝国インフォス株式会社の佐木辰夫に連絡をとった。

「久しぶりだな。どうだ、学校の先生は」

懐かしいだみ声が受話器の向こうで弾んだ。退職後、いまの仕事を始めたことははがきで知らせてある。

帝国インフォス企業信用調査課でも折り紙付きの腕利き調査員である佐木は、信用アナリストとして主に中堅・中小企業をカバーしていた辛島にとって必要不可欠なビジネス・パートナーだった男である。佐木とは経歴も棲む水も違ったが、不思議と気の合う男で仕事を離れればしょっちゅう飲み歩く遊び仲間でもあった。歳も近い。

「いろいろ大変さ。実は信用調査をしてもらいたくて電話したんだ」

電話の向こうでけっ、という笑い声があった。

「なにやってんだか」

「忙しいか」

「構わんよ。忙しいのは常日頃だから」

佐木は理由もきかず、そう言った。もはやビジネス・パートナーでもない、ギブ・アンド・テークの関係でもない辛島に対して、以前と同じ態度で接してくれることに感謝しなければならない。

加賀翔子の名刺を取り出し、加賀トレーディングという会社名と住所を佐木に伝えた。帝国インフォスのホスト・コンピュータには百万社を超える企業データの蓄積がある。信用端末から吐き出される「調査票」は、信用調査のエキスパートである佐木やかつての辛島にとっては必要なときには幾らでも閲覧できる便利な資料だが、一般的には一件あたりの調査概要検索は二万から二万五千円の値で売られている歴《れっき》とした「商品」だ。

「いくらだっけ」

「タダ」

と佐木は言った。「そのかわり、人に見つかるな」

「助かる。できればファクシミリで送ってくれないか」

佐木はファクシミリの番号をきいて電話を切った。番号は宿泊している扇屋のものだ。女将にはすでに話をつけてある。

依頼した調査データはきっかりその十分後に送られてきた。佐木が帝国インフォス内のコンピュータ端末から出力したものだ。

加賀トレーディングの設立は平成八年。仕入先欄には具体的な社名ではなく、「南米諸国」という漠然とした記載がなされていた。一方の販売先は「需要筋」。要するに詳しいことはよく判らないという内容だ。代表取締役である彼女のデータも自宅住所と生年月日以外の、学歴、所有資本額、年収などは空白のままだった。自宅は東京都新宿区、年齢は三十一歳。辛島より五つ年下だ。

彼女の名刺と信用調査票とを見比べ、会社住所や電話番号の記載の一致を確認した。同名企業というのは世の中に意外に多いもので、名前が同じだと思ってうっかり信用したデータが無関係な第三者のものだったということはよくある。しかし、佐木はそのレベルの間違いを犯す人間ではなかった。

その夜、天神坂通りにある蕎麦屋で牧村を交えた三人で食事をした。

牧村は、どうにも口数の少なくなってしまう辛島と麻紀とに交互に話しかけ、しきりと気を遣う。申し訳ないと思いつつ、気分が晴れない辛島は麻紀とともに聞き手に回るしかなかった。

「それにしても加賀トレーディングが私募債に関与していたというのは、驚きですね」

牧村の言葉に辛島は料理をつついていた手をとめた。

「加賀トレーディングをご存じなんですか」

「ええ。田神亜鉛に出入りの業者についての情報は、協力会のルートで入ってくるんです。たしか一年ほど前じゃなかったですかね、田神亜鉛と新規取引を開始したと聞いたのは」

「どんな取引ですか」

「リチウムですよ」

「希少金属のですか？」

辛島は興味を抱いた。

「加賀は田神亜鉛のセールスルートを通じて金属リチウムを扱うことを提案したのです。たしかボリビアの鉱山で産出されたものを加工して輸入しているという話でしたが」

「ボリビアか」

佐木から入手した調査票の仕入先は確かに「南米諸国」となっていた。

「興味があるのでしたら、田神亜鉛にいる友人の話を聞いてみますか」

「お願いします」

加賀翔子がどんなビジネスを手がけているのか、辛島は知りたかった。教師という立場からだけではなく、かってビジネスの世界に身を置いた者としての興味だ。

それから、話題は再び町の景気へ移っていく。

「今日、また二軒、不渡りを出しましたよ」

牧村は赤らんだ顔をしかめた。「出がけに仲間から知らせがあったんですが、今度は協力会のメンバーも含まれています。会社の規模は小さくて、ウチとそう大差ありません。もう一軒は、その下請けです」

牧村はやりきれない表情になる。

「いつまで、こんなことが続くのかと思うとね。こうして毎月何社かの会社が潰れて、この町がだんだん荒廃していく。どこかで狂い始めている歯車が、次第に他の会社まで呑み込んでいくんじゃないかって、そんな気がするんですよね。すまんな、麻紀ちゃん、やっかいな話を持ち出して」

「牧村さんのところは田神札と無縁なんだからまだいいじゃない」

牧村は横顔を向けたまま力無い笑みを浮かべた。

「ところがそうでもないんだよね。取引先から決済の一部を振興券にしてくれないかという話が今日、ありまして。二千万円ぐらいですが、痛いんですよね。了承すれば、うちの下請けへの支払いを振興券にしないと会社が回らない。銀行から金を引っぱろうにも、いま目一杯借りてるし」

「断れないの?」

麻紀は、唇をわななかせた。

「無理だよ。大事な取引先だもの」

「でも、それを受け入れたら、結局……」

「どうしていいかわからないんだ」

牧村は苦渋の選択を迫られている。

「相手はやはり田神協力会のメンバーですか」

牧村は頷き、周囲を憚って隣席とを隔てている衝立にちらりと目をやる。ワイシャツにネクタイ姿のサラリーマンが何人か、中央にあるカウンター席で歓談している。

「あの須藤鉱業ですよ。田神亜鉛と並んでうちの大口取引先です。午後、社長から話があるというので出向いたんですが、うちも苦しいからって。そんなはずはないです。須藤鉱業は田神協力会の中心メンバーで、安房社長とも親しい。苦しいったって、地を這うような我々の苦しさとは次元が違う」

「だったらなんでなの」

「わからないよ」

牧村は吐き捨て、アルコールに潤んだ目を天井に向け、唇を噛む。何かが引っかかった。

「牧村さん。田神札の発行総量が私募債と同額の約二十億円、供給量は十億円程度だとおっしゃいませんでしたか」

「ええ。それがなにか」

「こんなことを申し上げるのは気が引けるのですが、本当にそれだけですか。もっとたくさん出回っているということはありませんか。あるいは——公表されている以上に刷られて出回っているということはありませんか」

「まさか」

牧村は呆然とした表情を辛島に向けた。

「いや、私の考えすぎであればそれでいいんですが、元来疑り深い性格なもので」

それ以上言わず、辛島は目の前のビールを飲み干す。牧村は考え込んでいる。

「もしそんなことになっていたら、俺、田神札に関係している連中、殺しますよ」

噴怒をたぎらせた言葉が牧村の唇からこぼれ出た。牧村が次に顔を上げたとき、辛島はそこに宿った殺気に気づいた。

5

これ以上、田神亜鉛との交渉余地はないのか。

辛島は、随分長い間、佐木から送られた加賀トレーディングの調査票を眺めていた。しかし、そこに何のとっかかりも見出せないと知って、加賀翔子の名刺を取り出した。受け取ったときにはじっくり見る余裕も無かったが、改めて眺めると、会社のロゴをあしらった洒落た名刺だった。

加賀ともう一度話すべきだ。それも非公式に。田神亜鉛との妥協点を見つけられるとすれば、それしかない。

午後九時半を数分回ったところだった。名刺には会社の番号のほか、加賀の携帯電話番号が印刷されていた。辛島は旅館の部屋からその番号にかけた。

加賀はすぐにピンときたようだったが、昼間のやりとりを思い出してか、警戒して押し黙った。

「辛島といいます。社債の件で今日お世話になりました――」

落ち着いた声の背後はしんとしていた。

「加賀です」


「こんな時間にすみません。実はもう一度お会いできないかと思いまして。じっくりお話を伺うつもりだったのですが、昼間は中途半端になってしまいましたし」

加賀はためらいを感じたようだった。それが返答までの短い間になった。

「私は構いませんが、もう明日には東京に戻ることになっているんです。その後、すぐに出張が入っていまして、お時間をいつ取れるか」

「今夜ではどうでしょう」辛島は言った。

「今夜、ですか」

返された声は驚きを含んでいた。

「どこかでお酒でもいかがですか。仕事ではなく、個人的に」

「でも、今夜はもう――」

「新しい提案があります。聞いていただけませんか」

「急におっしゃられても」

加賀翔子は逡巡する。

「時間がないんです」

辛島の切迫感の滲んだ口調に加賀は少し迷った末、折れた。

「天神坂通りの『楓《かえで》』というバーではどうでしょう。辛島さんは田神町にお泊まりですか」

扇屋の名前と場所を告げた。

「そこからなら歩いて十分もかからないと思います」

店の場所をきいた。待ち合わせの時間は十時。受話器を置き、辛島はほっと胸を撫で下ろした。

加賀翔子はすでに来ていて奥のテーブル席で右手を挙げた。「楓」は、天神坂通りの途中から一本奥へ入ったところにある小さな店だった。

「お時間をいただいて申し訳ない」

水割りのグラスが加賀の前に置かれていた。注文を取りに来たマスターにハーパーを注文して加賀と向き合う。加賀は、胸に模様の入った黒のTシャツに同系色の細身のパンツを合わせていた。スーツ姿で来るのではないかという辛島の予想は完全に裏切られた。

「仕事ではなく個人的にとおっしゃったので」

言い訳するように告げた加賀に、辛島は運ばれてきたグラスをそっと掲げる。

「田神町へはいついらっしゃったんですか」

加賀のほうからきいた。

「来たのは三日前です。七月二十九日の朝」

「あの社債のために？」

辛島は、田神町に来るまでの経緯を説明した。

「お気持ちはわかります」

「でもどうにもならない？」

辛島をまっすぐに見て、加賀は頷いた。

「それは加賀さんの意向ですか、それとも安房社長の？」

「どちらも同じです。こちらの事情についてはお話ししたと思いますが」

「資金繰りの都合ですか」

辛島は失笑した。加賀は笑わず、「新しい提案というのは？」ときいてきた。

「社債の第三者への転売を認めていただくということはできませんか」

辛島に、どこの会社に転売するという具体的な計画があったわけではなかった。そもそも加賀を呼び出すための口実、思いつきに近い。

なぜか加賀は予想外に硬い表情になった。

「無理です——いまは。他の債権者に対する影響もありますから」

そう言った加賀を辛島はじっと見つめた。

「田神札、ですか」

薄暗いバーの最深部で、加賀の瞳にぽっと蒼い炎が灯った。それを見たとき、辛島の背筋を冷たいものが走った。加賀翔子は、じっと重たい視線を辛島の肩越しに投げている。黒っぽい壁を背景にスポットライトの光芒が交錯し、タバコの煙がゆっくりと巻いていた。

「加賀さん――」

辛島は胸にわき上がる得体の知れない、説明不可能な怖れを無理に抑え込んだ。自分の言葉がやけにじっとりと沈んで聞こえる。自分という媒体を借りて他人が語り始めたような奇妙な錯覚さえ覚える。

「あなたは少人数私募債を企画し、そして実際に発行にこぎつけた。その結果田神協力会全体でおよそ二十億円の負債を抱えることになった。黒沢金属工業はその一社だ。ところがその後、田神札という私製通貨が生まれ、事態は予想外の方向へ進んでいる――違いますか」

「やめて」

加賀は顔を小さく横に振り、拒んだ。しかし、辛島は続けた。

「田神札はいま、田神町の経済を蝕み始めている。まさに経済を死に導く伝染病です。この町に蔓延するウィルスは田神協力会という特殊な組織で培養され、次々と下請け企業の血液に注入されていく。おそらくはあなたの想像の範囲を遥かに逸脱して、この町の経済そのものが闇の通貨に支配されつつある」

すうっと加賀は息を吸い込み、静かに吐き出した。彼女の体の中に巣くった異形の貨幣がアレルギー反応でも起こしたかのように。

「もし、田神亜鉛社債の転売を認めたら、協力会企業の多くは下請けや取引先に対して転売を申し出る。それがさらに町の経済を混乱させる——そのことをあなたは怖れているのでしょう。それとも、もっと別なことですか」

その横顔に向かって辛島は続けた。

「田神札の通貨供給量とか——」

加賀の目が動いて、辛島をとらえた。

「いくら流通しているんです?」

「確認——できないんです」

加賀は諦めたように言った。「田神札がどのくらい刷られているのか知っているのは、それを発行している人たちだけ。私にもわからないわ」

発行している人たち——田神町には一つの目に見えない〝闇の政府〟がある。ここは経済という一面において独立した王国に似ている、と辛島は思った。

「でも田神札を管理しているのは田神亜鉛でしょう」

加賀は首を振った。

「田神亜鉛という会社ではなく人よ――安房正純という個人。それに、彼をとりまく協力会経営者。田神札をコントロールしているのはこれらの人たちなの」

「それじゃあ、あなたは田神札には――？」

加賀は首を横に振った。

「信じてもらえないかも知れないけど、無関係よ」

それを聞いた瞬間、辛島は悟ったのだった。社債の償還交渉では対立する立場にある加賀も、こと田神札に関しては辛島と同じ側にいるのだと。田神札に関する危機感、それこそが、二人に共通する認識なのだと。

「ひとつ、きいていいかな。なぜ、田神亜鉛の財務コンサルタントなどやっているんです」

「それはあなたには関係のないことでしょう」

加賀は言い、じっと空になったグラスを睨みつける。辛島は、自分が踏み込み過ぎたことを知った。


星もなく月もない。見上げた空は薄墨を延ばしたような灰色をしていた。天神坂通りに並ぶ商店街の屋根が影になって黒々と連なっている。工場街から流れてくるつんとする異臭に川からの湿った空気が混じり合う。

「楓」を出た辛島は、加賀翔子と並んで歩いた。

深夜零時に近い時間になっていた。小さな町の繁華街はもうとっくに繁忙のピークを過ぎ、人通りは少なくなっている。店を閉め始めた飲食店を何軒も横目で見ながら天神坂を上り、仕舞屋《しもたや》の続くT字路に立つ。

送っていきましょう、と辛島は申し出た。

「どちらに宿泊されているんですか」

「ホテル田神」

そんな名前を町の観光案内で見た記憶がある。「歩いてすぐのところです。十分とかかりませんから、わざわざ送っていただかなくても」

「また会えますか」

辛島の問いに、加賀は躊躇《ためら》いがちに頷く。

「こんどは東京で」

「そうね」

気のない返事を寄越した。彼女の気持ちを読もうとして、辛島はその顔を覗き込む。

「出張するんでしたね。当分、連絡できませんか」

加賀はふっと笑った。その表情には少し悪戯っぽいところがある。

「辛島さんは、あまり学校の先生というタイプじゃないのね」

辛島は思わず苦笑した。

そんな辛島を加賀は見つめている。辛島は、加賀に対する自分の感情が高まっていることに気づいて狼狽した。しかし、その瞳に自分に対する好意があるのか確かめることができなかった。通りの反対側に人の姿が現れたからだ。スウェットの上下を着込んだジョギングの男だった。

「それじゃあ」

宿に向かって歩きだした辛島は、背後で加賀のヒールがたてる乾いた音を聞きながらジョギング姿の男とすれ違った。真夏だというのにフードを被り、俯き加減に走っている。軽い息づかいを聞いた。フードの中でサングラスをかけている。

数メートル歩いて、辛島は振り返った。

おかしい、と思ったからだ。

加賀の短い悲鳴があがったのはほぼ同時だ。鈍い音がして彼女の体が道路に倒れ込む。男はフードを撥ね上げ、猛烈な勢いで走り始めた。

駆け寄り、抱き上げた辛島の腕の中で加賀が呻いた。

「いきなり殴りつけてきたのよ」

痛みに顔をしかめる。

男の背中は、すでに仕舞屋が並ぶ薄暗い通りを抜けようとしていた。追っても無駄だ。その後ろ姿は見る間に見えなくなった。

「怪我は」

加賀は右手で左の肩の辺りを押さえた。倒れたときに強打したのだろう。Tシャツが汚れていた。殴打の痕は眉の上にあった。軽い擦り傷のようになっている。

「ケータイ、借りる」

「どうするの」

「警察を呼ぶ」

咄嗟に、加賀の手が辛島の腕に置かれた。

「だめ。呼ばないで」

鋭い口調に辛島は驚いて加賀を見つめる。真剣な眼差しが辛島を見上げていた。「困るの」

「なぜ」

応える代わりに、加賀は腕を伸ばした。その先に靴が転がっている。黒のローヒール。フエラガモだった。つま先に傷がついている。

立ち上がろうとしてふらついた加賀は右の足首に手を添えた。

「捻ったわ」

「顔の怪我は」

辛島の言葉に、はじめて加賀は指先で額を撫でた。

「大丈夫。肩を貸してくれる?」

辛島につかまって立ち上がった加賀は顔をしかめた。

「動かさないほうがいいな。ほら」

しゃがんで背中を向ける。逡巡していた加賀はそっと辛島の背中に体を預けた。

「重い？」

加賀の腕が辛島の肩から胸にからまる。それで少し楽になった。腕の白さが目に焼きつき、耳元に加賀の吐息を感じる。別な息苦しさを感じた。

「あの男、君を狙っていた。なにか心当たりは」

歩きながら辛島はきく。

「田神亜鉛や協力会企業への反感が根強いのよ」

加賀は言った。「実際、あの人たちは虐げられてきた。田神亜鉛や協力会企業による身勝手な発注と取り消し、理不尽な納期、価格。ずっと前から、そして今はとくに。あの人たちは誰が社債を企画したかを知ってる。そしてその女が田神札をつくったという噂も信じてる。風当たりは強いわ。狙われても不思議じゃない」

会話が途切れた。ひっそりとした裏通りを抜け、田神大橋から上ってくるバス通りに出た。百メートルほど先にホテル田神の看板が見えている。

「あなたのお陰で、この前、いつおんぶしてもらったか思い出したわ」

加賀は耳元で囁いた。

「公園で遊んでいて、ジャングルジムから落っこちた。一緒にいた父が真っ青になってね、近くの病院までおぶって走ってくれた。がんばれよ、がんばれよって言いながら。——それ以来。幼稚園のことよ」

「随分前なんだな」

辛島は笑った。

「俺は、この前いつおんぶしたかって考えてたよ」

今度は加賀が背中で小さく笑った。

「もう一年半になるな。娘が小学校へ上がる朝、雨が降った。買ったばかりの革靴が駄目になるからって、それで。おかげでこっちの靴が台無しになった」

「娘さんかわいい？」

「ああ」

辛島は曖昧な返事をしたきり、その話題には触れなかった。胸の奥にしまい込んだはずの想い出が痛みだしたからだ。

途中で一度休んだ。バス停のベンチに加賀を下ろし、辛島はその隣にかける。通りの向こうから、コンビニの買い物袋をぶら下げた老婦人が通りがかり、二人を見ると何か言いかけたがそのまま立ち去った。

「あの人、バスはもう来ないって言おうとしたんだと思う」

加賀が右足を気にしながら言った。

「君の恋人がバスの運転手だったら、バスで迎えにくるかも知れない」

加賀は軽くのけぞる。

「バスじゃデートはできないわ。あんなに大きいのに、助手席がないもの」

今度は辛島が声をたてて笑った。そして、黒沢麻紀のことを思った。沈んだ少女の瞳。その交渉相手となった女と夜空の下、こうして並んでいる。

「君を一度、見たことがある」

上体を折り曲げて右膝をさすっていた加賀は動きを止め、見上げた。

「黒沢家の前だった」

そのときのことを話して聞かせた。

「君には秘密がある。それが知りたい」

加賀は目をそらし、硬い横顔を向けた。重く押し潰されそうな夜の下に、加賀の白い首筋が辛島の視界に浮き立って見える。

「それを知ったら、きっと私を軽蔑するでしょう」

加賀はきつい視線を辛島に向けた。無性に腹を立てているようにも見える。

「軽蔑？」

「そのうちわかるわ」

ホテルの部屋まで加賀を送り、辛島はそのドアの前で彼女におやすみを言った。

「東京へはいつ」

「明日の朝、早く」

目のまえでゆっくり閉まったドアが最後にかちっと鳴る前に、辛島は背を向けた。廊下にはグリーンの絨毯が敷いてあった。ところどころ染みのある古い絨毯だ。加賀の隣の部屋でシャワーを使う音が聞こえる。それを聞いた瞬間、もう一度加賀のドアをノックしたい衝動にかられ、辛島は苦悩した。もし戻ったら、彼女は受け入れてくれるだろうか。下へのエレベーターを待つ間、辛島は揺れ続けた。しかし、その思いを嘲笑《あざわら》うかのようにエレベーターのドアが開くと、辛島の体は意思とは無関係に中へ乗り込み一階へのボタンを押していた。辛島を見るフロント係の怪訝な眼差しがうるさい。それを無視して再び夜の町へ出る。重く沈鬱な夜はもう辛島の胸にまで忍び込んでいた。

6

「加賀トレーディングとの取引はもう半年ほど前になる」

牧村商会からほど近い小料理屋の部屋は川に面していた。いまその川面は夕方から降り出した激しい雨に打たれている。軒先にぶらさげた裸電球の周囲を小さな羽虫が舞い、窓際に立って下を覗くと黒く洗われたコンクリートの基礎に白い波頭が寄せているのが見えた。

小さな部屋には四人が集まっていた。辛島の他は、麻紀と牧村。そしてもう一人、牧村の横に座っている人の善さそうな男は、時間をかけてビールをジョッキで二杯飲むと後は勧められた酒を断ってウーロン茶を頼んだ。田神亜鉛株式会社営業第一部係長という肩書きにしては大人しい印象を辛島は持った。牧村の古くからの友人、石黒健太は、髪を真ん中で分けた小柄な男だ。

「牧村も知ってると思うが、加賀トレーディングはボリビアの鉱山から産出する金属リチウムの輸入販売ビジネスをうちに提案してきたんだ。見るかい」

そういって石黒はカバンから書類の束を取り出した。

「これはその当時、加賀からうちに提出された提案書なんだが、一応、社外秘なんでここで見るだけにしてくれ。必要ならメモを取って構わないから」

それは『ボリビアの鉱山開発経過報告及びリチウム鉱石購入のご提案』と題されたA４判二十ページほどのレポートだった。表紙の左上に「田神亜鉛株式会社御中」、中央下部には、株式会社加賀トレーディングのロゴと住所と電話番号が入っている。日付は一年前の六月だった。

最初のページに「提案の趣旨」と題された文章があった。

「田神亜鉛株式会社様におかれましては益々ご清栄のこととお慶び申し上げます。

さてこのたび、当社ではコンパニア・デ・リティオ・イクスプロターダ・S・A社と提携致しまして、同社が探査並びに試錘し、採掘権を有しますパイラビル鉱山産の金属リチウムについてご紹介させていただくことになりました。

リティオ・イクスプロターダ社は、南米ボリビアで鉱山開発を手がけ半世紀の歴史を持つ老舗です。当社では、日頃からお客様によりよい鉱石をご提供できるよう商品開発に鋭意努力を重ねておりますが、今回ご紹介させていただきますパイラビル鉱山（ボリビア、ポトシ市）はとくに探査権登記の段階から注目し、独占販売契約を締結するに至った優良物件です。

事前調査によりますと、パイラビル鉱山から産出する鉱石のリチウム含有量はおよそ七パーセント（検査結果の詳細につきましては十五頁をご覧ください）、しかも豊富な埋蔵量にも恵まれ、年間十二トンというハイレベルかつ安定的な産出高が見込まれております。

また、南米ビジネスにはつきもののカントリーリスク、カウンターリスクなど様々なリスク回避を図り安心してお取引いただくため、信用・決済等に関する有益情報をいち早くお届けするとともに代金決済についての一部保証システムを導入致しております。

良質で安価な金属リチウムはいかがでしょう。田神亜鉛株式会社様の益々のご発展に寄与できるよう、当社では南米貿易一筋の最高のノウハウと最良のサービスをご提供する所存でございます。どうぞこの機会をお見逃しなく、ご購入をご検討いただきますようお願い申し上げます。

株式会社加賀トレーディング
代表取締役　加賀翔子」

二ページ目にパイラビルという名の鉱山が紹介されていた。提案書は数通ある。説明の内容はそれぞれ異なっていたが、いずれも同じリティオ・イクスプロターダ社のリチウム取引に関するものだった。田神亜鉛が加賀の提案に興味を示し、徐々に前向きな反応を示したことを提案書の内容から窺い知ることができる。

提案書の一枚に取引図が載っていた。

パイラビル鉱山から採掘されるリチウムは、リティオ・イクスプロターダ社を通じて田神亜鉛を経由、さらにアトラス交易という企業へ販売される。加賀トレーディングは仲介手数料を得る仕組みだ。

「なぜ、加賀は直接アトラス交易と取引しないんだろう。田神亜鉛を通すより、その方が儲かるだろうに」

牧村のもっともな疑問に、石黒は答えた。

「それは、加賀トレーディングにリチウムを仕入れるだけの資力がないからさ。提携先のリティオ・イクスプロターダ社はこの他にも数多くの鉱山を所有していて、ウチは、パイラビル産以外のリチウムも加賀を通して購入しているんだ。その取引を動かすには毎月二億円、決済日まで都合四億円のつなぎ資金が必要になる。それが加賀では出ない、という話だ」

「加賀が田神亜鉛を販売先に選んだ理由はなんですか」

辛島の質問に石黒は一瞬、そんなことは考えてもみなかったという顔をした。

「それはまあ、亜鉛業界ではそこそこ知られたブランドだからじゃないですかね」

「取引は毎月か」

牧村の問いに石黒は頷く。

「平均すると買い値で月二億円ぐらいになる。加賀はこの話を持ち込んだ時点で、販売先と有利な支払い条件をすでに固めていてね、うちはそれに乗っかればいいだけの段階まで仕上がっていた」

つまり、年間で二十四億円の取引になる。田神亜鉛にしても決して小さなビジネスではない。

「決済条件は」

「そこまできくか」

石黒は渋ったが牧村が真剣と見ると、ここだけの話だと念を押して口を割った。

「決済は搬入二ヵ月後の二十五日、現金払い。うちはその当日中にリティオ・イクスプロタ一ダ社へ振り込む。これでいいか」

「要するに、代金の入金と仕入れの支払いが同一日ということか。イレギュラーだな」

石黒の手前、口には出せなかったが、田神亜鉛の口座に資金を長く置けばそれだけ代金回収のリスクがあるからだ、と辛島は考えた。

「だが儲かる」

石黒は率直に言う。

「世の中にはこういうおいしい話もあるんだな。それもなにも田神亜鉛という看板あってこそだ」

石黒は満足そうに勤め先への信頼を口にした。それは石黒個人だけの意見ではなく、田神町に住む人の総意といっていいだろう。田神町で働く人にとって田神亜鉛は唯一絶対的な存在として君臨し、ましてそれが深刻な状況に陥っていると疑う者さえいない。

小料理屋の前で石黒と別れると、牧村は辛島を振り向いて、もう一軒行きませんか、ときいてきた。暗い、腹の底にぐっとなにかをため込んだ口調だった。

「私は別に構いません。でも、君はもう帰った方がいい」

麻紀に言う。麻紀は、精彩を欠いたどんよりした瞳を辛島と牧村へ向ける。会食の間中、ほとんど口をきかなかった。精神的疲労は極限近くまで達している。

「そうするわ」

彼女は辛島たちを先導する格好になって、天神坂通りの下りきった辺りへ歩いていく。そこにはタクシーが数台、雨に打たれながら客待ちをしていた。麻紀はその一台に乗り込むと、ふいに雨に濡れるのも構わずタクシーの窓を開けた。

「いつ帰るの」

「明日」

辛島はこたえた。麻紀はじっと辛島を見つめたが、おやすみなさい、と小さな声で言っただけで窓を閉める。

「心配なんです」

小さくなっていくタクシーのテールランプを見送って、牧村は言った。

「昨日からあんな具合なんです。気持ちはわからんでもないですが、以前の麻紀ちゃんと比べるとなにか壊れてしまったような――どう励ましていいかもわからなくて」

「何を言っても今の彼女には……。彼女が一番必要としているのは――」

「金ですか。まだ十七歳なのに」

渋面になった牧村は、行きましょう、と先に立って歩きだした。天神坂通りから一本入った細い路地。そこに小さな居酒屋が赤い提灯を出していた。昨夜、加賀翔子と会った「楓」

に近い店だ。人通りが極端に少ないのは、雨のせいかも知れなかった。濡れた靴を入り口のマットで拭いた辛島は旅館で借りてきた傘の雨粒を払って傘立てに入れた。

土蔵を改造したらしい店だった。梁の交錯した天井が高く、所々はげ落ちた土壁にたくさんの民芸品が飾られている。

歩くたびに足下で鳴る木の階段は使い込まれて中央が摩耗している。上りきったところにある狭い四畳半ほどのスペースに、四角い大きな木製テーブルが一つ据えられていた。それを囲むように配置されたベンチは七、八人は余裕でかけられそうだが、先客は一人だけだった。

ビールのジョッキとつまみを前にしていた男は、階段を上ってきたのが牧村と気づいてどこかほっとした表情を浮かべた。

「遅いんで、心配してたところです。先、いただいてます」

東木曽銀行の滝川は、そう言って半分だけになったジョッキを掲げる。牧村は生ビールを二つ頼み、すでに頬を赤く染めている滝川と向かいあった。灰皿は、もみ消したタバコの吸い殻で一杯になっている。

「どうだった」

滝川は手持ちの鞄からビニールのファイルに挟んだ資料を出し、牧村に渡した。牧村が辛島と自分との間にそれを置き、開く。表計算ソフトで作成されたらしい集計表に手書きの数字が並んでいた。

「今日一日頑張ったんですが、なんせ社長が不在のところもあるし、午後からこの天気で。結局、三十社しか回れませんでした。すみません」

「いや、こちらこそ申し訳ない。忙しいのに駆けずり回らせて」

「そりゃあ、あんな話聞かされたら誰だって――」

滝川はすねたような口をきく。

「彼に田神亜鉛の業績について話をしました。よろしかったですよね」

牧村は辛島に断った。そして、辛島が承諾の意味を込めてうなずくのを待って続ける。

「それで滝川君に、田神札がどれだけ出回っているものか、調べてもらったんです。この人、田神支店でもう五年近くやってまして、ほとんどの取引先社長と懇意なんですよ。こういう役には滝川君以上の適任者はいません」

言いつつ牧村は資料に視線を落とし、黙った。すっとその体が強ばるのを辛島は目の当りにして、牧村の視線を追う。見かけに依らず几帳面な滝川の手で、そこに一つの数字が書き込まれていた。

「合計八億五千万円……。三十社だけでこんなにあるのか」

怒りとも絶望ともつかぬ顔で振り返った牧村に、滝川は真剣な面差しでうなずいて見せた。

「ここにある会社はほとんど田神亜鉛の協力会企業に出入りしている下請け企業です。田神町全部で百五十社近い会社がありますから、三十社というとその五分の一。単純に計算すれば、田神札はこの五倍あることになっちまう——四十二億五千万円です」

滝川の口から金額が出た途端、牧村は今にも爆発しそうな怒りを堪《こら》え、ふう、という細い吐息を洩らした。

「あと、三、四日あればほとんど調べあげることはできると思いますが。ただ、調べたところで——」

滝川はジョッキに残ったビールと一緒に言いかけた言葉を流し込んだ。

重苦しい雰囲気が流れた。三人がいる小さなスペースの頭上では低い天井が斜めに切られている。真ん中に閉め切った天窓があり、うるさいほどの雨粒がたたきつけられていた。ガラス一枚隔てた向こう側は漆黒の闇。風が強まっているのか、時折、強くなった雨粒がぱらぱらと機銃掃射のような音をたてて吹きつける。

「実際、一番割食ってるのは個人商店っすよ。ウチなんかも相当、摑まされてるんです」

滝川が不平をこぼす。

「ウチ、とおっしゃいますと」辛島はきいた。

「私の実家は、この近くで洋品店をやってましてね。兄が継いでますから私は銀行勤めですが、その兄の話ではここんところ田神札を使わせてくれないかっていう客が増えて困ってると。断ればいいようなものですが、なにせ昔からの顔見知り客が多くてそうもいかないんだそうです」

「会社間だけでなく個人にまで田神札が流通しているとなると――辛島さん、田神札の通貨供給量は実際、こんな数字じゃないでしょう。どれだけ出回っているか知れたもんじゃない。この状態が続いたら、どうなってしまうんでしょう」

牧村の問いかけは深刻だ。

「それにもし、田神亜鉛に万が一のことがあったら――」

牧村の言葉に、滝川は幅の広い顔の中で小動物のような目を怯えさせた。

辛島は言った。

「この振興券は、暴走してます。一部の者の利益のために、刷って刷って刷りまくられてる。通貨で喩えるなら、いまの状況は極端なインフレ状態にあるといってもいいでしょうか。しかもこいつは、発展途上国並みのハイパー・インフレだ。この金、摑んだら負けですよ。さっきの計算通りだとして、五年後、田神亜鉛は四十億円を超える田神札を普通の金に換えるだけの資力が無いかも知れない」

牧村も滝川も緊張と不安に息を潜め、凍りついたように動かなかった。

ごくりと滝川の喉仏が動いたが言葉はなかなか出てこない。代わりに牧村がきいた。

「田神亜鉛は、それでも生き残るでしょうか。いや――田神町は生き残ることができるでしわからない。辛島はそれを目で牧村に伝えた。田神亜鉛神話は根拠のない張りぼてで、多くの人は、本当は藁《わら》の船に揺られているのに巨大な客船で航海しているような幻影を見せられている。やがて霧が晴れ、その船の本当の姿が明らかになったときパニックが起きるだろう。

「生き残るためには、田神亜鉛の企業城下町という構造から脱却するしかありません」

「それは——難しい」

牧村は唇を噛んだ。

「この町の多くの会社が取引の五十パーセント以上を田神亜鉛に依存しているんです。ウチも例外ではありません。この町は田神亜鉛を頂点とした産業ピラミッド構造で成り立っています。いまさら、それを崩すのは容易でありません」

売上の半分を占めている会社が倒産すれば、たいていの企業は連鎖で倒産する。

「田神亜鉛はいつ倒産してもおかしくありません。主力銀行の後ろ盾を失い、取引を継続している他の金融機関から調達する細切れの資金で食いつないでいるのが現状です。だが、そういう金融機関もやがては真実に気づくでしょう。それが五年も先のこととは到底思えない。違いますか、滝川さん。あなたの銀行は田神亜鉛に十億円の融資があると記憶していますが」

辛島に問われ、滝川は愕然とした表情で言葉を絞り出した。

「ですがウチは――ウチは田神亜鉛との取引を切ることはできないかも知れません。田神亜鉛と取引しているからこそ、協力会や下請け企業さんとも取引していただいているんです。ウチのような小規模金融機関にとって田神亜鉛との取引は絶対なんです。貸しているのではなく、借りていただいているというのが東木曽銀行の立場でして。それに、主力の東京シティ銀行さんのように情報量が充分ではありませんし……。貸すも地獄、貸さぬも地獄。田神亜鉛の窮状がわかったとしてもどうすることもできないのです」

一地銀の脆弱な営業基盤をうち明けた滝川は見る影もなく肩を落とした。

「たとえいま東木曽銀行が田神亜鉛との取引を解消したとしても、田神町にあるその他の取引企業が健全であれば、御行は生き残ることができるでしょう。そのためには、できるだけ早く田神亜鉛への一極集中から転換しないと。滝川さんはそういう経営指導をしていくべきでしょうね。――間に合えばいいですが」

間に合わないかも知れない。言葉とは裏腹に辛島はそう思った。末期の病巣に冒された重篤患者に健康の秘訣を説いて何になる。そんな無力感と同時に、これから先に控えている混乱への畏怖を、辛島は感じないではいられなかった。

「これを見てください」

滝川が背広の内ポケットから茶封筒を取り出した。

「実は先日、牧村さんから田神札についてのお話を伺った後、気になったものですから、実家にあった田神札を調べてみたんです」

袋の中には田神札の一万円券が二枚入っていた。つまみ上げた牧村に、「記番号を見てください」と滝川が言う。

「これは——!」

驚いた牧村が、二枚の田神札を辛島の前に並べて置く。

D456。

記番号は二枚とも同じだった。

「二重に、印刷しているのか……」

「偶然見つけたんですが、逆に考えると、それだけ多く同じ記番号のものが出回っていると言えるんじゃないでしょうか」

「くそっ」

牧村が悪態をつき、テーブルに拳をどんと置く。

「どこかに振興券を不当に印刷している現場があるはずなんだ。それがわかれば、たたき潰してやるのに。放っておいたらいいように増え続けるに違いないんだ」

「田神札がどこで印刷されているか、わからないんですか」

「公表していないんです。それも変だとは思ったんですが、こういう裏があるんなら秘密にしておくのも納得ですよ」

牧村は憮然とする。滝川が思い詰めた顔で身じろぎした。

「場所――わかります、俺」

はっと牧村は滝川を見る。滝川は顔に苦渋の色を浮かべると、やおら、すみません、とテーブルに額をこすりつけた。

「いまから三ヵ月ほど前の話です。当行で東京シティ銀行の融資を肩代わりすることになったんです。金額は三億円だったと思いますが、不動産担保をいただくよう田神亜鉛に申し入れたところいくつか候補が挙がりまして、その評価のために現地調査に行きました。ただ、不動産担保といいましても、土地や建物には他の銀行が先順位で担保をつけておりまして、うちはほとんど取り分はありません。そこで、中にある機械まで評価することになってその調査をしたんですが、そのとき――」

「見たのか」

牧村は半泣きになった滝川の肩を摑み、揺すった。「どこで見た、どこで!」

「第二倉庫です。蘇水峡《そすいきょう》にある。そこに大型の印刷機があって――」

「なんで黙ってた!」

牧村の怒気に滝川はたじろいだ。

「経理課長に口止めされたんです。絶対に言うなって。今まで通り田神支店で働きたいのなら、黙ってろと。すみません」

牧村は滝川を睨みつけていたが、やがて、この男なりの事情を察し放心したように肩の力を抜いた。

「牧村さん、どうするんです」

がたっと椅子を鳴らして立った牧村に滝川が不安そうな声を出した。牧村の目の色が変わっていた。

「言っただろう。たたき潰すって」

「待って下さい、牧村さん。そんなことしたら、犯罪じゃないですか。警察に行きましょうよ。詐欺か何かでしょっ引くことができるでしょう」

牧村は吐き捨てた。

「そんなことをしたらその場でこの町は崩壊だ。いま田神札を握らされている人たちの目の前で金を紙に変えろというのか。それじゃだめなんだ、滝川君。別に安房や須藤のことを助けようと思ってるわけじゃない。田神町の経済を考えたら、騙し騙しでもソフトランディングさせるしかない。そのためにはこれ以上の田神札が供給されるのをストップさせるしかないんだ。これから行ってくる」

「牧村さん――」

牧村は滝川が止めるのも聞かず、部屋の隅にある階段を降り、店を出た。

外は土砂降りだ。

「すみません、辛島さん。私、これで失礼します」

店の外に立つと、牧村はそう言って律儀にお辞儀をした。横殴りの雨が、横っ面を叩き、たちまち泣いているように頬を濡らす。牧村は歯を食いしばり、辛島をまっすぐに見ていた。お世話になりました、そう言おうとした辛島だが、出てきた言葉は全く別なものだった。

「私も行きましょう」

辛島は憤怒を漲《みなぎ》らせている男と向かい合った。

7

強く降りしきる雨をつき、牧村が運転するセドリックは猛スピードで田神大橋を渡り、ゆるいスロープを駆け上る。ヘッドライトに照らし出された雨粒は、銀色の煌めきを放ちながらたちまち眼下の闇へ吸い込まれていく。車の屋根を叩く雨音はうるさい程だが、車内はどんよりと重い沈黙に支配されていた。

「だ、大丈夫ですかねえ、こんなことして」

後部座席の中央に座り、両腕を前のシートにかけている滝川は気弱な声を出した。

「だったらついてくることはなかったんだ」

「そんなこと言ったって、牧村さんだけ行かせて黙って帰るわけにいかないでしょう」

牧村の車は田神駅の前を通り過ぎ、単線の線路を一時停止もしないで通過した。深夜一時を回ったところだ。終電は二時間以上も前で、電車が来る心配はない。しかし、辛島は常軌を逸しつつある牧村の行動に懸念を抱いた。

車は山と畑に挟まれた信号も街灯も無い道路をひた走っていた。田神亜鉛の第二倉庫がある蘇水峡は田神町最深部にある渓谷だ。車での搬入路は田神町からではなく、隣接する町から山を越えるルートしかないと牧村は説明した。その方が高速道路のインターチェンジも近く便利だからだ。

前触れもなく稲妻が走り、前方の山々を照らし出した。こんもりした山稜が思いがけず目前に出現し、辛島は息を呑んだ。

「もうすぐです」

車のスピードを落とし、牧村は降りしきる雨の向こうへ目を凝らす。私有地を示すコンクリートでできた門柱が道路の両側に二本立っているのが見えた。

一旦スピードを落とした牧村は、そこから続く上りの坂道へ車を乗り入れると、一気に山頂へ向かって加速していった。大型トラックが通ることを想定して造られているせいか、道幅のある道路は一般道よりもずっと振動も騒音も少なく走り易い。十分ほど上っただろうか。今度は下りになった。さらに五分。大きく曲がるヘアピンカーブを走り抜ける。目が眩むほどの稲妻が空を真横に走り、放電を繰り返して辛島の視界から失せた。牧村が車のスピードを落とし、人の背ほどのゲートの前で停止する。その向こう側に黒々とした倉庫の巨大なシルエットが浮かび上がっていた。

「着いちゃいましたね」

後部座席の真ん中に座って、両腕を前のシートに載せていた滝川が気遅れした声で言う。常夜灯に照らしだされた敷地はかなり広大だ。目を凝らすと正面玄関の内側に非常出口を示すグリーンの灯りがぼんやりと見えるが、倉庫内部に灯りはない。すばやく夜間警備の守衛を探したが、気配はなかった。

「どうぞ」

後部座席から、滝川が雨合羽を牧村と辛島へ差し出した。出がけに牧村商会の倉庫から持ち出したものだ。狭い車内でそれを着る。分厚いゴム製の合羽は、すぐに半袖の腕に張り付き気色悪い感触を伝えてきた。

「行きますか」

牧村の言葉で、辛島は助手席のドアを開けて外へ降り立つ。大粒の雨が髪を濡らした。まるでバケツの中に頭を突っ込んだかのような暴風雨だ。

牧村は手にしていたハンマーを先にゲート内部へ投げ入れてから、その上部へ飛びついた。失敗し、雨水のたまった地面に尻餅をつく。二度目でゲート上端にうまく飛びついたのを確かめ、辛島もそれに続いた。ゲートの内側へ降り立つと、どこかで転倒したらしく赤土で背中を汚した滝川が合流した。

「こっちです」

滝川が先頭に立って歩き出した。本能的に光の下を避け、敷地の端を縦走する。建物の正面入り口付近まで来て、滝川は足を緩めた。軍手を塡めた手でドアを引っぱり施錠を確認すると首を横に振ってみせる。

「裏へ回ってみましょう」

牧村が手の中の懐中電灯を点けた。頼りない光量がコンクリートの地面に落ち、風で吹き払われた木の葉が辺り一面に散らばっているのが見える。懐中電灯の灯りを倉庫の外壁に這わせて侵入口を探す。カーテンのかかった半窓を発見したのは間もなくのことだ。

「ここは？」

牧村の問いに、滝川は記憶を浚《さら》った。

「事務室だったと思います」

「警報装置は」

「そりゃあ、ありますよ。保管しているのは希少金属のリチウムですからね」

「滝川君、印刷機のある場所を教えてくれるか」

牧村は事務室から印刷機までの経路を滝川から聞いて頭に入れると辛島に顔を向けた。

「警報が鳴ったとき、一番まずいのは車を発見されることです。だから辛島さんと滝川君の二人は先に車で帰っていただけますか。ここから先は私一人で行きます。あたりは山ですし、一人ならなんとか逃げ切れると思いますから」

ポケットから取り出したキーを滝川に投げた。

「一緒に行きますよ」

辛島の言葉に牧村は反論しかけたが、議論で時間を無駄にすることの愚に気づいたか口を噤んだ。

「行ってくれ」

牧村に言われ、滝川はほっとした表情を浮かべた。

「それじゃあ、もしなんかあったら、ケータイで連絡してください」

滝川は巨体を揺すって走り去っていく。その姿が常夜灯も届かぬ場所まで到達するのを待って、牧村はハンマーを振りかざすとガラス窓に叩きつけた。

凄まじい音とともに砕け散ったガラスが辛島の足下にも散乱する。その瞬間、けたたましい音で警報が鳴り始めた。

牧村は小さく舌打ちして、割れた窓ガラスから腕を突っ込み、引き開ける。

「行きましょう」

身軽に窓枠に飛び移ると、辛島のために細かいガラス破片を払いのけた。辛島が倉庫内に体を入れたときには、牧村は真っ暗な事務室から内部の廊下へと飛び出していた。非常ベルに耳を聾《ろう》され、辛島は合羽のフードを撥ね上げると、牧村の後を追う。

リノリウムの床が事務室の前から左右に延びていた。左の突き当たりは倉庫の正面玄関だ。右の端に揺れる懐中電灯の光を見つけた。

「施錠してあるな。くそっ」

保管庫へ通ずる鉄扉の前で悪態をつき、持っててもらえますか、と牧村は懐中電灯を辛島に渡した。ハンマーを振り上げ、ノブに向かって力一杯打ちつける。

何度目かの衝撃で、ノブは床に転がり、続く牧村のひと蹴りで開いた。

異臭を嗅ぎ、辛島は鼻と口を押さえた。強烈な石油の臭いが保管庫に充満していたからだった。

「リチウムですよ。石油につけてあります」

牧村は警報に負けないボリュームで怒鳴り、滝川に教えられたとおり、入って右側の壁に沿って直進する。そこにブースがあった。人の背丈ほどのセパレーターで周囲と仕切られている。ドアを引き開け、内部に懐中電灯の光を向けた。

そこに巨獣が蹲《うずくま》っていた。

足を止め、その設備を眺める。大型の印刷機械だ。両側にステップがあり、辛島から見て右端に制御パネルがついていた。まだ新しい。それが田神町の裏経済にひそかに流通し、人々を破綻へと追いやる通貨を吐き出す魔物の正体だった。

「ちきしょう！」

絶叫した牧村が突進していった。ボディに向かってハンマーの一撃をくれる。狂ったようにハンマーを振るい続けた。警報と、ハンマーが機械をうち砕く音が体育館のような建物内部に反響する。辛島は耳鳴りがし、頭の芯がじんと熱くなるのを感じた。

牧村は印刷機のスイッチ類を全て破壊しつくし、コードを本体から引き抜いた。辛島は懐中電灯でブース内側の棚を順に照らす。片隅に金庫を見つけた。どこかに、田神札をデザインしたデータがあるはずだ。それは、フロッピー・ディスクや製版フィルムの形になっているのかも知れない。増刷を完全に阻止するためにはそれを破棄するべきだが——この金庫にしまわれているとしたら難しいかも知れない、と辛島は瞬時に判断した。しかし、印刷設備を破壊するだけでも、かなりのダメージを与えられるはずだ。

「金庫か」

牧村がゴルフスイングの要領でハンマーを扉にぶつける。かあん、と高い衝撃音とともに鉄槌はあえなく跳ねた。

「貸してもらえますか」

辛島の手から懐中電灯を預かると、牧村はブース内にあった紙類を集めて金庫近くの床に置く。

「どうするつもりだ」

「燃やすんですよ。こんなもの、燃やしてやるんです」

ズボンのポケットを探り、ライターを取り出す。震える親指が二度、石を擦り、炎を灯した。その横顔に歪んだ笑みが浮かんだ。別の人格が牧村をコントロールしているかのように、牧村は嗤う。にやついた唇から白い歯がこぼれ、そっと炎を灯した腕を伸ばす。辛島はその腕を摑んだ。

「駄目だ」

牧村の腕が辛島を振りはらう。

「うるさい！」

人が違っていた。鬼のような形相が辛島を振り向いた。瞳が怨念を映している。とてつもない怨嗟《えんさ》の声を辛島は聞いた気がした。その頰を張った。

はっ、と牧村の表情が凍り付く。

「見てみろ！」

背後の闇を懐中電灯の光で照らした。それは巨大な昆虫の巣だった。床一面を埋め尽くしているのはドラム缶の海だ。加賀翔子が田神亜鉛に宛てた提案書、その添付資料の記述が脳裏に蘇った。このときの辛島の記憶はやや曖昧だったが、正確には次のようなものだった。

希少金属、リチウム——消防法第2条危険物第3類第2種自然発火性物質及び禁水性物質。湿気にあうと水素を発生し、発火・爆発誘因の可能性有り。火気厳禁。加熱により発火、酸化剤、酸との接触によっても爆発の可能性有り。

辛島は腕時計の文字盤に光源を落とした。

すでに十分が経過している。

「時間がない。出よう」

牧村の腕を掴み、廊下に走り出た。多少の余裕はあるか。そう思ったとき、正面玄関を通して見えるゲートの向こう側を、二本の光芒がよぎるのが見えた。山をのぼってくる車のヘッドライトだ。

「来るぞ!」

辛島は叫び、廊下から先程侵入した事務所に駆け込んだ。風雨が室内に吹き込み、床を濡らし、書類という書類を散乱させている。窓に飛びつき、倉庫の外へ飛び降りた。たちまち激しい雨が顔面を打ちつけてくる。牧村の投げたハンマーが辛島の脇に転がり、さらに牧村自身がどさりと落ちてきた。

「あっちはまずい」

入り口のゲートを見て辛島は言う。「山へ逃げるか」

「いや。こっちへ」

先に立って走りだした牧村の背を追いかけた。雨で目もろくに開けていられない。頰の筋肉がつりそうになるほど顔をしかめ、俯き加減で走った。牧村は来たときとは反対方向へ向かって全速力で駆けていく。体を隠す遮蔽物は何もない。常夜灯の紫がかった光が二人の姿をもろに照らしだした。そのとき、辛島の耳にパトカーのサイレンの音が突き刺さってきた。

急げ！　焦る辛島から、全ての音が消え、心臓の鼓動だけが頭の中で鳴り響いた。急げ！　敷地の端に建てられた小屋の陰に飛び込んだのと、赤色灯を回転させた車がゲート前に滑り込んだのは一瞬の差だ。辛島の隣では牧村が同じように息を切らせ、入り口方向へ目を向けている。

レインコートを着た二人の警官が、ゲートを点検しはじめた。隙間から倉庫の様子を窺い、一人がゲートを乗り越えてきた。もう一人がそれに続く。辛島は息を殺した。二人は倉庫正面のドアを確認し、辛島らが潜んでいる場所に近い、搬入口へ回ってきた。緊張で体を固くした辛島の横で、牧村が窮屈な姿勢のまま、背後の山中に身を隠す場所を探っている。

二人して水たまりに腹這いになると徐々に後退する格好で茂みに伏せた。

間一髪、警官の持つ懐中電灯の光が頭上を掠めた。

遠くで呼ぶ声が聞こえ、水を跳ねる靴音が遠ざかると、牧村は小声で言った。

「行きましょう」

辛島は雨合羽の前に土と葉っぱをつけて立ち上がり、小屋の陰から様子を探りながら、再び走る。四角い土地の最奥に二本のレールが交差していた。気づかなかったが、それはいま身を隠していた小屋にまでまっすぐ延びている。

「トロッコのレールですよ」

闇の中に消えている線路に立って、牧村はようやく体を伸ばした。

「どうしてこんなところに」

「説明は歩きながら」

牧村はそう言うと、レールに沿って道を進み始めた。ごろごろしていて、歩きにくい。黙々と歩く牧村はすぐ近くにいるはずなのに、ろくにその姿も見えなかった。そのなかで辛島は倉庫の明かりが徐々に遠くなるのを時折振り向いては確認していた。やがてそれも見えなくなったとき、前を歩く牧村の手のなかで灯る懐中電灯だけが頼りになった。

「あの倉庫は以前、この上流にあるダムを建設したときの資材置き場でした。当時、建設資材を運び込むために、電力会社の専用貨物列車が走っていたんです。その列車は田神駅を通過し、さらに川沿いのルートを通り、上流のダムまで走っていました。いま我々が歩いているこのレールがまさにそうです。ダムが完成したのち、一部のレールは取っ払われて道路になりましたが、後はそのまま残されていまして、後に田神亜鉛が土地を買ったとき、倉庫まで資材を運ぶのに便利だというので残しておいたというわけです」

「その道なら通ったことがありますよ」

田神町に来た朝、田神亜鉛へ行こうとした辛島は川沿いの幅の狭い道路に迷い込んだのだった。薄汚れたガードレールと断崖に挟まれた道は、田神亜鉛の私有地であることを示すフェンスにぶつかって唐突に切れていた。

「ああ、その道は軌道道《きどうみち》と地元で呼んでいます。以前に線路があったからですけど。不思議な名前でしょう」

辛島の耳に風雨の音とは別の音がかぶさってきた。この下を木曽川が流れ下っているのだろう。

牧村の操る光が足下を照らした。錆び付いたレール、枕木とバラスの地面が浮かび上がる。進行方向左手は堅牢な岩肌。目の高さに野生のシャクナゲが生え、雨粒に打たれて葉を小刻みに揺らしているのが、一瞬だけ映し出された。右手の闇は深く底が知れない。覗き込もうとすると、辛島の裾を牧村が摑んだ。

「危ない。落ちたら命はありませんよ」

その言葉に辛島は半歩後ずさり、再び牧村の懐中電灯を頼りに歩きだす。

「田神亜鉛のトロッコ操車場までだいたい三キロほどのはずです。それまでこいつが保《も》ってくれるといいですが」

懐中電灯を揺らす。それからふと、足を止めた。

牧村は耳を澄ませ、目前に広がる暗澹たる闇に目を凝らす。懐中電灯を握る雨合羽の腕で細かい飛沫があがっていた。牧村は右手に懐中電灯を提げ、左手にはハンマーをぶらさげている。その柄には牧村商会の名前が入っていて、逃げるのに邪魔でも簡単に見つかる場所に捨てるわけにはいかないのだ。

「いえ。なんでもありません。空耳だったようです」

牧村は思念を振り払うかのように短く答え、それから携帯電話を取り出すとボタンを押した。赤い液晶パネルで相手先番号を検索し、耳にあてる。

「滝川君？　ああ、なんとか大丈夫だ。いま田神亜鉛に向かって軌道を歩いてる。田神駅あたりにいてくれるか。近くまで行ったらまた電話する。――行きましょうか」

再び足を踏み出した。

普段、都会で生活をしている辛島は、視界がきかない夜闇に五感の一つをもぎ取られるに等しい恐怖を抱いた。体に叩きつけてくる豪雨と合羽の裾を吹き上げる暴風、腹の底で鳴っているかと錯覚するほどの濁流の音、前をゆく牧村の足下で揺れている懐中電灯の円錐形の光。それだけだ。もし懐中電灯の電池が切れたら、手探りでしか一歩も前へ進めない状況になるだろう。右の崖から足を滑らせれば、不名誉な死亡記事が新聞に載るのは明日の夕刊あたりか。

「鉄橋です」

牧村が辛島に注意をうながした。懐中電灯を前方にかざすが、光は闇に吸い込まれ、鉄橋の端を捉えることはできない。グリーンだか青だかの塗装が所々剝げ落ちたH型鋼が二本、レールを支えて谷を渡って伸びている。さらにその両側に高さ三十センチほどの簡単な防護柵が一本併走し、H型鋼の内側にはX字形をした補強材が等間隔に交叉しているのがかろうじて見えた。枕木と枕木との間隔は約八十センチ。等間隔に口をあけた隙間はまさに奈落だ。

「二人で並んで渡りましょう。後ろからでは足元が危ないです」

牧村は最初の枕木で腰を落とすと、右手でレールをつかみ、次の枕木を懐中電灯で照らす。辛島はその左側に同じようにしゃがみ、照らされた前方の足場まで足を伸ばした。

一つ。また一つ。そしてまた……。

数メートルも進まないうち、谷底から吹き上げる突風に雨合羽が鳴り始めた。フードはあっという間にもみくちゃにされ、濡れた髪をさらに吹き乱す。目を開けているのがやっとだ。

そのとき、牧村はまた動きを止めた。

前方の闇に目を凝らし、はっと緊張した面持ちで握りしめていたレールに視線を転ずる。

頼りない懐中電灯の明かりが硬く強ばっていく牧村の表情をかろうじて照らしだしていた。

「どうしました」

「来る——！」

牧村は言い、左手に抱えていたハンマーを一閃する。放ったのだ。一瞬、柄が回転するのが見えた。数メートル下でがんという派手な音がして、ハンマーは底なしの闇に吸い込まれていく。

「トロッコが来ます！　ほら」

レールに耳を近づける。辛島も確かに聞いた。かたん、かたん、かたん、という規則的なリズム。辛島を振り向いた牧村の瞳が恐怖で平らに見える。

「田神亜鉛の警備員たちでしょう。逃げ場がないですよ」

右腕を枕木に叩きつける。

「枕木にぶら下がってやり過ごすしかないな」

冷静になれ、と自分に言い聞かせて、辛島は言った。

「懐中電灯を消して」

ごくりと牧村の喉仏が動く。辛島に言われるまま、一つ前の枕木に移ると、懐中電灯のスイッチを切った。視界が閉ざされ、辛島はひとりになったような錯覚を覚えた。左手でレールにそっと触れる。続いて耳をあてた。近い。レールを打つ音は確実に大きくなってきている。

前方の闇をちらりと明かりがかすめた。すぐに消えたのは間に遮蔽物《しゃへいぶつ》があるからだろう。

「来るぞ！」

前にいるはずの牧村に声をかける。見えました、という声が返ってきた。辛島は前方を注視しつつ枕木を腕で抱えた。滑らないよう軍手を取り、ポケットにねじ込む。

ふわりと明かりが揺れ、山の端がシルエットになって浮かぶ。

辛島が全身の重みを腕にかけ枕木にぶら下がった直後、がたん、がたん、という音が鉄橋を振動させ、明瞭なリズムを刻み始めた。吹き荒れる気流に翻弄され、体が揺れる。自分の体がこれほど重かったかと気づいたが後の祭りだ。通過してくれるのを待つしかない。

トロッコの前面に設置されている照明が辛島の頭上に降りしきる雨を眩しいほどの銀色に照らしている。

鉄橋は思ったより、長いようだった。支えを失って空を蹴っている足下の谷がどれだけの深さなのか、辛島には想像もできなかった。
一、二、三、四……辛島は頭の中で数え始めた。九——。
ごう、という凄まじい音とともに黒い車体が辛島の頭上を通過した。振動で体が振られる。濡れた枕木を抱えている腕が滑りそうになり、辛島は渾身の力を込めた。乗っている人を観察する余裕はない。

早く行ってしまえ。早く。

それだけを念じ続けた。

トロッコの明かりが視界から消え失せると、勢いを増したかのように耳元で風が鳴った。

「大丈夫ですか」

牧村の声は虚空から届く。辛島はなんとか応答し、腹筋に力を込めて両足を持ち上げた。手首への負担が増し、体重を支え続けた筋肉が悲鳴をあげた。

もう少しだ。

片足をかけようとしたそのとき、指が滑り、空を掴んだ。

体がふわりと軽くなる。両手で空をかきながら、辛島は生死の境目を見た。

振り回した腕が何かにぶつかり、指先がかろうじてその端を把えた。

「辛島さん！」

頭上から牧村が叫ぶ。

返事をしたつもりだったが、声は出なかった。全身の血液が逆流し、頭の中で猛烈な勢いで脈打っている。

懐中電灯の頼りない明かりが点き、辛島の手元を照らした。枕木の間から頭を突っこんで覗き見ている牧村の顔は、光の陰になって見えない。どうやら補強鋼材のひとつに運良くぶら下がったようだ。右指に全身の力を込め、左手で鋼材の反対側を掴む。腹に力を込め、今度は慎重に足を上げていく。ここで落ちたら、今度こそ命はない。

かかった。

次に体を持ち上げ、鋼材に馬乗りになった。

そのときになってどうしようもなく体が震え始め、しばらく収まらなかった。

「摑まってください」

頭上から、牧村が上体を枕木の下に入れて両腕を伸ばす。暗闇は平衡感覚を鈍らせる。立ち上がろうとした辛島はバランスを崩しそうになって鋼材にしゃがみ込んだ。そんなことを数回繰り返した末、ようやく線路まで引っぱり上げられた。

「ヒヤッとしましたよ」

牧村は泣きだしそうな声を出した。「怪我はありませんか」

腕がひりひりしていたが、擦過傷程度と辛島は判断した。

「大丈夫。申し訳ない、時間をとってしまった」

鉄橋を抜けるまでに十五分ほどかかっただろうか。それから先は牧村が前になり、その背後をひたすら歩き続けた。

しばらくすると、降りしきる雨脚の向こうに田神町の灯火が広がり始めた。決して美しくもなく、地味で平凡で、どちらかというと寂しい夜景だ。しかし、いまはこれ程、辛島を勇気づけ、安心させる灯りもなかった。

「急ぎましょう。連中が戻ってきたら、今度こそ逃げ場がないです」

牧村の言葉でさらに足を速める。電池を消耗した懐中電灯の明かりは弱々しい赤茶色に変じつつある。蘇水峡を抜けたのか、渓谷の底からはい上がってくる轟音はいつの間にか聞こえなくなっていた。

前方にトロッコ操車場と小屋が現れたのは、倉庫を出てから一時間も歩いた頃だ。

「田神亜鉛の本社裏に駐車場があるのをご存じですか。今いるのはその真下です」

牧村が小声で言い、左手の岩場に体を隠すと人の気配を探る。

「行きましょう」

トロッコの軌道はそこに終着しており、その先にはアスファルトが敷かれていた。牧村は小走りに小屋の脇を抜け、背後の闇へ飛び込んだ。しばらく歩くとフェンスが眼前に現れる。田神亜鉛私有地の境界線だ。

フェンスを越え、向こう側に着地したとき、ようやく生還したという実感が辛島に押し寄せてきた。軌道道を無言で抜けたところに、田神駅がある。そこで滝川の運転するセドリックが辛島と牧村を待っていた。

「どうでした」

滝川は二人を認めると雨が降りしきるなかを駆け寄ってきた。

「なんとか、逃げおおせた」

牧村は言い、濡れた雨合羽を脱ぐとまるめて後部座席の足下へ投げ入れた。車内は静かで、クーラーの吹き出す冷風が心地よかった。

「やりましたね」

牧村の代わりにステアリングを握った滝川は声を弾ませる。

牧村は不機嫌な表情を浮かべたまま、応えない。そのときになって、辛島にも虚しさが込み上げてきた。命の危険まで冒した行動が、すでに腐敗しきった田神町の経済にとってあまりにも無力だと、悟ったからだ。遅すぎる。辛島は胸中に込み上げた苦々しい思いを嚙みしめた。ラジオから流れる天気予報が、大雨洪水警報の発令を繰り返していた。

8

翌日、「朝食の準備ができました」という仲居の呼びかけで目覚めた辛島は、自分が生きていることが信じられない思いで、しばらく天井の桟を見つめていた。ようやく起きだし、窓のカーテンを開けて雨上がりの町並みを見下ろす。空はまだ薄雲に覆われていたが、その切れ目から真っ青な空がのぞいていた。空は宇宙につながっている。

食事に降りた辛島は、フロントで帝国インフォスの佐木からの伝言を受け取った。

——いつ東京に帰ってくる？

それだけだった。目にした途端、思わず頰が緩んだ。佐木の心遣いがありがたい。食事を終えた辛島は、部屋の電話を使って佐木にかけ、昨夜——遥か遠い過去のような気がするが

——田神亜鉛の石黒から得た加賀翔子のビジネスについて、メモに書き付けた内容を伝えた。

「この鉱山会社と鉱山、それとアトラス交易という会社について調べて欲しい」

「今度はボリビアかよ」

さすがの佐木も「難しい」というニュアンスを言外にこめて言う。帝国インフォスは海外にも支店を擁する大企業だが、南米の地方都市にある鉱山会社の情報ともなると情報を得るのもそう簡単ではない。それはわかっていた。しかし、いま頼る相手は佐木しかいないのだ。

「ラパスに駐在事務所がある取引先にでもきいてみるか。それでもわかるかな、こんなのまで」

ラパスはボリビアの首都だ。佐木はある大手鉱山会社の名前を口にした。最近日本支社を開設したばかりの米国資本の外資系企業だった。

「この取引のリチウムの価格、どう思う」

ひと通りの依頼事項を伝え、今度は内容について佐木の意見を求めた。中小企業の信用調査を業種横断的に引き受けている佐木の頭には、ありとあらゆるモノの価格がインプットされている。ある企業を調査する場合、普通の調査員は仕入れる材料なり商品の値段と個数をきく。だが佐木は個数しかきかない。なにを仕入れているのかあらかじめ調べあげ、値段は事前に暗記してヒアリングを行う。結果、相手の嘘や話の矛盾をいち早く発見する効果を得るというわけだった。その地道な努力が帝国インフォスにおける佐木の地位を築き上げたといっても過言ではなかった。

希少金属の値段まではどうかと内心疑っての質問だったが、佐木は「妥当なところだろう」と即答してきた。

「いや、少し安いぐらいか。本当にこの通りならいい値段だと思う」

佐木の言い方には気になることがあった。

「本当にこの通り、とはどういうことだ」

「値段のことじゃないんだ。俺の記憶に間違いがなければ、現在日本国内で消費されるリチウムの量はおよそ一万二千トンだ。このうち六千五百トンを米国、中国、チリからの輸入に頼ってるんだが、そのリチウムというのは塩固から造った化学リチウムなんだよ。これは鉱石から採取する金属リチウムの話だろ。金属リチウムが市場に占めるシェアは大したことなくて、消費量としては国内で百六十トンといったところだな。そう考えると、妙だと思うだろ」

「加賀が提案している鉱山の産出量が多すぎるということか」

「そう。十二トンだろ、一つの鉱山としてはできすぎなぐらいの産出量だな。国内の金属リチウム消費の十パーセント近くを補う量っていえば半端じゃない。こんな鉱山が絶対に無いとは言わないが、もし本当にあったとしたらかなり巨大なやつだ。そういう鉱山の販売権を加賀トレーディングというあんまり聞いたこともないちっぽけな会社が独占しているというのも解せん」

「嘘だと」

「まあ、そこまでは言わんがね」

佐木は言葉を濁した。「調べてみればわかるさ。ただ海外に問い合わせることになるから少し日にちをくれ。わかったらまた電話するよ。まだそっちに？」

「これから東京に戻る。連絡は俺の自宅にくれるか」

「わかった」

辛島はチェックアウトの準備を始めた。期前償還の鍵をにぎる加賀翔子は昨日のうちに帰京し、これ以上田神町に逗留する意味を見つけることはできなくなっている。

荷物をバッグに詰めながら、ふと、窓から田神亜鉛精錬所を見上げた。その黒い威容を視界に捉えたとき、ハンマーの一撃を受けて破壊されていく大型印刷機の様子が脳裏をよぎった。次いで、枕木から落下したときの、空を摑むぞっとする感覚。手に汗が噴き出してくる。

牧村の行動に随伴したのは、骨の髄まで達したこれまでの自分の無気力さに対する無意識の抵抗であったのかも知れない。だが、あの補強鋼材をはっしと摑んだ時、生きることへの執着が、辛島の指先を支えた。

生きていなければならない、生きていたい——その思いが辛島に力を与え、牧村の手によって助け上げられたとき体が震えるほどの安堵をもたらしたのだ。

荷物を整理した辛島が一階のフロントへ降りたとき、玄関から俯き加減に黒沢麻紀が入って来た。手に大きな荷物を抱え、前屈みの姿勢で自動ドアをくぐる。

「黒沢」

辛島に声をかけられ、彼女は顔を上げた。

その表情には全く生気というものが感じられない。悪い予感がした。

「東京まで乗せてってもらえませんか」

視線を逸らしたまま、虚ろに言った。

「なにかあったのか」

問う辛島の目を麻紀はじっと見上げた。そこに深い闇を見た。枕木の間から覗いていた底なしの闇を連想させる。麻紀、と辛島は名を呼んだ。その闇から引き上げようとしたのだ。

麻紀の顔は漂白されたように蒼白になり、意思の欠片すら見えない、そんな視線を辛島へ投げてきた。

「父から電話があった」

抑揚のない、平板で、か細い声だった。

「もう社債のことはいい。帰ってこいと電話があった」

辛島はだまって麻紀を見つめる。

「会社を売るの」

「売る?」

一瞬、意味を判じかね、辛島は問い返す。

「父の会社は――黒沢金属工業は買収された」

麻紀の顔にうっすらと死に化粧のような笑みが広がっていった。怒りを通りこし、ただ自嘲するしかない少女の前に辛島は呆然と立ちつくした。

第四章　破綻

1

蒸し暑い。Tシャツが湿り気を帯び、首筋を汗の薄い被膜が覆っている。目を閉じると、瞼の裏側に黒い塊が存在していた。疲労が抜けきらない。

腕を伸ばして、ベッドサイドに転がっているリモコンのスイッチを押した。頭上で旧型のエアコンが業務再開のうなり声を上げ、しばらくすると冷風を撒き散らし始める。肩のあたりに直接吹きつけてくる風が体を冷やすまで辛島は身動きしないで待ち、それから重い瞼を開いた。真夏の太陽が締め切ったカーテンを熱している。

水曜日、田神町からの帰路は中央自動車道の渋滞で往路より二時間近く余計にかかった。拍子抜けするほどあっけない麻紀と恭子の再会の場面を思い出しながら、辛島はベッドから起きあがった。

「逃げたくない。惨めになるから」

東京方面に流れる車の列の中でぽつりとつぶやいた麻紀の言葉に胸が痛んだ。会社の売却はやはり逃げに違いなく、借金を肩代わりしてもらうことを条件に会社は人手に渡る。

辛島はコンロに薬缶をかけ、湯が沸く間にフィルターに二杯分のコーヒーを入れた。

とはいえ、辛島の黒沢金属工業買収に関する情報はその程度に止まっており、これはいずれも母親の恭子から聞いた話である。誰がいくらで、いつ買収するのか、詳しい話について、やはりというべきか黒沢恭子は把握していなかった。この期に及んでもなお家業へ一定の距離を置こうとする恭子の隣で、青ざめ、怒りをためていた麻紀はずっと押し黙ったままついに最後まで一言も口をきかなかったのである。

自分の思惑からどんどん離れてしまうこの現実の中で、黒沢麻紀が狭いところに閉じこもってしまわなければいいが、と辛島はオーブントースターのスイッチを捻りながら考えた。

修羅場に直面したとき、人がどんな態度をとるかは様々だ。果敢に立ち向かおうとする者、無気力に投げ出す者、居直る者もあれば暴力を振るう者もある。そしてひたすら現実逃避を図る者——。

むろん、辛島は逃げることを否定しない。卑怯だと非難できるほど潔癖な人生を送ってきたという自信はないし、不渡りや破産という極限の状況に陥ったときに果たして自分が責任ある行動をとれるかどうかさえ定かではない。安穏とした立場にいる者には、人生の瀬戸際に立つ者の心理は決して理解できないのだ。

「倒産した会社の経営者たちって、その後、どうなっちゃうの」

車中、ほとんど会話らしい会話を交わさなかった麻紀がそうきいたのは車が甲府に差しかかった頃だった。辛島は言葉に窮した。どうなるか、辛島にもわからなかったからだ。調査部門にいた頃、倒産した会社は多数見てきた。しかし、辛島が目にすることができるのはいつも、弁済しきれない債務が放棄され、債権償却という決算上の数字に変わるまでだった。家を追われ、ときに家庭すら崩壊し、収入の道を閉ざされた者たちは、その後の人生をどのようにして生きていくのだろうか。競売の決まった家から運び出された荷物を積んだトラックはどこへそれを運ぶのか。親の財力に頼れなくなった子供たちのその後はどうなるのか。

――それらのことを現実の問題としてとらえ、突き詰めて考えたことはなかった。

父親の会社の不渡りという事態を迎えたとき、彼女が発揮した勇気や行動力は、大人も舌を巻くほど立派なものだった。だが、十七歳の少女が立ち向かうには、現実はあまりに冷酷すぎた。そういうことだ。

あれから一週間、黒沢麻紀から何の連絡もない。

キッチンでベーコンエッグを調理し、トーストとコーヒーでの朝食を摂る。七月一杯で野球部の練習も夏休みに入り、学校へ行かなければならない理由はなくなっていたが、田神町から戻ってからというもの、辛島はほとんど毎日、一日の数時間を職員室で過ごしていた。

自宅でひとりいるより、その方が気も紛れるからだ。

麻紀のことが気になり、そろそろ自宅を訪ねてみようかと考えていると、帝国インフォスの佐木から電話がかかってきた。

「おい、田神亜鉛のリチウム取引の話。あれ、本当に間違いなく、そうなんだろうな」

「間違いない。田神亜鉛の営業マンから直接聞いた話だ。すでに実績もある」

佐木は唸った。

「やっぱりどうも妙な話なんだ。まず、ボリビアのリティオ・イクスプロターダ社についてだが、確かに該当する会社はある。あるにはあるが、最近ではほとんど営業活動をしていないそうだ。この会社は、おっしゃる通りパイラビルという鉱山を所有している結構古い会社らしい。もうひとつ——リティオ・イクスプロターダ社の支配権を最近になって日本企業が買い取っている。いいか、休眠会社を買ったんだぞ、よく覚えとけ。もともとこの手の鉱山会社というのは海千山千でな、一発当てたら大きい代わり、当てるまでは何十年も死んだようになっている会社もあるらしい。会社組織にはなっていても実態のわからんガラクタも多い。見分けるのにはそれなりのノウハウがいるらしいが、このリティオ・イクスプロターダ社は正真正銘のゴミ会社だそうだ」

「でも、パイラビル鉱山の採掘権があるだろ」

「それ。この鉱山、たしかにかつては豊富なリチウム鉱石が出たらしいが、いまは廃坑になっているらしい。リティオ・イクスプロターダがゴミである所以だ」

佐木の言葉に、辛島は後頭部を一撃されたような衝撃を覚えた。

「それじゃ、この年間十二トンの産出量というのは――」

「真っ赤な嘘だな。パイラビルはそんな鉱山じゃない。それに、リティオ・イクスプロターダ社を買った日本企業がさらに問題だ。どこだと思う？　アトラス交易という会社だ」

頭が混乱した。ちょっと待ってくれ、と受話器に向かって言い、加賀翔子が提案していたリチウム取引のメモを引っぱり出した。リティオ・イクスプロターダ社からのリチウムは田神亜鉛を経由して、アトラス交易に売却されていたはずだ。それなのにそのリティオ・イクスプロターダ社がアトラス交易に買収されているとはどういうことか。

「同名だが、まったくの別会社という可能性はないか」

「素人扱いするな」

佐木がむっとして言う。「アトラス交易株式会社、所在地は横浜。番地まで同じだ。この企業――シカクだぞ」

辛島は受話器を握りしめる指に力を入れた。

「本当か」

シカクというのは、仲間内の隠語で「要注意企業」を指す。もともとは帝国インフォスが、悪い噂のある企業名の右横に「□」マークを付けて注意を促したところからそう言うのだ。要注意の内容は様々だが、最も多いのは第一回不渡りを出すなどの信用不安だろう。

「不渡りか」

佐木は否定した。

「マル暴だ。関東共栄会系」

「暴力団が鉱山を買ったというのか」

「電話ではなんだから、どこかで会わないか」

「わかった。いつもの喫茶店ではどうだ」

佐木が乾いた笑い声をあげた。「いつもの、な」

そう、一年前までの〝いつもの〟だ。

佐木との話を終え、辛島は加賀翔子のビジネスについて考えを巡らせた。廃坑となった鉱山から産出される年間十二トンのリチウム。それを田神亜鉛に売却するという架空のビジネスプラン——。

辛島はいま、加賀の秘密に触れている。

安っぽいグレーのスーツに白のワイシャツ、地味なタイという組み合わせは、うだつの上がらない銀行員のようにも見える。商売柄、金融機関への出入りが多くなる佐木に言わせると、相手の警戒心を解くためにはその格好にも意味があるという。銀行員と同じような職場の人間であると思わせ、しかも安い背広で相手の自尊心を擽《くすぐ》るというわけだ。本当にそんなことで得られる情報に違いがあるかどうかはわからないが、派手な格好をしていては仕事にならないと佐木は言う。

青山ツインタワーの地下にある喫茶店。佐木は、一緒に仕事をしていた頃と同じ正確さで十時きっかりに現れた。辛島は忙しい最中時間を割いてくれたことに礼をいい、佐木と対峙した。頭に白いものが混じっているせいか、四十代後半に見えるが、実際の年齢は辛島とひとつしか違わない。

「悪いな、もうギブ・アンド・テークの関係ではなくなっちまったのに、余計なことさせて」

低く笑って、佐木は辺りを見回した。周囲の人の耳を気にするのは職業上の習慣だ。だが、店内が空いていて話を聞かれる心配はないと判断したらしく、佐木は上着を脱いでくつろいだ。背広はたたんで隣の席に置く。

「アトラス交易というのは、関東共栄会のシノギだ」

「何やってる会社なんだ」

「貿易商社」

「すると加賀トレーディングもやはりマル暴か」

佐木は胸ポケットからタバコを取り出して点けた。

「いや、そっちは関係なさそうだ。おそらく、純粋に商売上の取引じゃないかな。相手が相手だから、何かの理由で脅迫されたり、といったことはあるかも知れんが」

辛島の脳裏に暴漢に襲われたときの加賀の言葉が蘇った。警察を呼ぶことを加賀は拒んだ。困る、とも言った。その理由はアトラス交易との関係にあるのではないか。

「それともうひとつ。麻取が動いてる」

麻取とは、麻薬取締官事務所のことで、薬物事犯を追う厚生省所管の専門捜査機関だ。吸いかけのタバコを灰皿に押しつけた佐木の目に鋭い光が宿った。この男の過去を彷彿とさせる目だ。民間信用調査会社に再就職するまでの十年間、佐木は刑事だった。高校を卒業した年に警察に奉職した佐木は、長く警視庁捜査一課に在籍し、最終職歴は、所轄警察署の巡査長のはずだ。あまり前歴を話したがらない佐木から酒を飲みながら聞き出した話によると、渋谷警察署の暴力犯捜査第一係を最後に退官したという話だった。警察を退職した理由はわからないが、腕の立つ刑事だったことは信用調査での仕事ぶりが証明していた。

佐木が優秀な調査員である理由の一つに、広範にわたる情報提供者を抱えていることが挙げられる。様々な業種に属する企業の社員から、刑事時代から付き合いのあるヤクザまで。佐木が面倒をみてやった親密な連中が有益な情報をもたらすのだ。

「関東共栄会に目を付けてるらしい。お前は知らないと思うが、共栄会というのは豊富な資金力を背景にここ十数年で急激にのしてきた組織だ。ところがその資金源がなんなのか闇に包まれていた。それにいよいよメスが入るんじゃないかという話だ」

「麻取、ということはヤクの売か」

「半端な額じゃないぞ」

「なんで今までわからなかったんだ」

「組織内の情報管理が徹底していた。そしてもう一つ、麻薬で儲けた金をうまく隠す金融技術に優れていたってことだろう。組長はもう歳だが、ナンバー2の福村彰という男がキレる。結果はわからんが、麻取の狙いも福村の首にあるはずだ」

「麻取はどうやって食い込んだ」

じっと佐木は辛島の目を見つめて言った。

「わからん。しかし、どんな組織にも穴はある」

佐木は、運ばれてきた飲み物を口に運び、言った。「加賀トレーディングは大丈夫かな」

「どういうことだ」

「アトラス交易と関係があるとなると、加賀もおそらく捜査対象になるだろう。捜査当局を騒がせたとなりゃ、取引先も退《ひ》く。ちっぽけな会社だ、運が悪けりゃ、いっちまうぞ」

辛島は自信にあふれた加賀翔子の姿を頭に思い描いた。加賀がアトラス交易の実態を知らなかったとは考えられない。それなのになぜ取引を継続しているのか。

解けない疑問が辛島の胸の中で渦を巻く。そんな辛島をよそに、佐木は一息にグラス半分のアイスコーヒーを飲み、額におしぼりをこすりつける。

「どう思う」

「面白いな」

佐木は答え、アイスコーヒーのグラスを指さした。

「ここにコーヒーの残りが半分になったグラスがある。俺が魔法を使ってこのグラスのコーヒーをもとに戻すとする。できると思うか」

「できるわけがない」

「そうかな」

佐木はグラスを辛島の頭上に掲げた。

「下から見てみな。コーヒーはいかにもグラス一杯に入ってるように見えるだろう。どうだ？」

「参った。覆水盆に返る」

「だろ。だがこれはトリックであって真実ではない」

佐木は笑いを引っこめていう。

「死んだ鶏は卵を産まない。廃鉱から金属リチウム？　まさか。これはどこかにトリックがある。なあ、辛島よ」

まるで諭すような調子で佐木は言った。信用調査はある意味で情報戦だ。同じ戦場で戦う戦友同士のような連帯感が佐木との間にはあった。佐木の頼もしさは、百戦錬磨の傭兵に近いものがある。

「どこかに勘違いがある。思いこみか、予断か、あるいは視点の相違か」

「わかるが、この場合、どんな……」

「それを考えるのがアナリストの仕事でしょうが。俺は情報を提供する人、あんた考える人」

佐木はポケットからタバコを出して一本、抜いた。「タバコは？」

辛島はそっぽを向いた。

「そうか」

百円ライターで点火し、話題を変えた。

「学校の先生というのも大変だよな。それにしても皮肉なもんだ。せっかく畑違いの仕事を始めたのに、前職と同じことで悩むなんて」

「まったくだ」

辛島は認めて軽く苦笑する。

「ところで、これ、手みやげだ」

紫煙の向こうで含意のある視線が動いた。唇にホープをくわえたまま、カバンからもう一枚のレポートを出して滑らせてくる。

「加賀翔子の経歴書か」

「そう。立派な経歴だよ。東大経済学部卒。外資系投資銀行入社。二十四歳でハーバード大学に留学し、二年後、経営学修士。さらに別な外資系金融機関に移って一年間、企業買収部門に籍を置いた後、ニューヨークで独立。コンサルティング会社を経営している。加賀トレーディングとは別に、いまでもその会社はニューヨークにあるそうだ。なんで加賀が日本の片田舎でそんなしけた商売しているのか、悪いが俺にはピンとこない。文句無しのビジネス・エリートだよ、加賀は」

佐木がそういうのも無理はなかった。この経歴であれば、リスクを冒して小さな会社を経営しなくても、それ以上の収入を、安定した大企業で楽に得られるだろう。

「ニューヨークのコンサルティング会社の業務内容は?」

「貿易関係らしいな。アメリカじゃどうか知らないが、日本における経営者としての加賀の評判は、社内外を問わず悪くない。といっても人格者というのではなく、あくまで金儲けがうまいという意味でだが。借金はなく、銀行取引は預金だけだそうだ。金回りは相当なもんだ」

佐木は身を乗り出した。

「加賀が田神亜鉛の財務コンサルタントをやってるって言ったな。なんでそんなちんけな仕事を引き受けた。財務のコンサルじゃあ、大した金額にはならんだろうし、自分の時間を拘束されるだけだ。他にましな仕事はたくさんあるだろう」

佐木らしい疑問を聞きながら、辛島は加賀のビジネスについてもう一度考え直す必要があると思った。

「アトラス交易の調査資料が欲しい」

「あるにはあるが、生憎とあの手の会社の資料というのはウチにとっても極秘扱いでね。たとえあんたでもそう簡単に出すわけにはいかない。何が知りたい」

「取引先リストと金の動き。田神亜鉛から本当にリチウムを買ったか確認したい」

「こういう危ない会社の情報はそうそう更新されないんだ」

佐木はしかめっ面になった。「まさか、俺に調べてくれというんじゃないだろうな」

「それが仕事だろ」

佐木は難しい顔をして考え込んだが、渋々、承知した。

佐木と別れ喫茶店を出た辛島は、青山ツインタワーを赤坂郵便局側に出て、二四六号線沿いに永田町方面に歩いた。八月に入るとビジネス街はどことなく閑散とした雰囲気に包まれる。夏休みシーズンで、早い企業では間もなく連続十四日間の休暇に入るところもあるらしい。毎年この時期になると為替や株といった商いもひと息入れ、仕事も手が空いてくるものだ。そのなかで佐木のように常時忙しい仕事を抱えた連中だけが、労働基準局を怖れる会社とレジャーを期待する家族の要望で、どうしても取らなければならない夏休みを取るために普段の二倍も齷齪《あくせく》と働く季節でもある。

涼しい地下街を出た途端に噴き出した汗が、ものの数分も歩かないうちにポロシャツの背中を濡らし始めた。赤坂御所の木々が強烈な日射しを浴びてしなだれ、全体的に色褪せて見える。赤坂警察の前を通り過ぎた辺りで一度立ち止まり、手帳に書きつけた加賀トレーディングの住所を確認した。このすぐ近くだ。

二四六号線から右手に入ってほんの数分歩いた場所に、ひときわ真新しい六階建てのビルがあった。一階から三階まではある大手建設会社が独占し、四階から最上階までは小さなオフィスが多数入っている雑居ビルだ。

エレベーターでその五階に上った。加賀トレーディングのロゴが入った扉の前に立つと、ガラス越しに、間仕切り代わりに使われている鉢植えと若い事務員の姿が見えた。

その女性が立ち上がって会釈をくれた。

「辛島と申しますが、加賀さんはいらっしゃいますか」

途中で羊羹《ようかん》でも買ってくれば良かった。広くはないが、綺麗で明るいオフィスだ。衝立の向こうに事務用デスクが何本か並び、かすかに人の声がする。

「生憎、社長は不在なんですが。どのようなご用件でしょうか」

「実は、田神亜鉛さんの件で加賀さんとお話しできればと思ったのですが、いらっしゃらないのなら——」

田神亜鉛、と聞いて彼女はちらりと奥に目をやった。それから、少々お待ちください、と言って衝立の内側へ入っていく。

すぐに三十半ばの男が現れ、受付の脇にある応接用ブースに辛島を招いた。洒落たブランドもののスーツを着て、グリーンの革張りの手帳と携帯電話を左手に持っている。頭を低くし、下から抜け目無い表情で辛島を見た。

「私、西岡と申します。もしよろしければ加賀の代わりに承りますが」

西岡は、名刺を二枚出した。一枚は加賀トレーディングのもの、そしてもう一枚には田神亜鉛営業部部長代理の肩書きが入っていた。

「田神亜鉛さんからですか」

「そうなんです。加賀トレーディングとの取引が大きいもので、派遣されています。どのようなお話を加賀はさせていただいたのでしょう」

西岡は探るような目を辛島に向けた。裏を感じさせる目だ。加賀トレーディングに派遣された目的は単に取引の管理に止まらず、加賀トレーディング、あるいは加賀自身の監視をするという意味合いが強いのではないかと辛島は思った。だとすると、この男は安房のスパイだ。

「用向きというのは、田神亜鉛さんが発行された社債の償還についてなんです。おわかりになりますか」

「ああ、それは――」

前屈みになって辛島の話に集中しようとしていた体から、ふっと気が抜けた。「私ではわかりかねます。加賀には伝えておきますが」

「田神亜鉛さんの社員の方がここに派遣されてらっしゃるぐらいですから、加賀トレーディングとは相当深いお付き合いなんですね」

「単に取引の便宜上そうしているだけですよ」

西岡は辛島の口振りに警戒した目を向け、当たり障りなくこたえる。浅黒い顔、紫色に近い唇から舌が覗いた。強いタバコの匂いを漂わせている。案の定、すぐに胸ポケットからタバコを出して点けた。

「いつから、こちらへ派遣されているのですか」

「今年の一月から。辛島さんは、加賀とはどのようなご関係なんです」

「先日、田神亜鉛さんにうかがったとき、初めてお会いしました」

田神町のことなど、ほんの数分雑談しただけで、面談は終わった。

「一応、いらっしゃったことは伝えておきます」

西岡は口から煙を吹き出しながら、吸い殻を灰皿に押しつけた。

加賀の明るいオフィスと、先刻佐木と話し合った謎に満ちたリチウム取引がどうにも結びつかず、中馬込の自宅に帰る間中、辛島は釈然としない思いを抱き続けた。

死んだ鶏は卵を産まない——佐木はそう言った。

だが、現にリチウムは取引されているのだ。田神亜鉛の石黒もそれを証言している。全員で辛島のことをからかってでもいない限り、毎月約二億円もの取引は事実であり、今後も継続されるはずだ。リティオ・イクスプロターダ社から田神亜鉛へ、田神亜鉛からアトラス交易へ——。佐木が調べあげたように、リティオ・イクスプロターダ社がアトラス交易に株式を握られた傘下企業であったとするなら、ここにも矛盾があることに辛島はすでに気づいていた。

リティオ・イクスプロターダ社から産出したリチウムを田神亜鉛経由で買い取れば、当然田神亜鉛にマージンが落ちる。その落ちたマージンの分だけアトラス交易は利益を逸することになるからだ。もし、辛島がアトラス交易の経営者であれば、自らの子会社から産出したリチウムは迷わず直接買い付けるはずだ。わざわざ田神亜鉛を通して得にもならない取引関係を構築する意味がどうにも理解できないのだった。

辛島の推測は仮説を次々と生み出してはうち消す堂々巡りとなった。

やがて電車は長原駅の地下ホームに吸い込まれていく。ベンチシートから腰をあげながら、辛島は要するにまだ判断する情報が足りないのだという結論に達し、そこで考えるのをやめた。すると黒沢麻紀のことが気になった。家に戻ったら連絡してみよう、と辛島は思った。

2

麻紀は黒の半袖ブラウスにキュロットという格好で黒沢家の玄関から飛び出してきた。長いすらりとした脚に余分な肉は付いていない。黒のサンダル履きで助手席に乗り込んで来た彼女は、心持ち頬が痩《こ》けていた。

辛島は久が原にある彼女の自宅前から環状八号線に出て、北上した。

「眠れないのか」

「眠ろうと努力しているし、実際に眠いはずなのに、眠れない」

麻紀は疲れきった様子で、口数は少ない。

中原街道を越え、さらに十分ほど走った交差点を自由が丘方面へ右折した。昼下がりということもあって道は比較的空いている。途中の駐車場に車をパークし、自由が丘駅に近い『パ・ド・ドゥ』という喫茶店に入った。仕事帰りに時々利用する店だ。夜はバーになる。

麻紀は虚ろな視線を窓の外に投げかけていた。氷の溶けだしたアイスティーを脇にどけ、指でストローの入っていた袋を細かく畳んでは伸ばすという仕草を繰り返している。

「ウチの会社を買うのは、大阪のネジ屋さんだって」

「ネジ屋？　名前と住所、わかるか」

麻紀は手提げから折り畳んだ紙を取り出した。古いパンフレットのコピーだった。

九条鋲螺《びょうら》株式会社。住所は大阪市西区立売堀《いたちぼり》。

「どこから持ち込まれた話だ」

「加賀トレーディング」

やられた。その瞬間、加賀に抱いていたほのかな感情は木っ端微塵に砕け散り、苦々しい敗北感が胃袋の底から込み上げてきた。

声には出さずののしった辛島の前に、黒沢麻紀は光の失せた瞳を向けている。

「安房正純からの紹介だそうよ。田神亜鉛の社債償還に応じなかったのは、最初からウチを買収するつもりだったからじゃない？　酷いよ」

麻紀は吐き捨てる。

「条件はきいたか」

「借金の肩代わり。もし倒産したらすごい借金抱えることになるんだから、それを返してやる代わりにタダで会社を明け渡せと、そういうことね」

「それで、決まったのか」

投げやりな感じでうなずき、黒沢麻紀は顔をそむけた。

「いつ」

「二十日の決済日には全ての権利関係の書類を相手に渡すって。急だけど、こっちも後がないから。その日必要なお金を出してくれるのが条件よ」

辛島は加賀が仲介したという会社のパンフレットを手にとって眺めた。麻紀が言うように、加賀が社債の償還を断った理由は、田神亜鉛の資金繰りもさることながら、ひそかに進めていた買収話をうまくまとめるためだった可能性は高い。それにしてもなぜ黒沢金属工業の買収なのか。

買収によって麻紀の父が会社を手放せば、技術開発の核になる人物も失うことになる。黒沢金属は麻紀の父親の技術力に立脚した会社なのに、そのような買収にどんな意味があるのだろうか。

「買収先から君のお父さんを雇いたいという話はないか」

「あるわけないじゃん、そんなの。あったとしても父は納得しないでしょう」

「そうか」

「この話、先生はどう思いますか」麻紀は改まった口調できいてきた。

「買い手の立場からすると、不可解だな。買収のメリットがどこにあるのかわからない」

「売り手の立場としてはどう？　先生なら売らない？」

「どうかな。俺だって、君のお父さんの立場になれば売るかもしれない」

麻紀は悲しそうな顔をして俯いた。

「父をなじった。私には売るなんてこと、考えられなかったから」

「謝ればいい。親子はそういうもんだ」

後悔している麻紀にきいた。「いまどうしてる、お父さん」

「私には弱音は吐かないけど、精神的に相当参ってるみたい。心療内科のお薬が入った紙袋を見つけたの」

「心療内科の？　心配だな」

「父には心の支えがないのよ。いくら私が頑張ったところで、父にとって私は支えられるものではなくて支えるものでしかない」

「そんなことはないさ。お前がいることで、お父さんは相当勇気づけられてるはずだ」

「そうかしら。実は私、もう一度、田神亜鉛に交渉しに行こうって父に言うつもりだった。だけど安房が買収話に関わってるんじゃだめだよ」

麻紀は、固く小さく折り畳んだストローの袋を灰皿に転がす。それはジグザグの屈折した形になって動かなくなる。まるで二人の心境のように。

「あと一ヵ月もしないうちに、父の代わりに誰かがうちの会社を経営するんだよね。社長の椅子にふんぞり返って、父がかわいがってた社員たちにあれこれ命令するんだ。父は仕事も希望も失って、ほっぽり出され、うちは生活費にも事欠くってわけ」

「相手の会社のこと、調べてみたか」

「今さら調べても……」

自棄気味になっている麻紀は首を振り、目を閉じた。

だが、辛島は気になった。ネジはもともと薄利多売の業種だ。多角化といえば聞こえはいいが、畑違いの金属加工会社を買収してもそう簡単に採算がとれるわけではない。

「相手の会社は俺が調べておくよ」

麻紀はそうね、と小さく同意の言葉を洩らしただけだった。

麻紀を送り届け、自宅に戻る道すがら加賀のことを考えた。加賀が、黒沢金属工業買収を仲介している事実に、辛島は動揺している。

加賀と初めて会った七月、なぜ彼女が黒沢家の前に立っていたのか、その理由が漸くわかった気がした。と同時に、彼女を背負って歩いた田神町の夜、加賀自身がつぶやいたセリフの意味も痛いほど心にしみた。

——そのときにはきっと私を軽蔑するでしょう。

軽蔑というより、辛島の心境は嫉妬に近かった。加賀はビジネスのために辛島に事実を隠し続けた。おそらく、あの時点で黒沢金属買収の話はすでに進められていたに違いない。だが、加賀はそんなことはおくびにも出さず、業務上の秘密を守った。辛島との関係など、ビジネスの前には何の力も無かったということだ。それが当然とわかっていても、悔しい。

辛島は財布に挟んでいた加賀翔子の名刺を出し、携帯電話の番号にかけてみた。

つながらない。

午後七時を少し回っている。

続いて佐木に電話をしてみる。こちらはつかまった。昼間の礼を言い、早速、黒沢金属工業買収の概要を話す。佐木は黙って聞き、なにが知りたい、と尋ねてきた。

「相手の会社について調べて欲しい」

手帳に控えてきた会社名と大阪市西区の住所、代表者氏名を伝える。電話が保留になり、一分ほど待たされた。佐木が帝国インフォスのコンピュータを操作し、結果を出すまでの時間だ。

「ひどい会社だな」

佐木の第一声がそれだった。売上高七千万円、経常損失八百万円。それが二年前の決算内容だという。

「この三月の財務内容はまだ登録されてないや。このレベルの会社じゃ、仕方がないのかも知れないが。ほんとに買収されるのか、こんなのに」

到底信じられないのは辛島も同じだ。

「わかるのはそれだけか」

「いや、今から一年前にどっかの物好きな会社からの依頼で詳細な調査レポートを出してるな。コンピュータに記録がある。それを見てみようか。折り返すよ」

電話はすぐにかかってきた。

「辛島、この会社はもう実質、会社を畳《たた》んでいるって話だぞ。業績が悪化して不渡り寸前ってとこまでいったらしい。その後約束手形だけ決済して、買い掛けは踏み倒したまま社長は行方不明だ」

辛島は唸ったきり言葉が出てこなかった。

「廃鉱の次は幽霊会社とは恐れ入るね。ところでアトラス交易の件、そろそろあがるぞ」

翌日午後七時に原宿のラフォーレ前で待ち合わせの約束をして電話を切った。

加賀は何を企んでいるのだろう。

夜の十時を過ぎた頃、今度は加賀翔子の自宅に電話を入れてみた。自宅電話番号は、加賀トレーディングの調査票に記載があったものだ。鳴り出した呼び出し音は、三回目で留守番電話に切り替わる。加賀の肉声ではなく、コンピュータが読み上げるメッセージが聞こえてきたところで受話器を置いた。

3

「これがご請求の資料——アトラス交易の売買明細だ。中味を確認してくれ」

佐木は、バッグの中から会社のロゴが入ったライトブルーの封筒を取り出すとテーブルを滑らせた。思ったより分厚い資料だ。中味は決算書や資産明細を中心に構成されている。

「どこで入手した、こんな内部資料」

にんまり笑った佐木は、運ばれてきた生ビールの泡に唇を近づける。

「持つべきものは友人さ。しかも弱みがあったり、誘惑に弱い友人がいいね」

その言い草に思わず苦笑した。

「いくらだ」

佐木は手をひらひらさせた。

「営利目的じゃないだろ。タダでいいよ。その代わり今度私立の高校がどんな財務内容になってるか教えてくれ」

「借りだ」

佐木は頷いた。決算書を開いて、じっくりとそこに並んでいる企業の名前と数字を覗き込んだ。日付は五ヵ月前。直近の三月決算ということになる。売掛金と買掛金、それに手形の明細――。買掛金明細に赤い付箋が付いていた。

「そこに田神亜鉛の名前がある」

佐木が注釈する。決算書に記載されている取引は三本だ。金額は約六億五千万円。

辛島は添付されているアトラス交易の調査票をめくる。役員欄に五人の名前があった。

「前に話したように代表取締役を務めているのは〝雇われ〟だ。株主欄と照合してみろ」

筆頭株主は福村彰という男だ。

「この福村という男は取締役か」

「非常勤のな。だが実質、そいつがアトラス交易を仕切っている関東共栄会のナンバー2だ」

アトラス交易の年商は約五十億円だ。

「リチウムに限らず、様々な中南米産品を中堅どころを中心とした小粒な企業に広範に売りさばいている。大企業向けのホールセールは行っていない」

「相手がしっかりしすぎていると足下を見られるからな。素性がバレたら取引にならない」

「その通り。なにか気づいたことあるか」

辛島は首を振った。アトラス交易の詳細を調べれば何かわかると期待したが、そんなに甘いものではなかった。

コンパニア・デ・リティオ・イクスプロターダ・S・A社。廃鉱を抱えた休眠会社が産出するリチウム――。アトラス交易の決算書に記載された売上の数字を眺めつつ、辛島はこの不可解な取引をどう解釈すべきなのか悩んだ。

「仮に本当にパイラビル鉱山からリチウムが産出したとしても、この取引ではアトラス交易は儲けが減るもんな」

佐木は枝豆をビールで飲み下すと、壁にもたれていた体を起こして続けた。

「パイラビルは廃鉱だ。廃鉱からリチウム鉱石は産出されるはずはない。ところが、ここに記録されているように、田神亜鉛にはリチウムが渡り、アトラス交易はそれをしかるべき値段で買い取って、ここに並んでいる小粒な取引先へ広く売りさばいている。加賀のビジネスプランのどこかに嘘があるとすれば、それはやはりリティオ・イクスプロタータ社がリチウムを産出するというところじゃないか。死んだ鶏は卵を産まない。だが、死んだ鶏が卵を産んだように見せかけることはできるんじゃないか」

「たとえば」

辛島がきくと佐木はじっと考え込み、そして答えた。

「他の鶏が産んだ卵を持ってきて置いたらどうだ。他で仕入れたリチウムをパイラビルで産出したものだと偽って売ることはできるんじゃないか」

辛島は真剣な目を上げた。

「そんなことをしてアトラス交易にどんなメリットがある」

「あのな、辛島。俺なりに考えたんだが、メリットというのは利鞘《りざや》だけだろうか」

佐木は近くを通りかかった仲居に空のジョッキを掲げて、指を二本突き出した。くわえたタバコを、歯と舌で上下に動かす。佐木の言葉の意味が徐々に脳の襞に浸透してくるまで、辛島は黙っていた。謎の解へ向かって急速に焦点が合っていく。

メリットは利鞘だけではない。

その通りだ。

一つの回答が頭に浮かんだ。

「マネロン、か」

佐木がにやりと笑い、タバコの先端にライターの火を近づけた。

「関東共栄会がこのご時世にあれだけ勢力を拡大した理由は、闇の商売で稼いだ膨大な不正資金をお天道様の下で使える金に――つまり、いかにも正当な商売で得た金と見せかける資金洗浄技術にある。その意味でアトラス交易は、関東共栄会にとっては無くてはならないマネーセンターなんじゃないか。連中は大麻や覚醒剤、LSDといった薬物の売で稼いだ巨額資金をアトラス交易を使ってうまく表に出している。いまやヤクザがきちんと税金を払い、高給をもらい、上等なスーツを着て涼しい顔で紳士面しているってわけさ」

「そういう仕組みを作り上げているのが加賀翔子だと。つまり、彼女の本業はマネーロンダリングのスペシャリストだということか」

マネーロンダリング——略称〝マネロン〟は、「不正資金洗浄」と訳す。コカインの密輸や売買など、違法行為で巨利を得たマフィアが、その資金をスイスの銀行などに送金し、いかにも正当なビジネスで得た金のように「洗浄」したことがマネーロンダリングと呼ばれる行為の原型だった。マネーロンダリングの特徴は、不正資金を多数の口座に次々と送金し、その出所をぼかすことにある。ところが最近では、各国捜査当局による違法薬物取り締まりの強化により、マネロンと疑わしい取引に対する報告義務を金融機関に課すなど厳格な対応をしている。そのためにマネロンの仕組みも複雑かつ高度になり、そのスペシャリストが暗躍しているという話は辛島も聞いたことがあった。

「彼女は金融の専門家だ。しかも、ニューヨークにオフィスがあってアメリカ当局だけでなく中南米の動きもモニタリングできる位置にいる。関東共栄会と加賀が直接取引をしているのかどうかはわからんが、とにかく加賀がアトラス交易を使ったマネロンをコンサルティングしている可能性は高い。その辺りの仕組みについちゃ、あんたの方が詳しいだろう」

「マネロンが目的であれば、彼女が提案する取引の不可解さは説明できるな」

資料が入っていた封筒の裏側に辛島は取引の構成を書きながら仮説を立てていく。

「まず、麻薬など薬物の売で不正資金を得る。金は当初、関東共栄会の集金システムで運ばれてくる。しかし、このままでは堂々と使うわけにはいかない。その資金はリティオ・イクスプロターダ社に運ばれ、ソルトレークシティなど、リチウムの主要産地からの買い付けに充てられる。リティオ・イクスプロターダ社の営業所を東京に設置しておけば東京から送金することは何ら問題がない。元来がリチウム開発の会社なんだから、この手の送金に金融機関が疑問を抱くことはないだろう。これによって、関東共栄会の麻薬マネーは、リチウムに代わる」

「廃鉱からリチウムが産出されるマジックのネタってわけだ」

佐木の指摘に同意し、続けた。

「次に、そのリチウムはリティオ・イクスプロターダ社が所有するパイラビルをはじめとする鉱山で産出したリチウムということにして田神亜鉛に売却される。いかにも正当なビジネスと見せかけるための偽装工作だ。田神亜鉛はアトラス交易に売り、アトラス交易はこの資料に掲載されている一般企業にそれを売却する。売却代金は一般企業からアトラス交易、田神亜鉛、リティオ・イクスプロターダ社と流れる。財務コンサルタントとして田神亜鉛に食い込んでいる加賀は、この資金の流れをコントロールすることが可能だ」

「すると、代金の大半はボリビアの企業がせしめることになるのか」

「そうなる。だが、リティオ・イクスプロターダ社を所有しているのはアトラス交易だ。あとはリティオ・イクスプロターダ社からアトラス交易に支払われる配当などで資金を回収すればいい。百パーセント配当だっていいわけだ。通常のビジネスでこんなことをしたら損するだろうが、その資金が元来、不正な手段で得られたもので原価がほとんどかかっていないとすれば、見かけ上の損も損ではなくなる」

「複雑だな」

「うまくできてるよ」

そう認めざるを得なかった。国際取引を駆使した緻密なマネーロンダリングだ。

「これで加賀翔子が田神亜鉛の財務コンサルタントという仕事をしている理由も見当がつくな。その女の本来の目的は田神亜鉛の資金調達じゃなく、マネーロンダリングの資金フローを監視するところにある。田神亜鉛は資金繰りが悪化している。加賀は、コンサルタントとして出入りすることで、支払いの遅れや不払いといった不測の事態を回避する役目を担う。彼女が本当にコンサルティングしていたのは田神亜鉛じゃなく、アトラス交易のほう――つまり、関東共栄会だ」

佐木の言葉に辛島はうなずくしかなかった。

見事に裏切られた。ある夏の日、自分の前に突如として出現した女。怪我をした加賀を背負ってホテルまで運んだ夜。交渉で見せた加賀の真剣な態度、二人でバス停に腰を下ろしながら交わした会話――。その全てが音を立てて崩れ去った後には、醜悪な現実だけが横たわっている。

「ヤクは幾らくらいで取引されているのかわかるか」

刑事時代を思い出すかのように佐木は目を細めた。

「麻薬の売といっても、産地から末端価格に至るまで何段階もの仲介が入ることになるが、たとえば中国で元売りから買い付けるなら、覚醒剤はグラム百円ぐらいだろうな。同じ品でも、それを日本で取引すると値段は十倍から場合によっては二十倍になる」

「グラム千円から二千円ということか」

「日本国内まで持ち込む運搬料が上乗せされるからだ。日本の入国審査をくぐり抜けるのは難しいからな。どちらの場所で取引を行うにせよ、仕入れるのは関東共栄会のような国内の元締めさ。それは末端の売人に卸され、最終的にそのへんにたむろするろくでなしどもに売られる。末端価格は、グラム当たり一万円から二万円にはね上がる。売人にも少しはマージンが落ちるだろうが、実はこいつらのほとんどがシャブ中でね。シャブ欲しさに売人やってるケースが多い。だから利益の大半は結局、暴力団に吸い上げられることになる。もし海外で買い付けて国内で売れば、その末端価格は買い付けた値段の二百倍だ。買い付ける場所は中国だけじゃない。タイ、ミャンマー、ラオス。そういうところへ行って、現地の組織から大量に買い上げ、それを国内に持ち込んでさばけば大儲けだ」

佐木の話を聞きながら、頭で単純計算してみると驚くほどの数字になる。

「仮に百万円の元手で買い付けたとすると、末端価格で二億円になるというわけか」

「関東共栄会クラスでそんなちっぽけな金額なわけはないからな。一億円を買い付け資金として持っていれば、その二百倍、二百億円で売れる。その八割が粗利としても、百六十億円。暴力団の資金源としてはこれほどうまい話はない。ところが、これだけ巨額になると裏で隠しておくのもただ事じゃない。何に使っても目立って、警察や麻取にマークされることになる。だから、マネーロンダリングが必要になるわけだが、それだけの金額を素人が洗浄しようというのは無理だ」

「素人どころか、そんじょそこらの金融機関出身者に手に負える話じゃない」

「だろうな」

佐木はぐいとジョッキの生ビールを喉に流し込み、手の甲で口を拭う。

「仮に五十億円分の不正資金があったとして――」

辛島はその金額を今し方描いた図の横に記した。

「リティオ・イクスプロターダ社を通じて買えるだけリチウムを海外――おそらくアメリカあたりから買い入れたとする。これは買い値だから、実際に産出したように見せかけ、安く売る。たとえば五十億で買ったものを四十五億円で二年から三年かけて田神亜鉛に売るわけだ。田神亜鉛はさらにアトラス交易に三パーセント上乗せした額で売る。約四十六億。仮にアトラス交易がさらに三パーセント上乗せして四十七、八億円で、この決算書に掲載されている企業に売却したとしても一般的な水準よりも廉価なわけだから、当然売れる」

辛島は取引の構造を紙に描き、金額を計算してみる。

「五十億円の百分の一が元手として考えてみると、五千万円しかかかっていないことになる。最終販売価格が四十七億。そのうち田神亜鉛へのマージンが二億円あったとしても四十五億。原価を差し引いても四十四億五千万円の利益があることになる」

佐木はテーブルの上の取引図を睨みつけたまま、怒りとも酔い加減とも知れない赤い顔で腕を組んだ。

「問題は田神亜鉛、か。安房正純が、加賀翔子の目的に気づいているのか、いないのか」

「安房は利口だ。たとえ気づいていたとしても、知らんぷりを決め込むだろう」

辛島は安房の銀髪を思い出しながら言った。

「善意の第三者に罪はないからな。背に腹は代えられない。この取引で潤うのは田神亜鉛も同じだ。黙って商品を右から左へ流すだけで儲かる。楽な商売だ」

「楽しむ余裕が安房にはないさ。生き残るために必死になっている手負いの獅子の心境だろう、きっと」

「狐と狸の化かし合いだ。ところで、教え子の会社はどうした」

辛島の胸に苦いものが込み上げてきた。

「相手の会社のことはまだ、話していない」

佐木は小さくうなずいて言う。

「慎重にやれよ。この場合、正義は金にあると思え。相手がなんだろうと、不渡りを回避できるのなら儲けものであることは間違いない」

その通りなのだった。買収がなければ、不渡りになってしまう。会社はかわいいだろうが、倒産すればおしまいだ。麻紀の気持ちは理解できるが、会社は愛玩品ではなく所詮、金儲けの道具と割り切ることも必要だ。

「それともう一つ」

佐木は真剣な眼差しを向けた。

「深入りするな。どうするかは当事者が判断することで、第三者のあんたが口出すことじゃない。危険だと思ったら逃げろ。逃げ方を知らない奴が死ぬ」


十一時すぎに自宅に戻った辛島は、加賀翔子の自宅に電話をかけた。三度目に留守番電話に切り替わり、今度もだめかと諦めかけたとき、ふいに加賀本人が慌てた様子で機械のメッセージに割り込んできた。

辛島が名前を名乗った途端、電話の向こうからよそよそしい沈黙が流れた。

「会えませんか」

相手は黙っている。もう一度、繰り返した。

「どんなご用件で」

「黒沢金属工業の件」

「それはもう——」

「買収のほう」

加賀は言葉を呑んだ。

「聞いたの？」

「最初からそのつもりだった。それで俺たちとはあんな交渉をした」

「遊びじゃないわ」

「だろうさ。こんな遊びをしてたら友達に嫌われる」

「辛島さん」

改まった口調で加賀は名を呼ぶ。

「これは私のビジネスで、あなたのではない。もう口出しするのは止めていただけませんか」

「納得できるよう、説明してくれ」

「あなたに話すことはないと思います」

「それなら仕方がない。こっちもそれなりの手段をとらせてもらう」

「今度は脅し？」

加賀の口調に嘲笑らしきものが混じる。だが、辛島の次の言葉でそれは重い沈黙に変わった。

「麻取が動いているらしいな」

加賀の息づかいが伝わる。考えているのだ。辛島がどこまで知っているのか、どう行動するべきか、加賀は考えている。やがて低い声が応えた。

「明後日でいい？」

赤坂東急ホテル三階ラウンジで午後一時。辛島は手帳に書きとめると、静かに受話器を置いた。

4

正午に車で出発した。一旦中原街道に出て桜田通りに入る。正月ほどではないが、盆休み中の都内の道路は走りやすい。溜池交差点を左折して外堀通りを直進するまで、ほとんど渋滞らしい渋滞にもつかまらなかった。赤坂東急ホテルは地下鉄赤坂見附駅の向かいにある。その手前、山王通り沿いの時間貸しパーキングに入れた。

胸騒ぎがするのは、一昨日の電話で麻取について触れたからだと自分でもわかっている。加賀との約束を取りつけたものの、一方で相手に警戒心を植えつけてしまったことはまずかったかも知れない。金融のプロフェッショナルである加賀が直接手を下すことはないだろうが、組織の利益がかかっている関東共栄会にとって自分はいま邪魔者以外の何者でもない。

ビルの合間の道を縫い、外堀通りを渡ってホテルの回転ドアを抜けた。エスカレーターを二つ上がった正面に約束したティーラウンジはある。

約束の時間には少し早かったが、隅の四人がけの席を選んで体を沈めた。注文を取りに来たウェイトレスにコーヒーを頼み、客を密かに観察した。昼時だがラウンジの混み具合は八割程度。盆休みということもあって、休暇を利用して東京に遊びに来ている観光客の姿が目立っていた。暴力団関係者と思われる姿は見当たらなかった。

午後一時。緊張した硬い表情の加賀翔子がラウンジの入り口に現れた。麻の白いスーツ姿が周囲に映え、何人かの視線を吸い寄せる。

広いラウンジを見回し、すぐに辛島を見つけた。加賀は、真剣というより、不機嫌そうな目をまっすぐにこちらに向けながら歩いてきた。すでに足の怪我は完治しているようだ。そして、ローテーブルの端に立ってこちらを睨みつけるようにした後、反対側の椅子に浅くかけた。

「先日はお世話になりました」

刺々しさを感じさせる口調で加賀は言った。

「本心からでなければ礼など言って欲しくありません」

押し黙る。

「単刀直入に申し上げますが、私の要求はひとつだけです。黒沢金属工業が田神亜鉛に対して引き受けた私募債の期前償還を再検討してもらいたい。償還しない理由が実は買収のためとは不愉快極まりない」

「それはこの前申し上げた通り、できません。不愉快かどうかは知ったことではありません」

加賀の唇からうんざりしたような吐息がひとつこぼれ出た。

「辛島さん、田神亜鉛さんには期限の利益があると申し上げたのをお忘れですか。それを放棄するつもりはありませんし、いくらそのことを言われても駄目なものは駄目なんです」

「それはあなたの一存でどうにでもなる」

「ならば、一存で申し上げます。期前償還の件はお忘れください。返さないと申し上げているのではなく、期限が来れば約束通りお返しします」

「ほう。あなたの口からそういう正論が出るとは意外ですね」

辛島の皮肉に、加賀の目にはっきりと敵意が浮かんだ。コーヒー、と一言、傍らに立ったウェイターに告げる。その間、辛島から一時も目を離さなかった。

「あなた、黒沢さんに買収の話を持ち込んだそうですね。それは誰の意向ですか」

「そんなことは申し上げる筋合いではないと思いますが」

「そうおっしゃると思って、こちらで調べさせていただいた。あなたの仲介で買収を申し出ているのは九条鋲螺という大阪にあるネジ業者だ。ところがそのネジ業者はすでに廃業状態になっている。あるのは商業登記だけ。どういうことです」

「ですからそういう話は——」

「隠れ蓑、じゃないかと思うんだ」

加賀は言いかけた言葉を止め、今度は瞳に警戒心を滲ませた。

「九条鋲螺とかいう会社は、名前を表に出すわけにはいかない会社か個人のいわばダミーとして立てられた会社にすぎない。問題は、黒沢金属を買収してそれで何をしようとしているか、だ。私には全うな商売のために黒沢金属を買収するとは思えない」

「困りますね、私にそうおっしゃられても。私はあくまでコーディネイターとして動いているにすぎません。あなたのような部外者から質問されても答えようがないんです」

「黒沢さんにあなたを紹介したのは、安房社長らしいですね。いいコンビだ」

加賀は応えなかった。運ばれてきたコーヒーをそっと一口すすり、無表情にハンカチで口元を拭う。

「お話はそれだけですか」

「社債は二十日までに償還していただきたい」

「できません」

「そんなはずはない」

押し問答になった。

「あなたには断れない理由がある」

「理由？　言ってください。何なんです」

加賀翔子は自信を漲らせ、挑戦的に言った。

「あなたは不思議な力を持っていますね、加賀さん。廃鉱から良質のリチウム鉱石を産出させることができるらしい」

「私のビジネスに興味を持っていただくのは結構なことですわ」

動ずるかと思った加賀は平然と言い、立ち上がった。

「辛島さん、あなたが何をおっしゃりたいのかさっぱり理解できませんが、一つ申し上げておきたいことがあります。私のビジネスに何かおかしな点があるとおっしゃりたいのなら、どこがどうおかしいか、きちんと証明してからにしていただけませんか。単なる憶測で物を言うのはあなたのメリットにはならないでしょう」

金融のプロフェッショナルである加賀には、目をつけられたところで簡単に見破られない自信があるに違いなかった。日本の裁判制度において立証責任は常に捜査側にある。逆にアメリカなどでは、被疑者側に無実を証明する義務があり、この裁判制度の違いが犯罪の在り方を変えている。加賀はその盲点を逆手にとり、証明困難な高度な経済犯罪を組み立てている。

「辛島さん、もう少しご自分の立場をお考えになってはどうですか。あなたは学校の先生でしょう。もう商社で信用調査をしていたのは過去のことです」

辛島は目を見開いた。

「調べたのか」

「黒沢金属は第一回の不渡りでもう信用はガタ落ちなんです。仮に社債が償還され、買収話が流れたところで、従来通りの営業が継続できる見込みはほとんどないでしょう。ならば銀行や取引先の借金がなくなるだけでも大変なメリットになるとお思いになりませんか。麻紀さんでしたっけ。かわいい生徒さんですね。辛島さん、ビジネスに私情を持ち込んで混乱している自分に気がつきませんか。私に言わせれば、滑稽です」

辛島は加賀のマネロンを突き止めたことで、決定的な交渉の手がかりを摑んだと思っていた。それをちらつかせれば加賀は露見を恐れて折れると、どこかで相手を甘く見、高《たか》を括っていたのだ。実際に、一昨日の電話の態度には明らかな狼狽があったと思う。

「それじゃあ、なんで俺と会った」

加賀の目に浮かんでいた皮肉が消え、真摯な眼差しになった。

「あなたに忠告するためです。私のビジネスに口を挟まないでください。邪魔もして欲しくない。少なくとも今は。それがあなたのためですから」

そしてすっと声を潜めた。

「お願い。私を信じて」

それだけ言うと、加賀は席を離れてエスカレーターの方へ消えていった。

激しいやりとりに注目していたらしい周囲の目が残された辛島に注がれていた。感情の高ぶりからか、つい話す声が大きくなっていたことに気づき、苦々しい思いでレシートを取る。レジでコーヒー代を払っていると敗北感が滲み出てきた。それと同時に、加賀の態度に対する疑問も浮かぶ。

私を信じて——？　何をどう信じろと言うのだろう。

街はアスファルトから立ち上る熱気と排気ガスにまみれている。ホテル前の横断歩道を渡り、駐車場へ向かった。数分も歩かないうちに意識が朦朧《もうろう》としてくるほど暑い。加賀との交渉が不調に終わったことで、それまで辛島を支えていた張りが消えた。

通りに面した駐車場の細い入り口を入り、ビルに囲まれた奥まったところまで歩いた。駐車している車はそれほど多くはない。車は一番奥の駐車スペースに入れた。その車内に上着を置き、近くのコーヒーショップでサンドイッチの軽い食事を摂って戻ったとき、異常を察した。

それは最初、フロントガラスに白い紙が貼り付けられているように見えた。だが、近づくと紙ではなく、ガラス全体に及ぶ蜘蛛の巣状の罅《ひび》だと知れた。中央付近に穴があいている。

沸々と怒りが湧いた。周囲に人影はない。車が一台、表の道路を走っていった。四囲のビルを素早く見回す。誰の視線もなかった。

辛島はゆっくりと愛車に近づいて、割れた窓から車内を覗いてみる。拳大の石がひとつシートに転がっていた。ロックを解除してドアを開けた。石はハンドルをかすめたらしく、そこに大きな傷がついていた。細かな破片が散乱する様はまるで真夏の雹《ひょう》に見舞われたようだ。決して溶けない氷の粒だった。

近くのコンビニの前にあった公衆電話から警察にかけた。辛島は、パトカーが来るまでの間をミニの傍らに立ち、一人で待たなければならなかった。途轍もなく長い時間だった。

5

警察の事情聴取に手間取り、次に車を引き渡すディーラーの到着が遅れた。赤坂の駐車場を後にしたのは結局、午後四時近くになった。

リビングで電話が鳴りだしたのは、シャワーを浴び、濡れた体をタオルで拭っていたときだった。

「黒沢です」

買収相手の九条鋲螺が幽霊会社であることも、加賀翔子のビジネスが不法行為であることも麻紀は知らない。「深入りするな。どうするかは当事者が判断することで、第三者のあんたが口出すことじゃない」。佐木の言葉が頭に引っかかっていた。確かに、これは当事者間の問題なのだ。そして辛島は当事者ではない。黒沢麻紀が通っている私立高校の教師で、単に彼女に同情し、なんとかしてやりたいと願っているおせっかいな男にすぎない。彼女がどうなろうと、なんら責任を負う立場にもないのだ。

「実は牧村さんが田神から出てきてるのよ。今日から会社がお盆休みに入ったから、心配して訪ねてきてくれたの。それで先生も一緒に食事でもどうかって、ウチの父が。お世話になったお礼もまだしていないから」

「気を遣ってくれなくていいさ」

麻紀の声を聞いた途端、少しほっとして、辛島は言った。

「来て、待ってるから。お酒飲むから車はだめよ」

麻紀の強引な誘いに、牧村と話したいという思いもあって行くことを承知した。

蒲田駅前にあるという焼き肉屋の場所と予約の時間をきいた。車のことは黙っていた。ディーラーの工場も休みに入るため、ミニ・クーパーの修理には一週間かかる。

「実は、午前中から何度か連絡してたんだ。留守だったよね」

電話の留守録ボタンが点滅していることに、そのとき初めて気づいた。

「出かけててな」

「デート？」

「それならこんな時間に帰ってくるわけがないだろ」

「それもそうね。——良かった」

麻紀は小さく笑って電話を切った。

受話器を置き、留守録が入っていることを報せて点滅しているボタンに指をかける。てっきり麻紀からのメッセージだと思っていたが、聞こえてきたのは牧村の声だった。

「お話ししたいことがあったのですが。また電話します」

何度か電話をした後、最終的に吹き込んだメッセージにも思える。食事に行けば牧村と会えるからそれはいいようなものだが、切迫感の漂う口調が気になった。牧村は牧村で、話したいことがあるのかも知れない。


「辛島さん」

蒲田駅に近い商店街の中、焼き肉屋の看板をくぐるとすぐに声がかかった。牧村だ。奥まった座敷で卓を囲んでいる人たちの中に麻紀の姿がある。

奥に座っていた男が立ち上がって辛島に頭を下げた。黒沢義信だ。色白で線が細い。第一印象は、会社の社長というより、研究者然としたものだった。ビジネスというより、どこかの研究室で試験管でも振るのが似合うタイプだ。白いものが混じった髪は乱れ様に七三に分けられ、金縁のメガネの奥では「疲れました」とでも言いたげな穏やかな目が辛島を歓迎している。黒沢父娘と牧村の三人で、黒沢恭子の姿はなかった。

「麻紀の父でございます。娘がお世話になりまして。ありがとうございました」

「いえ、こちらこそ。あまりお力になれなくて申し訳ありません」

黒沢は遠慮する辛島を上座へ通す。

「麻紀さんから、少しはお話も聞いていますが」

「買収が本決まりになりまして」

黒沢は端座したまま、穏やかに言った。「二十日に、株式譲渡の契約書に調印するつもりです。仕方がありません。もう資金調達の術はありませんから」

黒沢は悔しさよりも、これでさっぱりしたという口調で言った。「麻紀が田神町へ出かける前のことですが、実は私からも安房社長には社債の償還を検討していただくよう口頭で頼んでいたんです。買収の話が出てきたのはその後でした。私には安房社長なりの救済話ではないかという気がしてるんです。少なくとも最悪の状況はこれで回避できるわけですからね」

人が良すぎますよ、黒沢さん――そんな言葉を呑み込んで麻紀を見ると、唇を噛んで俯いていた。

「先生にはウチのことを心配していただいて本当にありがとうございました。麻紀の父というより、黒沢金属工業の社長としてお礼を言わせてもらいます。今日は、先生への感謝の気持ちと、これからの再出発を祝うささやかな食事会です。またやり直せばいいんですから。

会社を無くしたからといって、取って食われるわけじゃなし。ねえ」

黒沢はその場を盛り上げるように話し、乾杯しましょう、と続ける。その言葉を待っていたかのように牧村からグラスが差し出され、考える間もなくビールで乾杯させられた。

黒沢は、まんざらゼスチャーでもなくうまそうにジョッキを傾け、口についた泡を手の甲で拭う。ふと――ほんの一瞬だが、その目に愁然たるものが浮かんだように見えたのは気のせいだったろうか。

しかし、一方で辛島がほっとしたことも事実だった。心療内科通いと聞いて心配していたのだが、意外に元気だ。

少なくとも、今の黒沢には、危機的な状況にある自分を茶化して語ってみせるだけの度量がある。〝取って食われるわけじゃなし――〟という言葉がたとえその場の雰囲気を和ませるための強がりだとしても、黒沢義信がある程度社会性のある人柄だということは少なくとも証明している。ただ、麻紀にはその潔さというか、あきらめの早さが気に入らないらしい。それは牧村も同じらしく、時折、複雑な表情を浮かべる。黒沢は二人の微妙な心理を読みとったかのように、語りだした。

「私はこの会社を始めるとき、国民金融公庫から五百万円借金をしましてね。それと手持ちの金を合わせて一千万円。これが運転資金の全てで、しかも全財産だったんですよ。ちっぽけな会社でしょう。でも、間違いなくそれが、いまの黒沢金属の原型です。創業から十六年経って、年商は初年度の三千万円から十億円を超えるまでに成長しました。私なりに分析すると、これは努力と幸運の賜です。努力というのは技術開発。幸運というのは、日本の景気がそこそこに良かった、経営環境が比較的安定していたということです」

黒沢義信はコップのビールを一口飲んで続けた。

「悔やんでも始まらないとは思いますが、失敗したと思うことは、田神亜鉛に頼りすぎる経営になっていたということでしょうか。一つのカゴに卵を盛りすぎるなという格言がありますが、私の場合、いつの間にかそうなってしまっていた。新しい取引先を開拓するのは苦痛を伴いますから、一社依存の楽な方へ流れてしまったというのが反省点です。そのために会社を失うことになってしまった。負けは負けです。会社の問題点に気づきながらそれを矯正できなかったわけですから、経営者としての力不足をいま痛感してますよ」

元来、無欲な人なのかも知れないと辛島は考える。この人は仕事が好きなのだ。自分で何かを加工しそれを納め、収入を得る。確かに会社財務や世の中の事情には多少疎い部分もあるかも知れないが、物づくりの原点が見えているのだろう。

「こんなことを言うと負け惜しみに聞こえるかもしれませんが、加賀さんからウチの借金を引き受けると言われたとき、正直なところ心のどこかではほっとしたんですよね」

「お父さん……」

抗議しようとする麻紀に黒沢は、まあまあ聞きなさいと手で制した。

「いつの間にか重荷になっていたんだ。注文を受けて、それを納品してお金をもらう。創業当時は信用が無いから小切手や手形もありませんし、あったとしても受け取ってもらえない。だから、代金の支払いは現金でやりくりしてました。借金も創業資金だけで最初の数年は足りてたんです。商売は単純明快。面白くてね、さっぱりしたものでしたよ。それが今やどうです。銀行からの借入金は何億もある。支払いは小切手や手形で、決済資金をかき集めるために東奔西走する毎日です。従業員を食わせていかなきゃならない。いつの間にか金に振り回されてしまっていて、正直言うと経営というか、物を作る楽しみなんてのは何年か前から忘れてしまってました。明日の資金繰りが気になって眠れなかったり、休みの日も考えるのは資金繰りのことばかり。できればやり直したいと思うことも正直、何度かあったのです。こんなことになって残念なんですが、でも、さっぱりしました。この次はきっとうまくやってみせます」

力強く言った黒沢は、自分にそう言い聞かせているようにもみえた。

「そうかも知れませんね」

そうつぶやいたのは牧村だ。「俺も正直、自分の会社を継続することに苦痛を感じることがありますから。中小企業経営者の多くは実は同じ気持ちじゃないでしょうか」

麻紀が不機嫌に黙り込んだ。黒沢の出した結論に納得できないのだ。黒沢の話は確かに潔くもありわかりやすくもある。だが、それが本心から出た言葉なのか、あるいは如何ともし難い状況がそう言わしめているのか。辛島にもわからなかった。

「先生、ご意見は」

麻紀の口調は皮肉っぽい。

「お父さんが決めることだ」

麻紀は目をきっと開いたが、それきり返事はない。黒沢は苦しそうに身じろぎして、ありがとうございます、と頭を下げた。

「社員はどうするんですか。社長についてくるという連中は大勢いると思いますが」

牧村がきくと、黒沢の表情が曇る。

「そりゃあ、全員を再雇用してやりたいと思う。だけどな牧村くん。なんせ、こっちには資金がない。再出発は、誰か出資してくれる人を探してできるだけ小さくやるつもりだ。ついて来てくれる気持ちは大変ありがたいが、全員を雇うことはできない。いや全員どころか——一人、二人来てもらうこともできるかどうか」

「そうですか。でも、社長の技術力を買いたい会社もたくさんあるでしょう。出資者を探せば——」

「いやいや。羹《あつもの》に懲りた訳じゃないが当分、大風呂敷を広げる気にもならないんだ、正直なところ」

ふと和やかな表情になる。

「小さくていいと思ってる。事業を大きくするとややこしいことばかりじゃないか。もっと単純でいいんだ。ビジネスというか、商売の感覚が欲しい。働いているという実感が欲しいんだよ」

「黒沢金属にはそれが無かったの?」

麻紀は、心外だと言わんばかりだ。

「無かったわけじゃないが、だんだん仕事の楽しさが薄まってきたのは確かだ」

「そう」

麻紀は、随分前に辛島にきいたのと同じ質問を父親に投げた。「苦しかった?」

黒沢は言葉に詰まって娘の顔を直視した。

その表情に慈しみが宿り、ようやく短い返事が唇からこぼれ出た。

「ああ――苦しかった。苦しかったなあ」

麻紀が顔を伏せ、指で目を拭ったとき、牧村があえて明るく声を張り上げた。

「黒沢社長、今日は再出発を祝う会でしょう。ぱっとやりましょうよ、ね、辛島さん」

ぽんと背中を叩かれ、辛島はどうにか頷く。

「人生終わったわけじゃない。な、麻紀」

黒沢の一言で麻紀も一瞬笑顔をつくった。

それからの会食は、牧村の冗談と黒沢の蘊蓄《うんちく》のある話に彩られ、楽しい席になった。だが、その楽しさの裏側に、誰の心にも黒い穴がぽっかりあいているのが時として垣間見える、そんな淋しさが漂う会でもあった。

「先生と私は駅の方向ですから」

お開きの後、蒲田駅に近いホテルに宿泊しているという牧村が言い、黒沢親子と別れた。感情を抑えたせいなのか、その分飲んだ黒沢はかなり泥酔していた。麻紀が商店街のはずれでタクシーをつかまえる。

「それじゃあ、お二人さん、今夜はこれで失礼します。ほんとにありがとう」

上機嫌で敬礼した黒沢の体を後部座席に押し込んだ麻紀は、お休み、と短く言い添えただけで車中に消えた。

「辛島さん、少しよろしいですか」

黒沢親子が乗ったタクシーを見送ってから牧村が声をかけてきた。辛島はうなずくと、駅前で開いている喫茶店を探して歩きだした。

6

「率直にいって、黒沢金属の買収、どう思いますか。黒沢社長はああ仰っていますが、私にはどうも納得できないんですよね」

明るい店内に客は数えるほどしか入っていない。上着が必要なほど冷房が効いていた。奥の壁際、その四人がけのテーブルで向かい合った。牧村は手に持っていた麻のジャケットを着込む。深刻な面差しは楽しげに振る舞っていた先ほどまでとはまるで別人だ。

「大阪には友人が何人かいるもんですから、九条鋲螺というのがどういう会社かきいてみたんです。なかには、私と同じように二代目の修業で黒沢金属で働いていた兄弟分のような者もおりまして、彼などわざわざその住所まで行ってきたというんです」

問いかけるような目を辛島に向けて言葉を切った。牧村はコップの水を一口ふくんだ。一人、男が入ってきて、入り口近くの席に座ったところだ。

「ご存じなんでしょう」

「まあ」言葉を濁す。

「やっぱり……」

牧村は吐息混じりにつぶやいた。「買収の話を麻紀ちゃんから報されたとき、おかしいと思ったんです。正直、信じられませんでした。黒沢金属の価値というのは五年も勤めればだいたいわかりますから。同じ経営者として、黒沢金属が買収してまで欲しい会社かというと、残念ながらそれほどの値打ちは……。なにしろあの会社は社長個人の技術力で保っているようなものです。ところが、技術の核となっている社長はこの買収で会社を去る。それで今後、黒沢金属工業が成長するかとなると、かなり疑問です。それなのになぜ、六億円もの債務を肩代わりしてまで買収しようとするのか」

「牧村さん、あなたはそれを黒沢社長に言ってみましたか」

「いいえ」

牧村は否定する。「あえて申し上げようとは思ってたんです。東京にわざわざ来たのも、実はそのことを進言するつもりでした。ところが先に黒沢社長からあんな風に決断されたと聞かされて……」

吐息を洩らし、牧村は運ばれてきた紅茶にミルクを入れてかき回したが、飲んだのはコップの水のほうだ。酔い醒ましのつもりか一口で空にして、空いたままのグラスを右手で持っている。

「買収の目的がわからない。黒沢社長は肝心の部分に目をつぶっているように思えて仕方がないんです。それと、田神亜鉛のその後ですが――加賀トレーディングからまた新しいビジネスを提案されたようです」

牧村は膝を詰めると一層声を落とした。

「加賀と田神亜鉛との間でリチウムの売買が行われていることはご存じの通りですが、営業部の石黒の話では、最近、スポットで大口の取引があったようなんです。安房社長からもアトラス交易から大口の入金があるからと東木曽銀行にアナウンスがあったといいます。こっちは滝川君の情報ですが」

「取引はいつですか」

「リチウムの受け渡し自体はすでに終わったらしいですね。その決済が今月二十五日にあると聞いています」

「二十五日、ですか」

「ボリビアから仕入れたリチウムを田神亜鉛が買い、アトラス交易に売却する。代金は東木曽銀行田神支店に振り込まれ、田神亜鉛からリティオ・イクスプロターダ社へは当日決済——従来と同じ条件です」

安房正純が信金にわざわざ説明に行くほどの金額となると、田神亜鉛に振り込まれるのは相当の額ということになる。一旦、全額を田神亜鉛に振り込み、田神亜鉛はそこから自分の取り分を差し引いてさらにリティオ・イクスプロターダ社に振り込む——。一見すると実に面倒なやり方だがマネーロンダリングという観点からすると、その方が有効に違いない。資金をよりダイナミックに多数の会社間で動かせば、出所を判別することが難しくなる。そうなればいよいよ加賀翔子の思う壺だ。

「取引額は」

「五十億円近いそうです」

辛島は瞠目した。

「その金額、間違いない？」

「端数までといわれると、正確な数字まではわかりませんが間違いありません」

「田神町はどうですか。例の件ですが」

しばらく沈黙した後、訊ねてみる。牧村の苦虫を噛み潰したような表情が、言葉より前に回答を伝えてきた。

「あの後、とくに事件にはなりませんでした。もみ消したんだと思います。町の景気は最悪ですよ。あれからまた何軒か倒産しました。ウチなんてよく保《も》っている方だと思います」

「田神札の流通具合はどうです」

牧村は力なく首を振った。

「さすがにもう増刷はされていないと思いますが、協力会から下請けへの露骨な押しつけが増えてきているようですね。ウチが須藤鉱業から押しつけられた田神札は、東木曽銀行が融資してくれたおかげで下請けに回さずに済みました。ただ、田神亜鉛からの総発注量が減少してきていることもあって、下請け企業の資金繰りは相当悪くなってます。夏のボーナスの一部を田神札で支給した会社もあったらしくて、下請け企業の従事者と田神亜鉛や協力会との関係はもう一触即発ですよ。盆休みが一週間以上になる中小零細企業が半数以上ありますが、一週間分の給与をカットして実質レイオフに踏み切ったところもある。ひどい状況です」

牧村とは一時間ほど喫茶店で話し込み、東急線の長原駅に戻ったときにはすでに十一時半をすぎていた。地下ホームからの階段を上がり、辛島は自動改札機に切符を通す。切符を買い間違えたと気づいたのは、派手な音を立てて機械に行く手をブロックされたときだ。情けない気分になって改札機を後退したとき、誰かの体とぶつかりそうになった。

「失礼」

咄嗟に言葉が出たが、相手の顔を見た瞬間、心臓が鳴った。男の顔に見覚えがあったからだ。たしか牧村と入った喫茶店にいた男だった。辛島たちの後から入ってきて入り口あたりの席に座っていた男——。

気づかない振りをした。

駅員のいる改札へ回って不足分の小銭を出し、歩きだす。辛島より先に改札を出た男の姿はもう見えない。五十近い、がっしりした体軀の男だった。濃紺のワイシャツ姿。ネクタイはしていない。はげ上がった大きな丸い頭を少し俯き加減にして、表情の無い視線を斜め下方に落としていた。

夜道を歩くのを避け、商店街のはずれでタクシーを拾った辛島は、さらに念を入れてマンションの裏手にタクシーをつけた。マンション裏の駐車場は、夏休みシーズンのせいか半分ほどスペースが空いている。その端にある鉄扉に鍵を差し込んで開け、非常階段を上がった。

部屋に入って、窓際に立つ。カーテンの隙間から眼下の道路を観察した。街灯は見える範囲で三つ。人通りはほとんどない。凝視していると、首筋あたりで脈打つ血液の動きがわかった。アルコールを飲んだせいで体はだるいが、頭は冷水を浴びせられたように冴えている。

男の姿は見当たらなかった。

もし相手がその道のプロであれば、そう簡単に見つかる場所にいるはずもない。そう思い直して窓を離れようとしたとき、タクシーが一台マンションの前に横付けされるのが見えた。

ドアから降り立った少女の姿に息を呑む。

麻紀。

彼女はタクシーを降りてから一瞬躊躇して足を止めたが、意を決したようにマンションの玄関へと入ってくる。インターホンが鳴ったのはその直後だった。

「どうした」

名を告げた麻紀にきいた。

「お話がしたくて」

黙ってエントランスのロックを解除し、部屋の灯りをつけて待つ。麻紀が来るまでの間に窓を開け放った。空気を入れ替えるためだ。このよどんだ空気のように辛島の気持ちも切り替える必要があった。部屋を片づける暇もなく、すぐにドアベルが鳴る。

「突然、すみません。いいですか」

詫びた麻紀に辛島は平静を装った。

「どうぞ。汚い部屋だけど」

麻紀は玄関から上がると、まっすぐリビングに向かいソファにかける。先程別れたときと同じ黒のTシャツに同系色のジーンズを身につけていた。

「コーヒー、飲むか」

頷いたのを見て、流しに立った。水を計り、二杯分のコーヒーをフィルターにいれた。できるまでの約五分、会話がなかった。空気の入れ替えの済んだ窓を閉め、エアコンをつける。でき上がったコーヒーはソーサー無しで麻紀の前に置き、辛島はアームチェアにかけた。麻紀は両膝の上に手を置いたままソファに鎮座している。

「いいのか、こんな時間に出てきて」

午前零時の壁時計を指した。麻紀は寂しそうな笑みを浮かべただけだ。

「父、寝ちゃったから。久しぶりに楽しそうな顔を見たわ。娘としては嘘でもいいからそんな父の姿を見るのも悪くなかった。仕事の話は置いといてもね」

「お母さんも連れてくれば良かったんだ。そうすればもっと賑やかになっただろうに」

「母は無理ね。出ていったから」

麻紀はコーヒーを口に運んで一口すする。無理に感情を押し込めた固く青白い横顔を向けている。完全に虚をつかれると同時に、麻紀が訪ねてきた理由を辛島は理解した。

「いつ」

「もう一週間になるかな。いかにも母らしい顚末よね。さよならも言わずに出てったわ」

麻紀は醒め切った口調であっさりと言い、窓のカーテンから手の中のカップに視線を振った。どんな言葉をかけてやればいいのか、辛島はわからなかった。クーラーが一段と激しい音をたてて震え、送風を開始する。

大粒な涙が、麻紀の頰をこぼれ落ちた。

その涙が辛島を追い詰め、動揺させる。麻紀は慰めて欲しくてここに来たのではない。彼女はただ泣きに来ただけなのだと辛島は悟った。

「行き先はわからないのか」

麻紀の涙が止まるまで待ってから、きいてみた。首を横に振る。

「何の前触れもなく突然？」

いいえ、と麻紀は首を振る。

「会社が不渡りを出したとき、母は悩んでた。たぶん、私と相手とどっちを取るか葛藤があったんだと思う。私を捨てたのは、父と私の関係に自分の入る余地がないと諦めたからよ」

「大人びた意見だな。相手というのは？」

「以前、うちに勤めてた社員でいま独立して会社をやってる男がいるの。母と同じ歳で、妻子持ちなんだけど」

「君はそのことを知ってたのか」

麻紀は気むずかしい子供のように、押し黙る。再び込み上げてきたらしい感情の波を必死で抑え込んでいるようだった。

「ええ」

麻紀は黒いバッグからタバコを取り出した。「吸っていい？」

「禁煙だ」

あきらめて箱を元に戻す。

「お父さんはどうだ」

「私には何も言わない。ショックだったんじゃないかな。あんなに酔った父、見たことないから。でも、母のことはずっと前から知ってたと思う。会社を売ることを決めたのもそれがあったからじゃないかしら。父は本当に人生をやり直したかったのかも知れない。――私の母ってね、贅沢がしたい人、いつも遊んでいたい人なの。自分は普段からさんざん遊んでるくせに、父を前にするとそんなことは棚に上げて、旅行に連れてってくれないとか、外食する機会が少ないとか、文句ばかり言ってた嫌な女よ。父はそれを黙って聞いていた。世間知らずで、世の中で食べていく厳しさがわかっていない母を憎みながら、どこかで許していた。その態度が私には母の機嫌をとるっていうか、どこか卑屈な感じにも思えて嫌だったのよね。でも、父にしてみればそんな世間知らずの女を養っているということが仕事を続ける動機になってたんじゃないかって、今になって思うのよ」

　母と娘というより、母親という「女」に対する麻紀の批評はことさら厳しい。不思議なことに麻紀の言葉は、実態を知らぬ辛島にも、おそらく彼女の言うことが正しいと推察させるだけの説得力を持っている。だがそれは辛島自身の感想とはかけ離れていた。黒沢恭子という「女」はそれほど嫌悪すべき対象ではなく、むしろどこかかわいいところがあると辛島は思っていた。その魅力が同性の麻紀には理解できないのだろう。黒沢が、妻の我儘《わがまま》をきいていたのも、辛島と同様の感覚からではないか。だが残念なことにそうした感情を麻紀に説明しようもない。それは彼女が女だからだ。

「母のこと、憎いよ」

　麻紀の言葉は細く鋭い棘に似ている。辛島は何も答えられなかった。だが、麻紀が母をなぜ嫌いかも、なぜ好きになれないのかも、なぜ許せないのかも、言外の気持ちまで理解できる。黒沢麻紀の考え方には曇りがない。それ故、正しすぎて誤りを許容する遊びがない。それが彼女自身を苦しめ、窮屈な殻を自分に押しつけているのではないか。どうすればその殻を破ることができるのか、どうすれば清濁併せのむ野趣をこの少女に教えられるのか、辛島には見当もつかなかった。

「そのことを母に伝えられなかったのが悔しい」

麻紀は言った。だが、麻紀の気持ちを確認できないでいることが、今頃恭子の負い目になっているはずだ。

麻紀は目の前のコーヒーに口をつけ、おいしい、とつぶやいた。

「この一月ほどの間に、何年分かの期待と失望を繰り返したわ。母の件と父の会社の買収はダメ押しね。全て失った。父は気楽かも知れないけど、私はひどい孤独。母親に捨てられた娘ってどういう風に生きていけばいいのかわからないもの」

そして、辛島にとって痛烈な一言を付け加える。

「私、高校を卒業したら働こうかと思う」

その言葉は鞭の一閃のように辛島の心で鳴った。

「父は当面の資金を作るために自宅を売る気よ。それで鹿児島にある父の実家に引っ越すの。母はそれも嫌だったんじゃないかな。田舎だし、うちの祖父母と同居しなきゃいけなくなるし。私もその点については母と同じ。私の場合は逃げ出すことも裏切ることもできないけどね」

麻紀は腿の上でカップを持ち、ソファに背中をあずけて天井を見上げた。

「いつからこんなになっちゃったんだろう……」

体を起こし、辛島を見る。

「先生は？」

辛島自身の家庭についていているのだと知って、胸の奥で眠っていた痛みが蘇る。

「気がついたときには、もう駄目になってたな。忙しかったから」

「ほんとに忙しいのが理由？」

麻紀に聞かれ、辛島はどきっとした。妻に恋人ができたことも、そして自分を捨ててその男のもとへ走ったことも、原因は自分が忙しすぎて家庭を顧みなかったからだと考えてきた。本当はもっと別なところに理由があったのではないか、そんなふうに考えたことはなかった。

「俺から離れていく理由をきかなかった」

「きくの、勇気いると思う」

麻紀の言うとおりだった。なぜ自分より相手のほうがいいのか、その理由を確かめるにはそれなりの覚悟がいる。辛島は結局、妻のとった行動を非難はしたものの、なぜそうなのかという理由はきかずじまいだった。

子供に会って欲しくないの――。

そう言われたのは、もう三ヵ月も前のことだった。私立共成高校の教師としての日常にようやく体が慣れてきた頃だ。その言葉に打ちのめされた辛島は、以前にも増して何も手がつかない抜け殻になった。毎日学校へ行き、授業をして冗談も言う。だが、その全てを一個の肉体の単なる動作としてしか辛島はとらえられなかった。辛島武史という肉体を動かしているのは別な意思であって自分ではない。本当の自分はいつも二つの眼球の奥から、辛島とよばれる男の行動をぼんやりと眺めている。とくになんの感想も希望も反省も目的も好きも嫌いもなく、ただ眺めている。そんな毎日が続いていた。

辛島の娘、沙也加は今年小学校二年生になる。去年、雨のそぼ降る入学式の朝、沙也加を背負って歩いたときのぬくもり。子供の柔らかな手の感触、パパと呼んで見上げるきらきら光る小さな瞳。それはいまも辛島の記憶の最も大切な場所に保管されている。辛島にとって子供の記憶は、それ以上増えることも減ることもない、かけがえのないものだ。

だが沙也加は違う。沙也加には新しい父親がいて、その男が辛島の代わりを演じているのだ。沙也加の中で辛島の記憶は次第に消え失せ、辛島武史という父親がいたこともいつか忘れてしまうかもしれない。忘れるな、という思いと同時に、俺のことなんか早く忘れてしまえ、という思いが辛島の中に同居している。辛島のことを忘れれば、寂しいことなんかなくなる。忘れてしまってもいいから、楽しく暮らして欲しい。そんな相反する気持ちが辛島を苛《さいな》む。

胸に込み上げてきた様々な思念の断片から顔を上げると、自分を見つめる麻紀と目があった。

「理由はわからない」

「寂しい？」

「寂しいさ、誰だって。でも、どうしようもないこともある。諦めなきゃいけないこともある。人間だから仕方がない。相手が自分に飽きたと言えば、好きなところへ行っていいよって言うしかないだろ。そう言われたときにはもう遅いんだから」

コーヒーを飲む間、麻紀はずっと考え事をしていた。

「話を聞いてくれてありがとう。もう帰らなきゃ。父のことも少し心配だし。送ってってくれる？」

「車が故障中でね。タクシーで送ろう」

現実に引き戻された辛島は、カーテンをそっと開けて下の道路を注意深く観察した。

「どうしたの」

男の姿はやはりどこにも見当たらない。

「なんでもない」

二人で表通りまで出て、そこでタクシーをつかまえた。行き先を告げ、麻紀に一万円札を渡す。

「いいよ、帰るぐらい持ってるから」

「遠慮すんな。釣りはあとでもらう」

麻紀に金を押しつけ、じゃあ、と見送る。

「二十日、一緒にいて欲しいの」

別れ際、麻紀は真剣な眼差しで辛島に頼んできた。

「会社の最期を見届けたい。だから――」

「わかった。いいのか」

「もちろん。父だって、承諾するはずよ」

束の間の安堵を浮かべ、少女は胸を撫で下ろした。

タクシーが見えなくなった後、ゆっくりとマンションまでの道のりを歩きだした。静かで、人通りはない。だが都会の静謐はまやかしだ。圧縮された熱を孕む空気から微動が伝わってくる。公園の入り口近くで足を止めた。七月最後の週。深夜辛島を訪ねてきた黒沢麻紀が佇んでいた場所。街灯に照らし出されたスペースを舞台に小さな蛾が乱舞するのを見ると、無性に侘びしさが募った。

公園を囲む植え込みの陰で動きがあった。重たい、粘着するような視線だった。

顔が半分だけ、灯りを受けて闇に浮かび上がっている。

男の目には光がない。視線はじっと辛島に注がれている。

逃げろ。

しかし、咄嗟に浮かんだ言葉に体は反応しない。

男との距離は約三メートル。

動けなかった。体中の筋肉が弛緩してしまったかのようだ。

首筋に搏動《はくどう》を感じる。蠟でできたようにのっぺりと白い男の顔。それから視線を逸らすことが出来ない。辛島の視界は、男の顔だけを残してぼやけ、滲みはじめた。そのまま時間は停止した。

どれくらい経ったか。男の体が、つ、と夜に溶けた。

紙を擦り合わせるような軽い靴音が深夜の住宅街を遠ざかるのを聞いても、まだ辛島は動けないでいた。脇に冷や汗をびっしょりかき、無理に足を進めようとすると膝が震えた。

翌日、テレビニュースに映し出された海岸では朝早くから海水浴客が繰り出し、行楽地は観光客でごった返していた。辛島はまだ眠気が残っている頭を抱え、昨夜の緊張感が再び胸に込み上げてくるのを感じた。いつ眠りに落ちたかは覚えていない。眠れないまま明け方まで寝返りを打っていた。

窓際に立ってカーテンを覗いた。汗が噴き出したのはただ暑いからだけではない。半分だけ浮かび上がる男の顔があまりにも鮮やかに脳裏にこびりついて離れない。

たまらず、夏休みで自宅にいる佐木に電話をかけた。

「どんな奴だった」

辛島は相手の年格好について特徴を話した。

「たぶん単なる脅しだと思う」

「俺はそうは思わん。新聞、読んだか」

朝刊はドアの郵便受けに挟まったままだ。辛島はコードレスの受話器を持ちながら新聞を引き抜き、リビングのガラステーブルで拡げた。

「社会面、見てみろ。載ってるだろう」

見つけた。

――麻薬売買で暴力団幹部を逮捕

見出しの扱いが大きいのは、それが関東共栄会という広域暴力団絡みだからだろう。

麻薬取締官事務所は十五日朝、広域指定暴力団関東共栄会幹部、海原次郎容疑者、鳴瀬隆夫容疑者、早川繁信容疑者三人と組員、鷹尾剛容疑者ら計十五人を麻薬取締法違反の疑いで逮捕した。海原容疑者らは今年四月ミャンマーで約三十キロ相当の大麻を購入、国内に密輸したうえ、密売組織を使って売りさばいていた疑い。

今回の摘発により、麻薬取締官事務所では同暴力団による麻薬売買組織の全容解明を急ぐとともに、同暴力団組織の集金ルート壊滅を目指している。

「組に麻取のインフォーマーがいるって蜂の巣をつついたような騒ぎらしい」

「インフォーマーとは」

「麻薬Gメンに組の秘密情報を流す内通者さ。あんたは部外者だが、情報を握っていることを知られた以上、やつらに疑われてるはずだ。このままだと命の保証がないぞ。とにかく今は派手なことをするな。田舎、小樽だったな、久しぶりに里帰りなんてどうだ」

「帰りたいのはやまやまだが、いろいろ事情があってね」

「事情は誰にでもあるさ」

佐木の声に言いしれぬ緊迫感が滲んだ。「そこを繰り合わせるのが長生きのコツだぞ」

電話を切ったあとしばらく脱力し、思い直して新聞の記事を再読する。

辛島は加賀翔子が仕組んだ不正資金洗浄の中味を全て知っているわけではない。だが、ひとつ確実なことは、彼女の資金洗浄システムが今、少しずつ綻びはじめているということだ。

関東共栄会という組織をクライアントに持ち、年間数十億円を預かる加賀にはかなりのプレッシャーがかかっている。加賀はいま、必死だ。

第五章　期限の利益

1

黒沢金属工業は大田区羽田六丁目の工業地域内にあった。周辺は中小から零細の様々な下請けメーカーの密集地帯で、産業を下支えする部品製造、素材加工の巨大センターだ。三階建て鉄筋コンクリート造りの社屋は一階と二階が工場、三階が事務所になっている。その三階の一角にある窓からは、東京湾に注ぎ込む多摩川の川面が輝いているのが見えた。上空では、羽田空港の滑走路へ進入する旅客機が頻繁に滑空し、機体の横腹が銀色に輝きながら幾度となく視界を横切っていく。

「残高、まだ不足したままだって」

経理部まで振り込みを確認しにいった麻紀が戻ってきた。八月二十日。閉めたドアにもたれ、虚ろな目で息をつく。表情は冴えない。辛島は壁時計を見上げた。午前十時だ。振込が入ってくる時間には少し早い。

「本当に振り込まれてくるのかしら」

それはどうかわからない。なにせ相手は実体の無い企業なのだ。

辛島は、麻紀に窓際のパイプ椅子を勧めた。そこから、空が見える。

黒沢金属の資金繰りはいままさに綱渡りの途上だ。

本来この日に予定されていた決済に加え、一回目の不渡りを出したと知って手形の取引を現金払いにするよう求めてきた取引先が増えたために、必要な決済資金はさらに膨らんだ。それに反比例して黒沢金属工業の資金調達余力は急速に縮小し、最終的に目途がついたのはわずか五百万円という話だった。

買収に名乗りを挙げた九条鋲螺という素性のわからない会社から振り込みがなければ、今日にも第二回不渡りが出る。そうなれば、倒産だ。数億円、あるいはそれ以上の負債を抱えて黒沢家は路頭に迷うことになる。麻紀が心配するのも無理はなかった。買収には反対だったはずだが、結局なす術もなく現実に呑み込まれ、気がついてみると買収資金を当てにしている自分がいる——そんなよりどころのない精神状態が耐えられないというように、麻紀は眉間に皺を寄せている。

窓から離れ、辛島も折り畳み式の細長いテーブルに入れられたパイプ椅子の一つを引いてかけた。小さな会議室に、辛島はいた。階下では従業員がいつもと同じように出勤し、いつもと変わらぬ作業に就いているという。だが、今日という日がいかに特別であるのか、知らない者はいない。そのせいか、工作機械がたてる音以外、人の笑い声も活気に満ちたやりとりも全くといっていいほど聞こえてはこない。

すでに、黒沢義信は買収契約に出かけていた。赤坂にある加賀の事務所を訪ねているのだ。入金確認後、契約に臨んだ黒沢から会社の権利関係書類の一切が相手に引き渡されるという。

順調に進めば、黒沢金属工業という一つの会社が人手に渡るまで、あと数時間とかからないだろう。契約の場でそれを待つ黒沢の気持ちを考えると、胸を塞がれる思いだ。

「それは？」

麻紀が数字の並んだ資料を手にしていた。

「預金口座の残高表。銀行の人が今朝ファクシミリで送ってくれたの。いま経理からもらってきた」

預金口座名と預金番号、そして残高が並んでいる。預金の種類は、当座、普通、定期の三種類、定期預金には三千万円の残高があるが、おそらく借入金の担保に入っているのだろう。当座預金の残高はいまマイナス二千五百万円だ。

「振込しなければならない先があるらしいんだけど、残高が不足してて送金できなくなっているらしい。お陰で経理には催促の電話が鳴りっぱなしよ」

会議室のテーブルに置かれた支払い予定表を覗くと、八件で千二百万円の送金予定が記入されていた。現状の残高不足二千五百万円とその未送金の千二百万円を合計した額が今日必要になる金額ということになる。

結局、黒沢から連絡があったのは、正午近くだった。

受話器をとった麻紀の、緊張した喉元が微かに震えている。相槌をうつ麻紀の傍らから辛島は立ち上がり、再び窓際から外を眺めやる。真夏の多すぎる光の量と、たちのぼる大気の揺らぎが無性に腹立たしかった。

麻紀の電話が終わった。

「父から。いま契約終わったって」

「入金は?」

「電話で直接銀行に確認したらしい」

「そうか……」

「終わっちゃった」

麻紀のつぶやきが微かに聞こえた。視線は虚空に結びついたまま、唇がほんのわずか動いた。

麻紀の涙を見たのは、何度目だろう。

辛島は彼女の肩を抱いた。震えている小さな肩。背中が華奢で、シャツから出た二の腕が少し冷たくなっていた。

どれくらいそうしていただろうか。会議室のドアがノックされ、麻紀は体を離した。会社名の入ったブルーのユニフォームを着た中年の男が入ってきて、麻紀を気遣う。

「大丈夫かい、麻紀ちゃん」

「ええ。ありがと」

麻紀は泣きはらした目を擦りながら、男に言う。

「いつもお世話になっています。大越といいます」

辛島に名刺を出した。黒沢金属工業の経理部長という肩書きだ。

「わざわざお越しいただいたのに、おかまいもできませんで申し訳ありません。間もなく社長も戻ってくると思いますので。それはそうと、これ見て下さい」

『当座預金異動明細表』と、資料の上部に記載されている。

「当座預金の出入金記録だそうです。東京シティ銀行からいまファックスで送ってきました」

決済は全部で五十件近く。会社の規模を考えると多くはない。前日からの繰越残高が資料の上部に表示され、入金であれば入金先の名前と金額が表示されて残高に加算、手形決済などの支出であれば減額され、一日の残高推移がわかる仕組みだ。それは最終的に九条鋲螺からの振込金でマイナス残高からプラスに転じている。つまり、不渡りが回避されるまでの軌跡を物語っているのだった。

「黒沢金属さんは東京シティ銀行が主力なんですね」

「ええ。田神亜鉛がそうなので随分前に取引銀行も一緒にしたんです。そのほうが好都合ですから」

大越が説明し、向かい側に深いため息とともにどっかりと腰を下ろす。肉体労働者のような無骨な体軀に優しそうな目をした男だった。歳は五十半ばだろう。

捲《めく》ったところにもう一枚、別な種類の資料があった。九条鋲螺からの四千万円の振込明細をより詳しく表示したものだ。送金時間、金融機関コード、金融機関名、そして金額が入っている。

その金融機関名のところで視線をとめた。「東木曽銀行田神支店」という名前を見つけたからだった。

「田神亜鉛の取引銀行からですか」

辛島の言葉に驚いた麻紀が覗き込む。大越が真険な目で頷いた。

「どういうことなの」

「わかりません。いや、今更こんなこと言うのも憚られるんですけども、あたしはどうも九条鋲螺なんて会社が買収するって話、当初から信じられなかったんですよね。以前、ここにいた社員からもそんな話、聞いてましてね。それで気になってたもんで銀行に振込内容を調べてみたらそんなことに……」

会議室にあった電話で牧村商会に電話をかけようとした麻紀を大越が押しとどめた。

「いや、もう牧村くんには私が知らせて調べてもらったんだ」

「どうだったの？」

勢い込んできく麻紀に、大越は思い詰めた表情を向ける。

「振込をしたのは、安房正純だそうだ」

麻紀は体を固くしたまま陶器の置物のように身動きしない。

「安房が……」

「加賀は安房に頼まれて動いていたんだろう。あるいは加賀が買収を勧めたか――」

大越の言葉に、血が滲むほど唇を噛んだ麻紀の頬が震える。

「教えて、先生」

麻紀が辛島を振り向いた。「加賀がどんなことしてる人なのか。教えて」

「聞いてどうする」

「知りたいの」

麻紀は言った。「たとえどんなに傷ついたとしても、真実を知らないまま終わるなんて耐えられない。私は社長の娘よ。父を応援してるし、こう見えても将来はこの会社を経営するつもりだったの。それなのに、ろくにわかっていない相手に乗っ取られるなんて、そんな馬鹿な話ってある？」

「知らないほうがいいこともあるんじゃないかな」

「どんな世界だって厳しさがあるから成り立ってるんじゃない。自分が敗者になったからって知らないで済ましていたら何もできやしない。そのくらいの分別はあるつもり」

麻紀は必死で大人を演じている。話してやらねばならない。

南米ボリビアの鉱山を舞台にしたマネーロンダリングの実態、関東共栄会との関係、田神亜鉛を舞台にした資金の動き——。ときに会議用のホワイトボードを使って図式しながらの説明に麻紀は聞き入った後、核心をついてきた。

「どうして、加賀は田神亜鉛を選んだの。なぜ、田神亜鉛なんだろう」

麻紀の問いかけは、辛島自身、何度も自問したことであった。

「マネーロンダリングの特性を考えてみよう」

辛島は言った。

「ある組織が巨額の不正資金を抱えている。それを表の世界で堂々と使えるように洗う、それがマネーロンダリング、いわゆる〝マネロン〟の目的だ。マネロンが完了するまでには三つの段階がある。最初の段階を『プレイスメント』という。〝隠匿〟と訳す。関東共栄会が麻薬の売買で稼いだ資金はおそらくボリビアの鉱山会社リティオ・イクスプロターダ社の東京支店にひそかに持ち込まれ、そこでアメリカのソルトレークシティにある鉱山会社からリチウムを購入するための資金として使われる。これによって、不正資金はリチウムに形を変える。

第二段階は、『レイヤリング』。〝ろ過〟と呼ばれる段階だ。資金の出所を辿られないように、前段階で隠匿された資金が様々な口座を移動したり名義が変更されたりする。加賀の作ったマネロンの仕組みでは、おそらくアメリカ辺りから買い付けたリチウムをボリビア経由で——田神亜鉛にはボリビア産と称して——田神亜鉛へ売却し、さらにそれをアトラス交易が第三者へ転売する過程がこれに当たる。

第三段階は『インテグレーション』。これは〝同化〟と訳すんだが、隠匿、ろ過された資金を最終的に合法的な資金として表社会へ出す段階だ。加賀のシステムでは、リティオ・イクスプロターダ社からアトラス交易が配当として利益を得る段階と見ていいだろう。そのときには誰が見てもリチウム取引によって得た資金に見えるというわけさ。この中で一番難しいのは第二段階のろ過の仕組みだ。加賀はそれに保険をかけたと考えられないだろうか」

「保険？」

「そう。ボリビアの鉱山を利用しながら不正な手段で得た現金をリチウムに変える。その最も重要な第二段階の完成度を高めるために、万が一、後になって捜査機関から目を付けられても証拠が残りにくい方法をとったんじゃないだろうか」

「田神亜鉛を選んだことが？」

　辛島はうなずく。

「加賀が探していたのは、非鉄金属を扱うことのできる中堅企業で、しかも財務内容の悪い企業だったんだ。加賀は田神亜鉛の財務内容を承知で、リチウムの取引を持ち込んだ。加賀には、ある予測があったはずだ。それが加賀の考えたマネロンの仕組みにうまくマッチしたんだ」

　辛島はホワイトボードに描いたマネロンの仕組み図に視線を転ずる。ボリビアの鉱山会社、田神亜鉛、アトラス交易という名前を丸で囲み、資金の流れを矢印で示したものだった。そこから田神亜鉛の名前を消去する。ぽっかりと白い空白ができた。まさにそれが加賀の望んだことなのだ。

「田神亜鉛は倒産する――それが加賀の予測だ」

　麻紀はゆっくりと息を呑んだ。

「マネロンをより完成度の高いものに仕上げるのにこれほど都合がいい状況はない。資金洗浄に利用した会社が後で倒産すれば証拠を消すことができる」

「でも、資金洗浄の途中で倒産されたら困るんじゃない」

「そう。だから、なんとか田神亜鉛の資金繰りを支える一時しのぎを考える必要があった。それが少人数私募債だったんじゃないか。もともと加賀は田神亜鉛が生き延びるとは考えていない。倒産するまでの限られた期間にできる限りの資金を洗浄しようとしているんだと思う。ただ、これはあくまで推測だ」

「そこまでやって、何を得るの」

暫く押し黙っていた麻紀は、むしろ穏やかな表情を浮かべていた。「お金？」

辛島は返答に窮する。

「地位や名誉があるわけでもない」

「ゲームね、これ」

麻紀はそう表現してみせた。一歩、距離を置き、醒めた目で見る。でもそれは言葉だけのことで、彼女の中に渦巻いている憤りは体全体からオーラのように放出されている。

「みんな必死になってお金儲けを企む。知恵と機微に長けた者が勝ち残り、愚か者がババを摑むってわけよね。馬鹿みたいよね、そんなゲームに振り回され、必死になってるなんて」

そして黒沢親子の場合、そのゲームはすでに終わろうとしている。

大越が腕時計を覗き込んだ。

「そろそろ社長がお戻りになると思いますが。麻紀ちゃん、送別会出席するかい。先生もご一緒にいかがですか」

辛島は誘いを丁重に断り、黒沢金属工業を辞去することにした。

踏み出したのは夕陽に染め上げられた街だ。陽炎のたちのぼる工業地帯にぎっしりと軒を並べる工場、うらぶれた二階建ての事務所、行き交う製品運搬のトラック、配達の車、薄汚れたつなぎを身にまとい、日焼けした腕で額の汗を拭う人たち。その光景のひとつひとつが網膜に焼きつき、どうしようもない切なさとともに心に染み込んできた。ここでは全てが部品である。人間も会社も、地位の高いも低いも無く、全て部品なのだ。だが、その部品にだってプライドがあり、夢も希望もある。部品は自分のことを部品だとは思っていない。だが、その夢や希望を捨てたとき、部品は真の部品になる。それが悲しい。

2

「気にくわない話だな」

佐木はタバコをくわえたまま汗臭くなったワイシャツの袖をまくり上げてネクタイを緩めた。有楽町駅のガード近く、小さな焼鳥屋の狭い店内は勤め帰りのサラリーマンで賑わっていた。カウンターの向側では、大型の換気扇が唸りを上げて煙を外へ吐き出している。冷房も目の前の炭火に煽られているとほとんど役にたたない。

「安房が買収か。メリットは何かな」

「それがわからん」

「お前さんが知りたいのもそこだな」

辛島は頷いた。

黒沢金属工業から電車を乗り継いで自宅に戻った辛島は、すぐさま帝国インフォスの佐木と連絡をとったのだった。盆休み明けの多忙な時期にもかかわらず、佐木が辛島の誘いを受けてくれたのは有り難かった。

佐木は灰皿を引き寄せながら、店の外に目をやる。格子の入ったガラス扉越しに飲屋街の人通りが見えた。佐木はその中から辛島たちを見ている特定の視線を探ったが、空振りに終わったらしかった。

「尾けられていないか」

「わからん。気をつけたつもりだが、簡単に見破られるような尾行でもないだろうしな。一応、タクシーやら電車やら乗り継いでみたが」

「まあ、それなら大丈夫だろう。素人が思っているほど尾行というのは簡単じゃないんだ」

捜査機関が一人の男を尾行するとき、何十人もの捜査員をそのために配置するのだと佐木は言った。マンマークの尾行がいとも簡単に成功するのはテレビ・ドラマの世界だけだ。

「が、気をつけるに越したことはない。加賀のビジネスを知ってしまったことで、あんたはもう連中のペナルティエリアに入ってるからな。PK覚悟で体当たりしてこないとも限らん。警視庁のマル暴にきいてみたんだが、昨日、あんたの前に顔を出した男、年格好からしてどうやら成田一己というヤクザだ。一に己《おのれ》でカズミ。福村彰のことは話したな。その右腕黒沢金属をマネロンの駒らしい」

その名と佐木の忠告を胸に刻んでから、今日の話に戻した。

「実を言うと俺は黒沢金属の買収も加賀のビジネスだと思ってた。黒沢金属をマネロンの駒として利用するんじゃないかという気がしたんだ。だが、違った」

佐木は黙ってビールの入ったコップを飲み干し、手酌で、注ぐ。小さなコップはすぐに一杯になった。

「金を出したのは安房だった。しかも、加賀がその買収を実質取り仕切っている。単に安房に頼まれてそうしているだけか、あるいは加賀にも何らかのメリットがあるのか……」

辛島は赤坂のホテルで会った自信に満ちた加賀の態度を思い出していた。加賀に麻取の捜査を恐れている気配はなかった。それとも、あれは彼女の精一杯の演技だったのだろうか。いや、先週の金曜日の段階では、まさか関東共栄会に捜査のメスが入るとは思ってもいなかったのではないか。

「田神亜鉛とアトラス交易との間で大きな取引があるらしい」

佐木の横顔に変化があった。

「本当か」

牧村からの情報を伝える。「五十億円近い取引だ。取引金融機関からの情報で、裏も取れてる」

「すると加賀はある程度、麻取の摘発を予測していたのかも知れないな。それで、早々に不正資金洗浄を仕上げにかかったのかも知れん」

「安房にしてみれば、利益さえ落ちれば深くは詮索しないと」

佐木も頷いた。

「しかし、その一方で加賀は田神亜鉛をも見切っていることになるな。田神亜鉛が行き詰まるまで——つまり利用価値のある内に使いまくるつもりだ。あんたの見たところ、田神亜鉛の先行きはどうだ」

「すぐに倒産することはないだろうが、どれだけ保つかはわからん。だが、いつかは行き詰まる」

「おそらく加賀も同じ考えだな」

「いや、加賀のほうが情報は豊富だ。もっと正確に見抜いているだろう。でも、どんなに熟達したアナリストでも、いざ企業の倒産時期を予想しろと言われたら難しい」

「それはそうだ。我が社もそれで苦しんでいるわけだから」

佐木はにっと歯を見せる。

「しかし、田神亜鉛が倒産した場合の影響を考えてみると凄まじいことになるな。いまでさえ、田神町では倒産が続出しているんだろう」

「田神協力会という親密企業群が約五十社、零細下請け企業がさらに二百社近く。なんせ企業城下町だから、田神亜鉛が崩壊すれば町の経済そのものが破綻する。とはいえ、今更どうすることもできない」

佐木は地黒の顔をしかめた。

「もし倒産した場合、田神亜鉛の負債総額はどれくらいになると思う？」

「決算書の有利子負債は全部でおよそ三百億円。実際には、買掛金や支払手形、未払金といった未決済分が加わるからそれでは済まない」

会社が倒産すると負債は表沙汰になっている数字以上に膨らむ。田神亜鉛の買掛けや支払手形の相手先がお膝元、田神町の中小企業だとすると、連鎖倒産がどれだけ広がるか想像を絶する。

「社債どころじゃなくなるな。そういう意味では黒沢さんはまだましという見方もできる」

黒沢金属工業の田神亜鉛に対する依存度は全売上の約六割。これほど依存している取引先企業が破綻すれば、やはり連鎖倒産する可能性は極めて高い。数億円の借金を抱えて路頭に迷うのと比べれば、現状はまだ恵まれていると佐木は言いたいのだ。結果だけを考えれば、その通りだった。

辛島は胸にちくりとした痛みを覚えた。社債償還を働きかけてはきたものの、心のどこかでは今回の買収で黒沢が救われたことを認めないわけにはいかない。加賀はそこまで見通していた。

佐木とは、深夜零時近くまで飲んで別れた。

酔客の目立つ山手線に揺られながら、辛島は不安になった。終末に向かっている不吉な予感が頭にこびりついて離れない。崩壊はすでに始まっているのではないか。見えないところで、それは密かに着実に進行しているのではないか。そんな気がして仕方がなかった。

自宅マンション前まで来て、辛島は足を止めた。エントランスの壁に黒沢麻紀がもたれて待っているのが見えたからだ。辛島に気づくと、青ざめた顔で壁から体を離した。

麻紀の声は深い沼のように沈んでいる。

「父が出ていってしまったのよ。行き先も告げずに」

辛島は唖然とし、言葉を失った。

「どうしていいかわからなくて……」

途方に暮れる麻紀を自宅にあげた。

「行き先に心当たりは」

「ない。会社から帰ってくるときから何か考え込んでしまって。様子が違っていた。変なことしなきゃいいけど」

変なこと、の意味はさすがに聞けなかった。

「警察へは？」

「まだ。出ていったの、二時間ぐらい前だからもう少し様子を見ようと思って」

麻紀は気分が悪いのではと心配になるほど蒼白だ。

「大丈夫か」

「一人でいると、怖いのよ」

麻紀は疲れ切った様子でリビングのカーペットにすとんと腰を下ろし、両腕で体を抱いた。

「最初から様子がおかしかったわけじゃないんだろう。契約はうまくいったのか」

「たぶん。新しい社長という男を連れてきてた」

「どんな男だ」

「四十ぐらいで、アルマーニを着こなしたシャレ男よ。西岡とか言ったと思う。めったに笑わない不気味な男」

「西岡？」

加賀トレーディングにいた男のことを辛島は思い出した。おそらく同一人物だろう。安房正純の雇われに違いない。〝置き物〟だと思った。

「たぶん、一時的に据えただけの男だろう。お父さん、パーティの間はどうだった」

「最初は普通にふるまってたわよ。表面だけかも知れないけど」

「変わったことは？」

麻紀はカーペットに視線を落として考えた。

「そういえば、終わり頃に大越さんと話し込んでいたけど」

「どんな話だ」

「わからないわよ。立ち聞きしてたわけじゃないし。私だってそれなりにみんなにお酌して回ったりして忙しかったから」

黒沢家に電話をかけてみた。やはり留守だ。辛島は壁の時計を見上げた。もう午前一時を回っている。

「連絡が入るかも知れない。君の家に行こう。ここにいたんじゃ、だめだ」

辛島は麻紀を伴って自宅マンションを出ると、通りでタクシーを拾った。

黒沢家に着いてから、大越の自宅に電話を入れた。深夜ということもあって、十回以上コールした後、大越の妻とおぼしき女性が出る。事情を話し、大越本人と代わってもらった。

「まさか……」

大越は驚きの声をあげた。

「パーティで変わった様子はありませんでしたか。黒沢さんとお話しされたと思いますが。麻紀さんの話では、帰りの車の中で、もう様子がおかしかったというのです」

「あの話が原因だろうか」

「あの話とは?」

後悔を滲ませ、大越は応える。

「昨日の話です。九条鋲螺からの振込資金が実は安房社長から振り込まれていたという——。確かに、顔色が変わったんです、社長。ショックだったと思います。でも、あたしとしちゃ、言わずにはおれなかったんで……」

「わかります」

足下を見られたどさくさ紛れの買収劇。黒沢にも大越にも、こんなはずではない、という思いがある。大越が、黒沢に仕入れた情報を報告するのは当然のことだ。たとえ買収の話が正式決定し、新社長のお披露目を兼ねた席であっても。

「私も心当たりを探してみますが。携帯電話は？」

黒沢の携帯電話は、辛島のいる居間に置いたままだった。家を出るとき、黒沢は着替えてから、愛用のセカンドバッグをひとつ持っただけで車を出したという。

「警察に届けた方がいいんじゃないですかね」

それも考えてはいるが、黒沢義信が家を出てから、まだ数時間しか経っていない。いくら心配とはいえ、それで警察に届け出るわけにもいくまい。いまにひょっこりと戻ってくるのではないかという期待は麻紀にも辛島にもある。それに届け出たところで警察が探してくれるわけではない。

「田神町に行かれたということはありませんか。安房社長と話し合うために」

「それも考えましたが、調べようがないんです。車で田神町へ向かったとなると着くのは朝でしょう。今頃は移動の最中のはずですし、こちらから連絡のとりようがない」

「だめ？」

電話を切った後、麻紀に頷き、辛島はリビングのソファで腕組みした。

「大越さんは田神亜鉛に行ったんじゃないかと。どう思う？」

「それなら私に言っていくと思う」

いまさら田神亜鉛に行ったところで成果が得られる可能性はない。だが、追い詰められた経営者の行動パターンは予測不可能なところがあるのも事実だ。

「朝になったら田神亜鉛に連絡を取ってみよう。とりあえず、今はこうして待つしかない」

辛島は顔色のすぐれない麻紀を気づかった。

「少し休め。俺が起きてるから」

「ありがとう。でも、眠る気分じゃないのよ」

麻紀は辛島の隣にクッションを抱いて座った。そして静かに目を閉じる。時間だけが過ぎていった。時計の針が午前三時近くになった頃、疲れ果てていたのだろう、横を見ると麻紀はそのままの格好で眠っていた。

「明日か……」

辛島がそう嘆息したとき、けたたましく電話が鳴りだした。飛び起きた麻紀より早く、辛島が電話を取っていた。

「赤坂警察署ですが」

名乗った男は、黒沢義信の自殺未遂を告げた。

「ご家族の方ですか」

信濃町にある大学病院の重症患者処置室の重たい扉を開けようとしたとき、背後から声がかかった。年輩の看護婦がボードを抱えて辛島を見ている。ボードの隅のホルダーにボールペンが一本挟まっていた。

「いえ」

「でしたらご遠慮ください」

看護婦は毅然とした口調で言い、重いステンレス製ドアの取っ手を引く。中にベッドが二つ並んでいるのが見えた。黒沢義信は手前のカーテンの向こう。辛島からは見えないが、麻紀が付き添っているはずだ。

「辛島さん？　私、電話しました赤坂警察署の内藤といいます」

白いポロシャツを着た男が近づいてきて、ズボンのポケットから紐で結んだ警察手帳を引っぱって見せた。小太りだが、がっしりした体格の男で、スポーツ刈りにした頭髪の下からぎょろりとした愛嬌のある大きな目が辛島を見上げた。腕白小僧がそのまま大人になったようなきかん気が風貌に現れている。

ちょっとお話よろしいですか、と壁際のベンチを指した。

「電話で学校の先生とお伺いしたんですが、もう少し詳しく、お名前からお願いできますか」

名前と住所、そして職業を告げ、内藤がそれを手持ちの大学ノートに書き付ける。筆圧の強い金釘流の文字で書かれると自分の名前が赤の他人のそれに思えた。

辛島に質問しながら、内藤は、黒沢義信が発見された経緯を話してくれた。黒沢は、北青山二丁目の路肩に停めた車の中でぐったりしているところを警邏《けいら》の警官に発見されたという。午前二時半過ぎのことだ。車内には黒沢一人で、争ったり物を盗られたりといった形跡はなかった。

「車内からハルシオンが見つかりまして——睡眠薬の。たぶん半分以上いっぺんに飲み込んだと思われます。原因みたいなものはあったんですかね」

内藤は同情する風でもなく、事務的に真正面からきいてくる。無骨だが、変に同情しない口調がかえってさっぱりした印象だった。

辛島は黒沢金属の業績不振と買収、そして家庭内の問題を知っている範囲で伝えた。そういうことについて内藤はメモを取らなかった。おそらくそれが内藤の流儀なのだろうが、黙って辛島の話を聞いた後で、会社の名前だけを繰り返させ、正確に書き取った。

「黒沢さんが家を出られたのは十二時頃で、車だったと。その後北青山に出られて、そこで薬を飲んだということになりますね」

内藤は情報を整理した。

「大田区から北青山まで、その時間だと四十分もあれば行くでしょうね。すると十二時四十分。発見されたのは午前二時半。その間どちらにいらっしゃったのか、お心当たりはありませんか」

加賀トレーディングを訪ねたのではないか。そこで買収の真意について質そうとしたのではないか——。刹那そう思ったが、そんな時間に加賀が会社にいたとも思えない。

「薬局の袋が車内にありましてね、薬局では医者の知り合いだというんで頼み込まれて多目に出していたようです。最近多いんですよ、こういうの。景気が悪いですから」

麻紀は、ナースステーションの片隅でドクターのレクチャーを受けている。固い蒼白な横顔をした彼女がときおり頷きながらじっとドクターの話に聞き入る姿を辛島は見守った。

「運があるから」

その辛島の視線を追った内藤が意外なことを言った。

「運、ですか。運には見放されたと思ったんですが」

「発見が早かったんです。警邏の警官が車の中でぐったりしているのを偶然見つけまして。薬を飲んだ直後だったようです。もう少し遅かったら……。あの人はついてますよ。本人はどう思うか知らないが、絶対生きてるほうがいいからね」

お邪魔しました、と内藤は腰を上げた。

3

八月二十三日月曜日の午後、前日と同じように病院を見舞った辛島は、鹿児島から駆けつけた祖父母のお陰で麻紀が少し落ち着きを取り戻したことを確認してから病院を後にした。午後五時過ぎのことだ。信濃町駅で切符を買ったが、気づいて車のディーラーに電話してみた。やはり、修理はできていた。辛島は買ったばかりの切符をズボンのポケットに突っ込み、車を取りにいくために外苑西通り沿いにあるディーラーに向かって歩きだす。

フロントガラスとハンドルを交換する修理が終わった愛車で、混雑した二四六号線を渋谷方面へ向かった。久しぶりのステアリングにほっとしたのも束の間、思考はすぐに黒沢のことになる。どうにも釈然としないものを感じるのは、黒沢が青山まで来て自殺を図ったという一点が気になるからだ。

車は青山学院に差しかかる前の交差点で動かなくなる。思い立って道路脇に寄せ、公衆電話から加賀翔子の携帯にかけた。つながらなかったが留守録に黒沢義信の自殺未遂を吹き込んで切った。底の知れないゲームのプレーヤーを演じ続ける加賀への意趣返しという思いもある。

　帝国インフォスの佐木に電話を入れる。

「いまちょうどあんたに連絡しようかと思案してたとこさ」佐木は言った。

「新しい情報でも？」

「そういうわけじゃないが。俺なりの仮説を聞いて欲しくてな。いまどこだ」

　青山のスパイラルビル一階のカフェで待ち合わせた。紀ノ国屋の裏手にある駐車場へ車を入れて道路の反対側へ渡る。待ち合わせ場所のカフェでアイス・コーヒーを注文した。佐木が来るまで三十分はかかるだろうと思っていたが、注文した飲み物が運ばれる前にごま塩頭の安スーツ姿が入り口の扉を押してくるのが見えた。

「早いな」

「自転車で来た。混んでるときにはこれしかない」

　佐木は席につくと上着を脱ぎ、内ポケットから扇子を取り出して動かす。そうしながら額に浮いた玉の汗にハンカチを当てた。注文はオレンジジュースだ。

「黒沢義信が自殺を図った」

　扇子を操っていた佐木の手がぱたりと止まった。

「死んだのか」

「いや。ただ、危ない状況で……」

黒沢の容体は一進一退といったところだ。

「病院からか」

察しのいい佐木の指摘に頷く。佐木は瞑目し、唇を噛んだ。

「ばかな。死ぬことなんかないんだ」

「心療内科にも通っていたというし、精神的に追い詰められていた。安房正純に買収されたことがショックだったんだろう」

「そこだ」

佐木は、身を乗り出した。

「実は、田神亜鉛の調査レポートを読んでみて一つひっかかる点を見つけた。安房正純についての部分なんだが。ちょっとこれを見てくれ」

佐木は背広の内ポケットから折り畳んだ調査資料を出して皺を伸ばした。安房正純の個人情報からの抜粋だ。

安房正純
生年月日　昭和二十四年三月十日
住所　××県××郡田神町3―1
学歴　県立田神高校卒

家族　妻　美枝子。子供無し
性格　カリスマ的で豪放磊落。大胆
職歴　昭和四十二年、石川金属入社。五十年、安房金属創立。五十九年田神亜鉛創立
資産の推定規模　八億円　内訳、不動産四億、金融資産三億五千万円、その他五千万円

「これがどうかしたのか」

「俺が気になったのは、安房正純が田神亜鉛を設立する前の経歴だ」

「安房金属、という会社か」

「そうだ。石川金属というのは名古屋にある金属メーカーだった。いまも存在している。地元の高校を卒業した安房正純が最初に就職したのがその会社だ。ここで安房は非鉄金属についての製造ノウハウを学んだ。そして生来の創業者精神を発揮して独立し、設立したのが安房金属という会社だった。最初この経歴を見たとき、安房金属は田神亜鉛の前身だと俺は考えた。ところが見てみろ、田神亜鉛は〝創立〟となっているだろう。単なる〝商号変更〟の書き間違いじゃないかと思って担当の名古屋支社に電話で確認してみた。ちょうどこれを書いた担当者がいてね——やはり創業だった」

「どういうことだ」

「安房正純は一度、自分の会社を潰してる」

佐木の言葉に辛島は当惑し、返す言葉を失った。

「当時の資料を見ると負債総額十億円とある。安房金属が清算されたのは、昭和五十八年十一月。そして、翌年には田神亜鉛を新規設立している。おかしいと思わないか」

「確かに、変だな」

不渡りを出して倒産した場合、少なくとも二年間の銀行取引停止処分は免れない。負債十億円ともなると残務処理だけでも一年や二年は尾を引く。ましてその翌年に新会社設立というのは尋常ではない。

「倒産の原因はなんだ」

「労務倒産」

「労働組合か」

そういう時代だったのだ。現在でこそストライキは珍しいが、当時、多くの企業で労働争議が頻発していた。先鋭化する労働組合運動、ストライキにロックアウトで対抗する実力行使の応酬。現在では労働組合が御用組合と化し、ほとんどストらしいストも無い状態が当たり前になっているが、実は労使関係がこれほど穏やかな国というのは世界的に見ても稀なのだ。

「当時の資料をひっくり返して見ると、安房金属も度重なるストライキが原因で倒産に追い込まれたことになってはいるが――」

「なにか仕掛けがあったと？」

佐木は、タバコを点けた。

「当時の担当者によるとすさまじい労働争議だったらしい。会社が赤旗で取り囲まれ、それに向かって経営側が放水するなんてのは日常茶飯事だ。安房正純は、そのとき自分の会社の先行きを見切った。そこで抱えられるだけの資産を社外へ移し、会社清算の道をとった。ストライキに明け暮れた労働者たちもさぞかしたまげただろうな。労働者の権利も会社あっての物種だ。脛をかじれるうちはいいが、屋根が抜けたらお天道様に晒される。安房正純は銀行を丸め込んで金を借り、取引先に対する負債はすべてそれで払った。不渡りは出していない。ある日、青天の霹靂《へきれき》のごとく会社清算を届け出て、瞬く間に安房金属はこの世から消え失せた。当時三十そこそこの男がそれだけのことをやってのけたというわけさ。さすがの俺もたまげたよ。安房は一度修羅場をくぐってるんだ。しかもそれは計画倒産だった」

佐木はタバコの吸いさしを灰皿に押しつけ、視線をまっすぐ辛島に向ける。

「俺の言いたいこと、わかるか」

理解できないわけではなく、信じたくない思いで辛島は首を横に振った。悪夢を振り払うかのように。そうする辛島を佐木は一瞥し、腕組みをして天井の照明を見上げる。

「真実を見つめるってのは難しいなあ。それに残酷でもある」

「安房が計画倒産を企んでいると、そう言いたいのか」

佐木の眼差しが熱を帯びた。

「俺はそう思う。あんたがどう思うかは勝手だ。だが、最近安房は名古屋にある弁護士事務所に通っているという話だ。商法関係で有名な先生さ。安房を知ってるウチの調査員が別件の信用調査をしていてばったり出くわしたそうだ。相手は気づかなかったらしいがね。これは絶対、なにかある」

「黒沢金属工業は、安房正純の資産を温存するための隠れ蓑になるということか」

「そこが最終的な金の行き場かどうかはわからんが、田神亜鉛の資産を移すには黒沢金属は好都合だ。架空の仕入れでもでっちあげてその代金支払いと見せかければ資産を簡単に移すことができる」

「九条鋲螺はどうだ。わざわざ黒沢金属を買収しなくても、九条鋲螺という会社を使えばいいことじゃないか」

「いや、できないんだよ」

佐木は考え得る可能性をすでに検討し尽くしている。

「俺もそれは調べてみた。なんで黒沢金属を買収する必要があるのかと。九条鋲螺で十分じゃないかと思ったんだ。ところが、調べてみてすぐにその理由に思い当たったよ。九条鋲螺にはいま銀行取引が全く無い。会社の所在地といっても登記上の住所のみで実体がない。預金口座一つ無いんじゃ振込も受けられないんだ。これに対し、黒沢金属とは取引の実績もある。後に怪しまれる可能性は低い」

「だが、仮に、安房が計画倒産を考えているとしても二十年前の安房金属と同じようにはいかないだろう。まず負債の規模が違いすぎる。数百億円の規模になるぞ。銀行の協力が得られるとは思えない。安房だって、無傷では済まない」

「自身の破産なんざ覚悟の上だろう。要は法的に破産しようとも、金さえ握っておけば問題ないということさ。世の中にはいろんな奴がいる。破産した身空でクルーザーを走らせて豪遊している連中だっているんだ。いつか新会社を設立するにせよ、自ら表に出る必要もない。社長の椅子には都合のいい傀儡《かいらい》をつれてきて座らせとけばいい。黒沢金属に送り込んだ西岡みたいな男だっていいんだ。ぺらぺら喋る奴は困るが、口の堅い奴なら馬鹿でも社長は務まる」

佐木の推測は見事にはまっていく。辛島はそれでも最後の反論を試みた。

「でも、田神亜鉛には隠匿すべき資産が無い。工場や設備などの固定資産はあるだろうが、これは移しようがない。となると残りは動産。なかでも金融資産ということになるが、これなど寂しいものだ。数億円ぐらいならなんとかなるかも知れないが、それなら黒沢金属の負債を穴埋めするだけで済んでしまう」

「そうかな」

佐木は言った。

「明後日《あさって》、二十五日に大口の取引があると言わなかったか?」

辛島はあっと口を開いたまま、二の句を忘れた。

4

うろたえ、動揺しながら辛島は佐木の仮説を検討する。一つだけ説明できないことがあった。

加賀翔子のことだ。

加賀は関東共栄会のマネーロンダリングを請け負い、田神亜鉛という会社を捨てゴマに不正資金洗浄の仕組みを作り上げた。

その一方で加賀は、安房正純による黒沢金属工業の買収にも暗躍している。これがもし、佐木の言うように計画倒産のワンステップであるなら、加賀翔子が気づかないはずはない。その上で安房の買収を仲介したとなれば関東共栄会への裏切りになる。関東共栄会は加賀翔子のクライアントであり、その恐ろしさも十分に知っているはずだ。

「実は、それが最後まで解けない謎だった」

佐木は黒カバンからアトラス交易の調査票を出してテーブルを滑らせる。

「この前見てもらった資料だが、設立年月日を見て欲しい。意外に古いと思わないか」

右上の隅に記入されていた。佐木の手によるものだろう、赤いアンダーラインが入っている。

「昭和四十年五月……」

「アトラス交易は創業三十年になんなんとする会社だ。なのに関東共栄会が組織されたのは、ここ二十年。どういうことだと思う？」

「つまり、関東共栄会がアトラス交易を買収したということか」

「その通り。関東共栄会という暴力団組織が生まれる前にすでにアトラス交易という会社は存在していた。そこで俺は、本来のアトラス交易がいったいどんな会社だったのか興味を持った」

佐木はカバンからもう一枚の調査票をひっぱり出す。詳細な調査資料だ。コピーだが、四隅が折れ曲がった痕と太字の万年筆らしい手書きの文字が原本の年代を物語っていた。帝国インフォスの書庫深くに埋もれていたものを佐木が引っぱり出してきたのだ。

「昭和四十八年に我が社が初めてアトラス交易を信用調査したときの調査報告書だ。場所は当時から横浜にあった。海外貿易を手がけていた中堅商社で、従業員は四十五人。年商二百億円はご立派といっていい。全ての秘密はここにあったんだよ、辛島。実は——」

「待ってくれ」

辛島は佐木を制した。「自分で探す。そうさせてくれ」

辛島は古い調査報告書に視線を落とし、一ページずつ丹念に見ていった。〝秘密〟の一つは、主要販売先欄で見つけた。そこに、「安房金属」の名前があったのだ。

「安房は、かつてアトラス交易と取引をしていたことがあるのか……」

「そうだ。しかも、当時のアトラス交易では最大の販売先だった。その後、安房金属との取引は先細りになって途切れ、再開したのは、加賀が売り込んだリチウム取引だ。リチウムがボリビア産だろうがソルトレークシティのものだろうが安房には関係ない。ついでに言うと、企業倫理なんてものは田神亜鉛には無いのさ。魂売っても金を取る」

「加賀はそこを突いたと」

「話に乗ってくる、という勝算はあっただろう。だが、それだけじゃない。まだ続きがある」

佐木の意味ありげな言葉に、辛島はもう一度調査票を精査する。佐木は、じっと辛島が気づくのを待った。

最初、辛島はそれを見逃していた。気がつかなかったのだ。だが、ひと通り見終えた資料にもう一度目を通したとき、ついに発見した。

当時、アトラス交易の社長を務めていたのは坂本雅彦という男だった。調査票に、その身上調査票が挟まっている。

坂本雅彦。生年月日は昭和十一年七月二十一日。神奈川県横浜市出身。現住所、東京都新宿区××。昭和三十三年、慶應義塾大学経済学部卒業。性格、温厚。趣味、釣り・ゴルフ。家族構成、妻、直子、昭和十三年一月十日生まれ。長女、翔子、四十三年十月九日生。

「坂本雅彦が生きていれば、今年六十三になる。最初に見つけたとき、偶然の一致かとも疑った。だが、加賀翔子の資料と照合してみると、生年月日は見事に一致している。住所もだ。わかるか」

「坂本雅彦は、加賀翔子の父親だったのか」

「加賀は、おそらく母親の旧姓だろう」

佐木は空になったグラスをテーブルの脇へどけると、顔を上げた辛島の前で百円ライターを擦った。深く吸い込んだ煙を鼻から吹き出す。

「安房正純と坂本さんは顔見知りだったはずだ。この調査当時、翔子はまだ五歳だった。成人した翔子が自分の前に現れたとしても、まさかそれが坂本雅彦の娘だとは安房も気づかなかっただろう。坂本雅彦氏の名前はそれから後、一度も信用情報のデータベースに登場していない」

「生きていれば、といったな」

「そこに載っているアトラス交易の役員の一人が、同じ横浜で独立していた。きけば詳しいことも分かるだろうと期待してその男を訪ねてみた」

佐木は指先にタバコを挟んだまま、言葉を切る。

「坂本さんは亡くなっていた。昭和五十五年。交通事故だそうだ。すぐに俺の刑事時代の顔見知りにきいてみた。迷宮入りになっている。そのとき容疑者として浮かんでいたのが暴力団員だったという話を聞いた。そこで俺は昔の友人にこの事件について調べてもらった。内々にな。その容疑者の名前は福村彰と言った。共栄会のナンバー2、あの福村と同一人物だ」

古い新聞の切り抜きを出して、深いため息を佐木は吐いた。

「福村については、警察で事情聴取をしたが、証拠不十分で釈放されている。図書館で当時の新聞も探してみた。小さな三面記事だろ。現場は自宅近くの路上だ。深夜帰宅しようとした坂本さんが横断歩道で轢《ひ》き逃げにあった。目撃者が覚えていた車のナンバーから福村が浮上したが、その夜は土砂降りで視界が悪かったそうだ。警察は福村を引っぱったが、福村は無罪を主張した。視界不良の中での目撃証言は有罪とするだけの根拠にはならなかった」

「福村の車を確かめなかったのか。人を轢けば、ボンネットのへこみは残るはずだ」

「傷はなかったそうだ」

辛島はさっと視線を上げた。

「どういうことだ」

「パーツなんぞ、最初から準備しておけばいいのさ。偶然轢いちまったんじゃなく、最初からそのつもりだったんなら、轢いた後、すぐにパーツを交換できる。用意しておけばいいんだ。或いは別な同型車を犯行に使い、後でナンバーだけ付け替えてもいい」

「殺し、か」

「いまとなってはわからん。警察は単なる轢き逃げ事故として処理したらしいが、残された家族にとっては納得できるものじゃない。加賀翔子にとっても決して消えることのないトラウマになる」

辛島は、加賀の言葉を思い出した。襲われ、負傷した加賀をおぶってホテルまで連れて行ったときのことだ。幼かった彼女を病院へ運ぶ父の背中を、加賀翔子は思い出したと言った。それが彼女にとっていかに大切な想い出であったのか、かけがえのない父の記憶であったのか、辛島は理解した。その背中のぬくもりは、ある日突然、加賀翔子から奪い取られてしまったのだ。

「それが原因で、アトラス交易は関東共栄会へ売り飛ばされたのか」

「いいや。事故はアトラス交易が坂本氏の手から離れた半年後に起きたそうだ。そのとき坂本さんは都内で別の貿易商社を設立していた」

「じゃあ、なぜ福村は坂本さんを殺す必要があった」

元役員から聞いた話だと前置きして佐木は言った。

「そもそもアトラス交易に関東共栄会が目をつけたのは、坂本さんの共同経営者だった男が博打のツケで福村に株を奪われたことにあるらしい。株主となった福村は他の役員に働きかけて社長の坂本さんを会社から追い出そうとした。福村はアトラス交易を関東共栄会の表の顔にしたかった。だが、そのためには株を組の関係者で保有し支配権をもつ必要がある。当然、坂本さんが保有していたアトラス交易の株も買い取ることになるわけだが、いざ支払う段になって渋った。会社の資産査定を低く見積もり、当初合意していた株価よりも格段に低い代金しか支払わないという話だったそうだ。坂本さんは、別会社を設立して営業を開始しようとしたが、その株式売却資金が少なくなったことで資金繰りがつかなくなっていた。訴訟に発展しそうな気配だったらしい」

「坂本さんの新会社への支援は取引先からなかったのか」

「なかった。あるはずだったが、何もなかった」

佐木は含みのある言い方をした。

「福村の買収工作に抵抗する坂本さんに、新会社を設立してやり直したほうがいいと説得した大口顧客があったそうだ。それが安房金属だった。安房正純が坂本さんを言いくるめ、福村への株式売却を決意させた。ところが、新会社設立後、福村と譲渡資金の支払いを巡って揉め、窮地に陥った坂本さんを見て、安房はあっさりと約束を反故にしたらしい。資金不足でいつ倒産するかわからない坂本さんの新会社と付き合うより、別な商社と取引を開いたほうがいいと思ったか、あるいは、裏で福村から説得を依頼されただけで最初から取引を再開する意志などなかったのか。そのどちらとも今となってはわかりかねるが、加賀翔子にとっては、安房正純もまた父親を裏切り、追い詰めた男に違いないんだ」

「その結果、坂本さんの見込んだ営業基盤も失われたと」

　苦々しい表情で佐木は頷く。

「ろくに営業もしないうちに坂本さんの会社は倒産した。幸か不幸か、負債は少額で済んだらしいが、福村からの株式売却代金はほとんど未払いになったそうだ」

「加賀は最初から、関東共栄会を潰す気だったのか」

「おそらくな。麻取に情報をリークしているのも加賀翔子じゃないかと俺は踏んでる。金融と貿易のスペシャリストだった加賀は、関東共栄会からマネロンを依頼された。あるいは、自分からうまく売り込んだ。そのとき、彼女の中にはシナリオができ上がっていたはずだ」

「わからんな――」

　辛島は反論した。「マネロンに関われば加賀自身、逮捕されるかもしれないじゃないか。それでもそんなことをするだろうか」

「いや。加賀は逮捕されないだろう」

　佐木は否定した。

「刑事と情報提供者とは持ちつ持たれつの関係にある。もし刑事が一般人と全く同じ生活を送り、同じ交友関係を持っていたのなら、悪い奴等を逮捕するなんてことはまず無理だ。刑事が犯人を追い詰めることができるのはそれなりの情報提供者、情報提供網があるからだ。

そういう連中を刑事は逮捕しようとは思わない。見逃すんだ。見て見ぬ振りをする。それでこそ情報提供者は安心していろいろな話をしてくれるのであって、もしその信頼関係が崩れたら情報を提供してくる者はいなくなってしまう。それは厚生省管轄の麻取であっても同じことだ。麻薬Gメンにとって加賀翔子は大事な情報提供者のはずだ。逮捕して潰すことはない」

佐木の説明には、刑事という経歴があるだけに説得力がある。

「安房は加賀翔子が坂本さんの娘だということまでは知らないだろう。第一、二十五年も前に自分が裏切った男のことなど記憶の彼方に葬り去られているかも知れん。だけどな、やった方は忘れてもやられた方はずっと覚えているもんだ。何かあるぞ。——どこへ行く」

立ち上がった辛島に佐木が声をかけた。

「加賀翔子に会いに行く」

「無駄だ。彼女とは連絡はとれない」

目で問うた辛島に佐木は座れと手で促した。

「姿をくらましているらしい。会社に電話を入れたがどこにいるかわからない、という返事だった。——そのこともお前に報せようと思ったんだ。いいか、いまは加賀個人のことは放っておけ。今日は二十三日。二十五日まであと二日しかないんだ。それより他にやるべきことがある」

佐木は、テーブルから身を乗り出すと低い声で言った。

「計画倒産の全貌を摑めないか。もし、黒沢金属工業を五十億円の受け皿にするつもりなら、加賀のことだ、すでに手を打っているはずだ。黒沢金属に信用できる男は?」

大越の顔が浮かんだ。

「ひとり、いる。経理部長の大越という男だ」

「辛島」

佐木は真摯な眼差しで言葉に力を込めた。

「その人を通じて銀行にでも確認してみろ。何かわかるはずだ。お前にかかってるぞ。もし安房の計画倒産を阻止できるとすれば、お前だけだ。時間が無い。急げ」

その言葉に背中を押され、辛島は店を出た。公衆電話から黒沢金属工業に電話を入れると、まだ大越は会社に残っていた。

「立ち入ったことをお伺いするようですが、二十五日に田神亜鉛から五十億円近い資金が御社の口座へ振り込まれるという話はありませんか」

「五十億?」

大越は声をひそめた。「何です、それは」

佐木から聞いた話を繰り返すと、電話の向こうで大越は絶句した。

「加賀のことですから、御社の口座に振り込んだ五十億円をそのままにしておくということはないと思うんです。それだけの金額ともなれば事前に銀行へ報せているはずですし、場合によってはすでに黒沢金属さんの口座から他へ資金を振り込む段取りをつけている可能性がある」

「なら銀行にきいてみましょう。私がきけば教えてくれるはずだから。十分ぐらい後にもう一度電話してもらえませんか」

「お願いします」

再び電話したとき、一度目のコールが鳴り終わる前に大越が出た。

「どうでした」

答えの代わりに、青山通りから聞こえてくる騒音に混じったため息が、深い苦悩を伝えてきた。


東京シティ銀行羽田支店は、大田区西糀谷《にしこうじや》の産業道路沿いにあった。トラックなどの業務車両が目立つ道路から支店の建つ角地を左折し、裏手の駐車場へ入れる。銀行の白い業務用車の横に車を停め、通用口のインターホンを押した。

「黒沢金属の大越といいますが。梶本さん、お願いします」

ドアの上部についている覗き窓が開き、次にドアが開いて三十過ぎの痩せた男が顔を出した。白いワイシャツに黒っぽいネクタイをつけた男は、神経質そうな顔で大越と辛島を中へ招じ入れると、「お待ちしていました。どうぞ」と入り口脇にある二階への階段を先に上がっていく。この男が梶本本人らしい。

二階フロア奥にある応接室に通された。時間が遅いこともあって、営業室内には係員の姿が数人見えるだけだ。渡された梶本の肩書きは融資課課長代理となっていた。

「さっき、電話で話した件なんだが」

梶本は手にしていた小さな書類を大越の前に出した。辛島も覗き込む。振込依頼書だ。八月二十五日、黒沢金属工業から白水証券本店営業部に宛てた電信振込。金額は——四十九億三千五百万円。

間違いない。辛島の中で仮説が確信に変わった。

田神亜鉛は八月二十五日、計画倒産する。

「株に替えるつもりだ」

大越がいった。「うちとは付き合いのなかった証券会社だな」

「これはあなたが受け付けたんでしょうか」

辛島は梶本にきいた。

「ええ、そうですが」

「こんなに巨額の有価証券を購入されるなんておかしいとお思いになりませんでしたか」

梶本の青白い顔に困惑が浮かんだ。

「それは確かに……。ですが西岡社長が、田神亜鉛の資産運用も新しい業務に加えられるというお話をされていったものですから。上席とも相談の上、問題なかろう、と」

西岡のでまかせだ。

「あの——なにか問題でも」

「ある」

大越はおずおずと尋ねた梶本にきっぱりと断言し、身を乗り出した。「梶本さん、この振込、保留にしてもらうわけにはいかないか」

「そういうことは、ちょっと私の一存では……」

「私が頼んでも、駄目か」

「すみません、部長」

梶本は頭を下げる。

「こんなことを申し上げるときついようですが、正直申し上げて、これは黒沢金属工業の代表権のある方からの依頼です。当行としては……」

大越は怒りと屈辱で顔を赤らめた。

「私にはそれがないと言うのか」

大越は震える声を絞り出した。「私と何年付き合ってきた、東京シティさん」

「申し訳ありません」

詫びる梶本に冷ややかな視線を浴びせ、わかった、と一言いうと大越は腰を上げた。

薄暗い廊下にほんのりと灯りが降りている。午後十一時。すでに消灯時間を過ぎた病棟はひっそり寝静まり、ナースステーション前だけが日中と変わらぬ煌々とした明かりに照らし出されていた。

一人の少女が、その向こう、明るい照明の途切れた薄暗がりにうなだれてかけている。病室のステンレス製の扉は、あたかも生と死の境目であるかのように閉ざされていた。

「黒沢。黒沢」

二度目で黒沢麻紀は顔を上げ、安堵の表情を見せた。

「来てくれたの」

麻紀は小さく首を振って眠気を払い、目をしばたく。辛島を見て、心底安心したという顔になる。

「お父さんは？」

「たまに起きて目を開けてることがある。話しかけても満足に応えられないけど、それでも私のことはわかるみたい。薬で意識が混濁しているんだって」

「意識は戻ったんだな」

ほっとしていった辛島に麻紀はうなずいた。

「でもまだ予断を許さないから、出かけるときには連絡できる場所にいてくださいって」

辛島は彼女の隣に腰を下ろした。

「何か、分かったの」

麻紀は鋭く察して辛島の横顔を凝視する。

「言って。お願いだから」

まだ幼さの残るふっくらした面差しがひたむきに辛島に向けられる。いやだと言っても一歩も退かない、何を聞いても耐えてみせる——そんな決意を秘め、麻紀はぎゅっと唇を真一文字に結んでいる。

辛島は佐木と話し合った内容と大越とともに確認した事実を彼女に伝えた。麻紀は両膝の上で拳を握りしめたまま、残酷な事実をしっかりと受け止めた。

言葉を失った麻紀の空ろな視線の先でリノリウムの床が鈍く輝いている。

「私、安房に復讐したい」

黒沢麻紀は静かにつぶやいた。薄暗い病院の廊下で吐露した、今にも途切れそうに細い言葉だった。だが、その言葉に込められた強い意思だけは、太い思念の奔流となって辛島の胸を揺さぶった。

「許せない」

麻紀がまたつぶやいた。そして三度口を開きかけたとき、彼女の肩に手を置いた。

「言わなくていい。俺も同じ気持ちだから」

麻紀と別れ、病院の外に出た。星は出ていない。俄雨《にわかあめ》がぱらついたのか、病院内にいたわずかな時間にボンネットを雨滴が濡らしていた。

辛島はエンジンをかけると、駐車場からゆっくりと車を出した。

5

夜通し中央自動車道をひた走り、多治見インターで降りた車はいま山間の一本道を走っていた。細かい霧が視界を濡らし、ワイパーがそれを振り払う。

田神橋を渡って町中に車を進めた辛島は公衆電話を見つけ、今はまだ扉の内側に白いカーテンが引かれたままのこぢんまりとした商店の前で車を停めた。午前六時四十五分。早朝の電話を躊躇している余裕はなかった。

「辛島です。朝早く申し訳ない」

一瞬、電話の向こうで牧村の息を呑む気配があった。

「まさか――」

「いえ、黒沢さんの容体はそのままです」

そう言うと、ほっと小さな吐息に変わった。

「いま田神町に来ています。ご相談がある。緊急を要する件なので」

辛島の危機感を察したか、牧村は居場所をきいた。

「そこからでしたら会社に回ってください。すぐに行きますから」

車を道路でUターンさせ、橋のたもとから木曽川沿いに続く道路へと入れる。天神坂通りを左。日中ならトラックや商用車が所狭しと路駐する工場密集地の道路もまだがらんとしている。やがて牧村商会の看板が見えてくる。そのクリーム色のシャッターの前でミニのエンジンを止めて外に出た。

世の中が揺れている。そう錯覚したのは、長時間ドライブの疲れが原因だ。強く目をつぶり、もう一度開けると、世界ではなく今度は自分の体が小刻みに揺れているのに気づく。熱を発散しているボンネットを指先で撫で、入り口の階段に辛島は腰を下ろして牧村を待った。人通りはない。道路を下りきったところを流れる木曽川の水が茶色く濁っているのが微かに見えた。ダムの放流があったのだろうか、太い筋肉にも似たうねりがときおり波頭を立てている。

二十分ほどして、坂道の上方から下ってくる車のエンジンの音が聞こえてきた。

「すみません、お待たせしてしまって」

牧村は会社玄関を閉ざしていたシャッターを開け、事務所に辛島を案内した。はっきりしない天候のせいか、妙に蒸す。日中に放出される排煙が抜けきらないで、つんとする異臭が町の底辺を彷徨《さまよ》っている。

牧村は社長室に辛島を案内すると、話を始める前に流しのコンロに薬缶をかけた。大きめのカップを二つ運んで来た牧村は、ひとつを辛島の前に置いて、きいた。

「ご相談というのは」

「安房金属という会社をご存じですか」

牧村は首を傾げる。

「安房金属？　いえ、聞いたことはありません。それが何か」

佐木の情報によると安房金属の本社所在地は名古屋だった。もし田神町にあった会社なら、田神町出身の牧村が知らないはずはない。安房正純は組合運動に苦吟し、ひとつの会社を潰した後、自らの出身地であるこの町で再起を図ったのだ。田神亜鉛の主要銀行がみな名古屋支店の取引なのは、安房金属という会社がかつて存在した唯一の名残りと言えるだろう。

辛島の話を聞いた牧村はうろたえ、呻いた。

「どうすりゃ、いいんだ。しかも明日だなんて」

辛島は苦悩する牧村に言った。

「安房の先手を取るんです。そのために来た」

「先手を取る？」

「田神亜鉛の破綻が避けられないものならば、安房正純に計画倒産をさせてはまずい。そうなる前に、少しでも債権者が有利になるよう田神亜鉛と安房正純の資産を押さえる」

「預金でも差し押さえようとおっしゃるんですか？」

「それをするためにはもう時間がなさすぎます」

「ならどうやって」

「田神亜鉛の〝期限の利益〟を喪失させればいい」

牧村は首を振った。

「すみません。あまり法的な知識がないもので。期限の利益とは何なんですか」

「たとえば家を買うためのローンを考えてみてください。ローンには返済期日があります。借りた人はその返済期日まで毎月定額を返済していかなければならないわけですが、逆に考えると、その返済期日まではずっと金を借りていられるという利益を得ていることになる。これが〝期限の利益〟と呼ばれているものなんです。企業の場合でもそれは変わりません。たとえば、牧村商会が東木曽銀行から六ヵ月の運転資金を借りたとする。その場合、六ヵ月後の期日まで牧村商会は期限の利益があり、その前に返済してくれと言われることはない」

「それを喪失させるとどうなるんですか？」

「金融機関から借りた金をすぐに返せと督促されることになります。しかし、数百億の借入がある田神亜鉛にそんな要求に応ずるだけの余力はない。結果的に資産を銀行が押さえることになる」

牧村は疑問を呈する。

「でも、借入をする場合には金融機関と約定書を取り交わしますよ。その内容に反して、金融機関が一方的にそんなことを言えるんですか」

「牧村さん、六法全書をお持ちですか」

牧村は立ち上がってガラス戸のついた書棚を開き、最下段から大判の六法全書を取ってきた。

「三年前私が社長に就任したときに買ったものですが。お恥ずかしいことにほとんど使っていません」

箱の背表紙が日に灼けているだけの真新しい六法全書を開き、辛島は目次の中から目的の条文を探し出す。

「これです」

「銀行取引約定書？」

「そう。銀行で最初に事業資金の融資を受けるときに締結する契約書で、銀行協会で制定された共通の約定になっています。むろん東木曽銀行も例外ではありません」

「するとうちもこの約定書を締結しているということですか」

「そうです。でも、締結したのは牧村さんのお父さん、つまり先代が最初に融資を受けたときでしょうから、相当前のことだろうと思います。控えはありませんか」

「いいえ、見たことがありません。無いとまずいですかね」

牧村は不安げな顔をした。

「いえ。原本は一通しか作成されませんから」

「一通しか？　じゃあそれは――」

「そう、金融機関が保管しています。商取引では契約書は二通作成し、当事者双方で保管するケースが多いのですが、銀行の場合は差し入れ形式といって一通しか作成しません。何々銀行御中という形式で制定された書類に署名捺印するのがほとんどです。それは何十年も前から変わっていませんから、あなたの父上が銀行から渡されたのはこの『控え』ということになります。それは無くしても構わないといえば構わない。その代わり、うっかりするとどんな約定を銀行に差し入れているのか、あるいは約定そのものを差し入れていることすら、わからなくなる。それが怖いところです。とくにこの銀行取引約定書の内容は著しく銀行有利なものなのです。いいですか、この第5条を見てください。期限の利益の喪失についての約定は、二つの項からなっています」

その内容を読み上げた。次のような条文である。
①私について次の各号の事由が一つでも生じた場合には、貴行からの通知催告等がなくても

貴行に対するいっさいの債務について当然期限の利益を失い、直ちに債務を弁済します。

一．支払の停止または破産、和議開始、会社更生手続開始、会社整理開始もしくは特別清算開始の申立があったとき。

二．手形交換所の取引停止処分を受けたとき。

三．私または保証人の預金その他の貴行に対する債権について仮差押、保全差押または差押の命令、通知が発送されたとき。

四．住所変更の届出を怠るなど私の責めに帰すべき事由によって、貴行に私の所在が不明となったとき。

②次の各場合には、貴行の請求によって貴行に対するいっさいの債務の期限の利益を失い、直ちに債務を弁済します。

一．私が債務の一部でも履行を遅滞したとき。

二．担保の目的物について差押、または競売手続の開始があったとき。

三．私が貴行との取引約定に違反したとき。

四．保証人が前項または本項の各号の一にでも該当したとき。

五．前各号のほか債権保全を必要とする相当の事由が生じたとき。

牧村は唸った。

「素人には難しいですね」

「そう思いますか。これは素人が締結する約定なんです。法律に疎い人でも詳しい人でも、銀行や信用金庫といった金融機関は、融資取引を開始する時、この約定書に調印を迫ります。銀行は相手が中小零細企業であろうと、一部上場企業であろうと同じ約定を締結している。例外は個人向けローンと一部の『預金担保貸し付け』だけです」

「拒否はできないんですか」

「拒否はできます。ただし、その場合は融資が受けられない。実質、強制しているのと同じなんです」

牧村は真剣な表情でその約定文に目を通す。その横顔に向かって辛島は説明した。

「差し入れ形式ですから、条文中の『私』は、牧村商会さん、あるいは田神亜鉛と読み替えてください。貴行というのは、取引している銀行を指します。

第五条では、期限の利益を喪失するケースとして、銀行の請求がなくても喪失する場合と銀行の請求によって喪失する場合、という二つのパターンを想定しています。まず第一項。①と書かれた条文をみてください。これを当然喪失事由といい、ここに書かれた一号から四号の状態になると牧村さん、あるいは田神亜鉛はすぐに銀行から借金返済を迫られることになるわけです」

「破産、和議開始、会社更生法……要するに会社倒産の状態というわけですか」

「そうです。その場合には、銀行は取引先に対する期限の利益を喪失させ、期日前であっても返済を迫ることができる」

「二十五日、もし田神亜鉛が和議申請でもすれば、これに該当するわけですか」

「しかし、そのときには五十億円は田神亜鉛から黒沢金属工業に送金された後です。それでは遅い」

「送金を取り消すことはできないんですか」

「通常ならできますが、振込先の資金がすでに使われてしまって残高が無ければ無理です。戻す金がありませんから。その辺りは加賀がついていることですから手を打ってくるでしょう」

　牧村は拳を眉間に押しつけ考えを巡らす。

「申し訳ない、話が見えなくて。先ほど、先手を取るとおっしゃいましたよね。それは、安房正純の送金を阻止するということですよね」

「そうです。その為には当然喪失の状態を待っていては遅い。したがって、もっと早く――五十億円の資金が口座にある内にそれを押さえるんです。それには請求喪失しかありません」

「請求喪失？」

「銀行が相手に対して借入金返済の請求書を郵送するだけで期限の利益は喪失できるんですよ」

「まさか――」

ぽっかり口をあけて牧村は顔を上げた。驚きが張りついている顔に向かってうなずくと、再び牧村の視線は条文に吸い込まれていく。

「このどこにそんな……。そんな約定があるんですか」

「第2項です。一号が借入金の延滞、二号が差し押さえと競売手続き開始、三号が取引約定違反、四号が保証人の破産や倒産、そして五号――」

「債権保全を必要とする相当の事由が生じたとき？」

「それです」

辛島は言った。「田神亜鉛は粉飾決算をしている。粉飾決算はまさに、債権保全を必要とするに相当の事由と言えるんです」

かすかな期待に胸膨らませた牧村の顔が上がる。そして――困惑した。

「でもこれは銀行の約定なんでしょう。すると銀行を動かさなければならない。それは大変なことですよ。田神亜鉛はそう簡単に潰すことのできない会社のはずです。これをやったら、銀行から引導を渡すことになってしまう」

「難しいのは承知です」

「だけど、どの銀行に話を持っていくかも問題ですよね」

「五十億円の資金が入金される銀行。つまり東木曽銀行です。それで牧村さんにご相談にあがった」

牧村は見えない礫《つぶて》を受けたかのように顔面をしかめた。

「あそこは——。あそこにとって田神亜鉛は最重要の顧客です。そんなことができるでしょうか」

「黒沢金属の買収資金を送金したのは東木曽銀行です。説得できる材料はある。今回アトラス交易からの資金も東木曽の口座に入金される」

さすがに交渉の難易度を思ってか牧村は逡巡する。両肘を膝につき、頭を抱え、長い間俯いていた。

「東木曽銀行にはどんなメリットがあるんですか。それが無ければ連中はまず動かないと思うんです」

「債権回収が容易になります。五十億円が東木曽の口座にあるうちに押さえれば、田神亜鉛に融資した金は回収できる。彼らも背に腹は代えられないはずです。問題はその度胸があるかどうか。一緒に、銀行へ行っていただけませんか」

牧村はしばらく考え込み、おもむろにデスクに戻ると電話をとった。

6

手にした名刺には取締役支店長の肩書きがあった。東木曽銀行田神支店はまるで田神町の経済をそっくり反映しているかのような古ぼけた鉄筋四階建てだ。その二階応接室に辛島はいた。

「高校の先生でいらっしゃいますか」

辛島の自己紹介を聞いた唐木滋という男の第一声には多少の戸惑いが滲んでいた。以前商社勤務で、いまは生徒を救うために尽力している云々といった辛島の話は冗漫に聞こえたかもしれない。

「黒沢金属工業という会社を買収したのが安房さんというのは、初耳ですなあ。親しくさせていただいているんですが、そんな話はされてなかったですよ」

唐木支店長に、滝川が資料を手渡した。九条鋲螺名義で黒沢金属工業への振込を依頼した書類のコピーだった。

「君がこれを受けたのか」

「はい。資金源は安房社長の定期預金でした。それを解約して、この振込資金としました。定期解約に関するメモは課長に提出済みで、やむを得ずとの判断をいただいております」

唐木はそれを一瞥してテーブルに置く。「それで？　ご用件は」

「実はお願いがあって参りました」

辛島の言葉に唐木は深い椅子に体を沈め、でっぷりとした腹の上で両手を組んだ。全てをぶつけるしかない。

辛島は加賀の行っているビジネス、関東共栄会のこと、そして今回の巨額取引、それらの不可解な金の動きについて全てを語った。田神亜鉛の私募債発行、黒沢金属の不渡りに始まり、黒沢義信の自殺未遂という最大の不幸に至る一連の出来事との関連。

その間、唐木は目を閉じて辛島の話に耳を傾け、途中、黒沢の自殺未遂の場面で一度目を見開いて驚きの表情を示した。

「計画倒産、ですか。ただ、期限の利益喪失と言われてもねえ」

話し終え、反応を見守る辛島と牧村に唐木は首を傾げる。半信半疑。煮え切らない態度に辛島は焦れったくなる。

「唐木支店長、粉飾は事実です。実際にはいくら損失があるかわからない。田神亜鉛はいま青息吐息で、このままでは協力会や周辺の下請けを巻き込んで倒産してしまう」

「いやそれはわからないでしょう。計画倒産というのなら、もっと決定的な証拠が欲しい。あなたが説明されたのは状況証拠ばかりだ」

「それを待っていたら間に合わないんです」

唐木は手元のファイルと持ち込まれた決算書の数字の一致をじっくりと確認し、長考に入った。様々な計算がこの男の中で働いているのは間違いなかったが、それは最終的に、田神亜鉛という一大企業とその他の企業とを天秤にかける作業になるはずだ。

やがて唐木はファイルを閉じ、それを脇にどけると、判断を下した。

「正直申し上げて田神亜鉛の期限の利益を喪失させるにはリスクが大きすぎる」

「支店長――」

言いかけた牧村を制し、唐木は続けた。

「牧村さん、確かに、あなたの心配も理解できるし、気持ちもわかる。ですが、もし当行が粉飾を理由に期限の利益を喪失させた後、何も起こらなかったらどうなる。もし、それによって田神亜鉛がアトラス交易やリティオ・イクスプロターダ社との契約不履行によって信用失墜、あるいは裁判沙汰になったらどうする。お話はわかるが、アトラス交易という会社そのものは合法的なものですよ。損害賠償では済まない。申し訳ないが、田神亜鉛さんは当店の最重要取引先だ。あそこの取引がなくなれば、当店だけでなく当行全体にとっても大打撃なんです。疑わしいというのはわかる。だが、それだけで伝家の宝刀を抜くわけにはいかない」

伝家の宝刀――銀行取引約定書第五条を唐木はそう表現した。

「ならば最終的な手段を取らないまでも、明日二十五日の振込をしばらく保留して様子を見るとかの次善策は取れないんですか」

「もし、あなた方のおっしゃる通り五十億円の振込依頼があったとしても、それを保留する理由がありませんな。そんなことをすれば当行の信用にかかわる」

「理由はあるじゃないですか」

「それを安房社長に説明するんですか、牧村社長。私にはできない」

「手続きが遅れて午前中の送金予定が午後になったとか、そういう理由でもいいんじゃないですか」

唐木の目に怒りと同情という相反する色が入れ替わり浮かんだ。

「牧村社長、我々は金融機関ですよ。そんなことができるわけがない」

「建前だ」

牧村は吐き捨てた。「私は本音で話しているのに」

「あなたはまだ若い、牧村社長。正直なのは大いに結構。ですが、正直だけでは世の中は渡れませんよ」

唐木はやんわりとたしなめる。牧村はきかなかった。

「それなら、今、お願いしたことについて検討だけでもしてもらえませんか。支店長の一存ではなく、役員会で」

「あなたもしつこい人だ」

不快感を示した唐木に、突然、牧村はテーブルに額をこすりつけんばかりにして頭を下げた。

「お願いします。この通りです。支店長、是非、これを役員会で検討して欲しい。そして善処してもらいたい。この話はまだ外には洩らしていませんが、きっと協力会の面々も同じ意見のはずです。頼みます」

「おいおい、牧村社長」

「牧村さん――」

滝川が牧村の肩に手をかけようとしてはたと止まった。ぎゅっとつぶった牧村の目から涙が流れているのに気づいたからだった。

虚しさが胸に残った。銀行を後にした辛島と牧村は、牧村商会までの道のりを口数も少なく歩いて戻る。辛島は玄関前に停めたままの車に鍵を差し込んだ。

「もう帰られるんですか」

「黒沢麻紀のことも心配ですし」

牧村に礼を言い、辛島は車の鼻先が向いている坂道のてっぺんに向かって駆り出した。まっすぐな坂道を上りきる直前、ルームミラーに映っていた牧村がさっと手を挙げ、背中を向ける。唐木支店長との話し合いの印象では、東木曽銀行が動く可能性はほとんどゼロに近い。予想はしていた。その僅かな望みをつなぐためにここまで来たつもりだったが、徒労に終わり逆に辛島の焦りは募った。アクセルを踏み込み、四百キロ彼方へ思いを馳せる。そこでは一人の少女が辛島の帰りを待っているはずだ。

7

中央自動車道終点の高井戸からそのまま首都高四号線へ乗り継ぎ、外苑インターで降りたときには、午後四時を回っていた。駐車スペースに入れ、そのまま黒沢麻紀の待つ病室へ向かった辛島は、昨夜別れたときと同じベンチに麻紀を見て、足を止めた。気づいた麻紀が立ち上がり、ほっとした表情を見せながら歩み寄ってくる。

辛島を見つめる固い蕾のような目が不意に揺れ、胸に飛び込んできた。

「一人になりたくない」

背中を抱いた。震えを指先に伝えてくる。なんとか精神の均衡を保ってきた気丈な少女が、崩れていく。辛島は言葉に祈りを込めた。

「大丈夫だ。俺がついてる。お前はひとりじゃない。お前は一人ぽっちなんかじゃない」

何人かの患者と看護婦が通り過ぎていった。同情と奇異の眼差しを向けながら。辛島は麻紀の体を抱く腕に力を込め、髪に顔を埋める。

必ず、救ってやる。そう言ってやりたかった。だが、辛島にもこれからどんなことが起きるのか、それがどんな結果をもたらすのかわからないのだ。

「田神町へ行ってきた」

体を離し、彼女とベンチに並んで辛島は声を潜めた。

「いつ？」

「午前中。牧村さんに会ってきた」

辛島は不調に終わった東木曽銀行とのやりとりを麻紀に説明する。がっくりと肩を落とした麻紀はつぶやいた。

「黒沢金属工業にお金が振り込まれてしまったら、もうだめってことね」

「それは、大越さんの交渉にもよると思うが」

大越は、今日もまた東京シティ銀行と交渉したはずだ。その大越が間もなく病院へ見舞いに来るという。それまで、辛島は待つことにした。

「西岡に問いただしてみたんだが、お前には関係ないと言いやがった。くそったれが」

病院に近い喫茶店で、大越は怒りに頰を染めた。

「東京シティ銀行の対応は変わらないの？」

「だめだ」

大越はかぶりを振る。

「計画倒産の話はしたんでしょう」

「いいや、それはしていない」

「どうして？」

尋ねた麻紀に大越は真剣な表情になった。

「それをいったら、事は振込だけではすまなくなる。先生」

大越に促され、辛島は説明した。

「東京シティ銀行は田神亜鉛の粉飾決算に気づいている。もし黒沢金属工業の買収が安房正純の計画倒産の一端と知れたら、おそらく黒沢金属工業に資金が振り込まれた段階で東京シティ銀行は債権回収に動くだろう。そうなれば黒沢金属はひとたまりもない」

「ちょっと待って。黒沢金属工業の口座に入ったお金を押さえることで、どうして田神亜鉛の債権回収をすることができるの」

「黒沢金属工業を実質所有しているのは安房正純だからさ。安房は田神亜鉛の連帯保証人だ。田神亜鉛の期限の利益を喪失させたら、銀行は安房に連帯保証債務を果たすよう求めることになる。つまり田神亜鉛の代わりに借金を払えということだ。そうなった場合、銀行は安房正純の預金などの財産を差し押さえることになるが、そこには安房正純が実質所有している黒沢金属工業の株も含まれる。銀行は黒沢金属工業を管理下に置くことで五十億円の資金を田神亜鉛の融資返済に回す動きに出る」

「そういうことか」

麻紀は落ち着かなげな表情を見せてこたえる。辛島はその様子になにか引っかかるものを感じたが、問いただすことはしなかった。彼女は正義感と現実とのギャップに苦しんでいる
——そう考えたからだった。

「東木曽銀行が動いてくれればいいのに」

麻紀はショートカットにした髪のカチューシャを外し、椅子の背もたれに体を預けた。見上げた天井には、金色のプロペラが音もなく空気を攪拌《かくはん》している。大越がタバコに火を点け、怒気を含んだ紫煙を勢い良く吐き出した。

「そっちにはあまり期待できそうにない」

辛島は率直な感想を述べる。

「でも黒沢金属に資金を振り込まれたらどうにもならないんでしょう」

腕組みしていた大越はじろりと大きな目を上げた。

「そういえば、銀行の担当者が妙なことを言ったな。そのときは聞きすごしたんだが——」

「妙なことって?」

「いやね、あんまり俺がしつこく言うもんだから、相手も気の毒に思ったんだろうさ。こんな風に言ったんだ。〝振込は、口座の残高が足りているか確認してからでないと処理はしま

せん。つまり、残高が足りなければ、振込はできないんです〟って」

辛島ははっと顔を上げた。

「そうか。タイムラグを利用すればいいんだ」

西岡が東京シティ銀行に依頼している振込額は四十九億三千五百万円。銀行が実際に振込処理をする時点で、預金口座の残高がこれより少なければ振込はできない。田神亜鉛から現金が振り込まれた後、東京シティ銀行はその残高の確認をしてから振込処理をするはずだ。そこに若干の時間差が生ずる、と東京シティ銀行の担当者は言ったのだ。その間に一億でも二億でもいい、預金口座から現金を引き出して口座残高を振込額に足りなくしてしまえば、振込は不可能になる。

「なるほど」

大越は顔を紅潮させたが、すぐにがっくりとうなだれた。辛島も想像していなかった問題に気づいたからだ。

「いや、それは無理だ。いま小切手帳も印鑑も西岡が握ってやがってこっちは何もできないんだ。相手も、押さえるところは押さえてるよ」

「大越さん経理部長じゃない」麻紀は憤慨した。

「今まではな。いまは買収された会社の役立たずの老いぼれさ。それに西岡はあれでなかなか用心深い。もっと他の方法を考えないと」

「口座の資金を移動させればいいんでしょう——そういえば、うちに銀行の専用パソコンがあるわ」

麻紀が言った。

「ほら、電話回線をつないで資金の移動とかできるあれ。もしかしたらそれは使えるんじゃない」

それで大越もようやくぴんときたようだった。

「EB——エレクトリック・バンキングか。そういえば社長がそんなことを言ってたな。確かに、それだったら西岡も気づいていないかもしれない。でも、その契約、まだ継続になってたかどうか……」

「確認できますか」辛島はきいた。

「ちょっと待ってください。きいてみましょう。たしか契約してるのは東京シティ銀行だけのはずですから。まだ担当者つかまると思いますんで」

大越は携帯電話を取り出すと、短縮ダイヤルで登録されているらしい番号を選択した。相手は梶本のようだった。

「まだ使えるそうです」

大越は言い、さてどうする、と辛島と麻紀を見た。麻紀は自分の前のコーヒーを飲み干し、その瞳に闘志を燃やす。

「ちょーむかつく。これ以上、安房の思い通りにさせるもんですか」

「そうこなくちゃな」

大越は、いかつい顔に似合わないウィンクをしてみせた。

第六章　オルゴール

1

　その朝、田神亜鉛から黒沢金属工業への振込依頼を知らせる牧村耕助の電話は、午前九時三分に鳴った。二十五日。八月最後の水曜日は、日中の猛暑を予想させるぎらついた日射しで幕を開けている。辛島は、黒沢金属工業に近いファミリーレストランの駐車場でその連絡を受けた。連絡用に指示した麻紀の携帯電話が鳴った瞬間に通話ボタンが押され、相手が牧村だと知るとそのまま辛島に渡した。

「動きました」

　牧村の緊迫した声が告げた。

「滝川君から連絡があって、いま来店した安房社長から振込依頼があったそうです。振込先は黒沢金属工業、金額は――」

辛島は手元にレポート用紙を引き寄せ、牧村の読み上げる数字を書き取った。

四十九億三千五百万円――。麻紀の目が大きく見開かれた。

「振込先の銀行はどこです」

「東京シティ銀行羽田支店」

予想通りだ。目で麻紀に伝える。

「で、東木曽銀行の対応は？」

可能性はほとんどない。しかし、役員会での検討次第では、安房の計画を挫く一縷《いちる》の望みはある。

「振込はまだ処理されていません。指示待ちをしているというのですが。どうなるか……。そちらの準備は大丈夫ですか」

「一応。ただ、できるならそこで止めて欲しい」

東木曽銀行が田神亜鉛の期限の利益を喪失させる可能性はほとんどないが、資金が黒沢金属工業の口座に振込まれ、膝元での防戦になると後がない。それは牧村も滝川も十分に承知しているはずだった。

一旦、そこで電話を切り、大越にも連絡した。

「嫌なものね、待つのって」

麻紀はシートに体を投げ出してつぶやく。

「病室で待つのもこんな感じ。祈りたい気持ちはある。だけど、うまく行くことだけを信じることができない自分がいる。そうならなかったときのギャップが怖いから。弱いのよ」

辛島は切っていたエンジンを回してエアコンを入れた。風の吹き出す音に、環状八号線の騒音が紛れる。麻紀はじっと目を閉じた。腕を組み、何事かを考え続ける。ときおり目を開けるとフロントガラスの向こうに目を凝らす。ファミレスの灰色の柱と、その向こうに煤けた工業地帯が見える。彼女の視線はその上空に広がる空を見つめる。そこに彼女だけに見えるスクリーンがあるかのように、ぎらついた空を見ている。

ダッシュボードに置いた電話が鳴り出した。右手で摑みながら腕時計を見る。十一時五分だった。

「だめだ、辛島さん」

牧村は嗄れた声を出した。

「送金処理されちまいましたよ。もう黒沢金属の口座に入金になっていると思います。役員会で検討すると言っておきながら、唐木支店長の独断で送金を許可したそうです。悔しいですよ」

辛島は大きな深呼吸をした。仕方がない。

「あとはこっちで。結果は後刻お知らせします」

大越にかけた。

「東木曽銀行を離れたそうです」

「こっちもそろそろ。西岡が出かけるようだ。行き先はおそらく東京シティ銀行だと思う。俺も出るから、後は携帯で――頼みますよ、先生」

「行こうか」

電話のやりとりから全てを察している麻紀に言い、車を出した。一旦環状八号線に入ってから、五分ほど羽田界隈の工業地帯を走り、二十四時間営業の駐車場に入れた。黒沢金属工業からは目と鼻の先の距離だ。

徒歩で数十メートルの黒沢金属工業まで行く。表に立ち、躊躇する視線で建物を見上げた麻紀は、思い切って玄関を入ると慣れた足取りで二階への階段を上がる。社員の何人かと出会ったが、見咎める者はいなかった。今までと変わらぬ調子で麻紀は挨拶し、突き当たりにある小部屋のドアを押す。そこは長テーブルを二本並べ、その両側に二脚ずつ椅子を置いただけの殺風景な部屋だ。テーブルの上には、昨夜、大越と共に運び込んだパソコンがそのままの状態で置かれていた。

「始めましょう」

麻紀はいい、スイッチを入れる。やがて表示された初期画面から通信ソフトを起動させた。事前に何度かやってみた手順だ。

旧型のモデムが鳴り、辛島と麻紀が見つめる中、前面のランプが点滅を始めた。

「つながった」

麻紀が小さな声を出した。ログイン、という文字が画面に表示されている。続いて、麻紀の指先がパスワードを入力していく。画面上に七桁のアステリスクマークが表示された。

「入れ！」

小さく言って麻紀はエンターキーを押す。

「どうして？」

画面上に現れたメッセージは、「認証できません」。辛島はすばやくテンキーのロックを確認し、さらに大文字入力になっていないかを見る。

「もう一度」

できるだけ冷静な声で麻紀に言った。

「わかった」

気を取り直して、麻紀はキーボードからより慎重に入力していく。パスワードには、アルファベットの大文字と小文字、そして数字が入り交じっている。

「うまくいって——」

祈りにも似た麻紀の言葉が終わらないうちに同じメッセージが返ってきて、焦りと苛立ちの滲んだ顔が辛島を振り仰いだ。

「おかしいわ、これ」

携帯電話が鳴りだした。大越だ。

「いま西岡が銀行に入っていきました。おそらく振込の確認をするつもりだと思います」

「パスワードがはじかれてしまって動かないんです」

大越は呻いた。

「入力は正しいはずなんですが。大越さんから至急梶本さんに確認していただけませんか」

「わかった」

辛島は通話ボタンを押し、大きくため息をついた。辛島の隣で麻紀が天井を仰ぎ、両手で顔を覆い動かなくなる。

重苦しい時間が経過していく。

今頃、安房は何をしているだろうか、と辛島は考えた。西岡から処理が完了したという電話を待っているのか、あるいはそれを見越してすでに破産、あるいは会社更生法申請のために弁護士を地方裁判所へ向かわせているのか。

天井を向いていた麻紀がテーブルに突っ伏す。痩せたその背中を見ながら辛島は念じる。なんとかしてやりたい。この会社を、黒沢金属工業を安房正純の計画倒産の道具にさせたくはない。そして、田神町を救ってやりたい。

だが一方で、辛島はいま、己の無力さを痛いほど思い知らされている。無念さに唇を噛むしかない自分が無性に腹立たしかった。

時間はさらに過ぎていく。おかしい。パスワードの確認をするだけで、こんな時間がかかるはずはなかった。

胸騒ぎがした。胃がきりきりと痛み、神経を擦り減らす耐え難い時間が過ぎていく。

漸く大越から電話がかかってきたとき、辛島の耳に最初に飛び込んできたのは、小さく鳴るバロック音楽だった。それが銀行のＢＧＭだと悟ったとき、息づかいを聞いた。荒い息が、かすかに届いていた。

「大越さん」

呼びかけると言葉にならない声があがり、咳払いがそれを払った。そして漸く、太い声が静かにゆっくりと一言だけ告げた。

「終わっちまった」

辛島はその言葉の意味を腹の中で咀嚼《そしゃく》した。

「西岡の振込、処理されてしまったんですか」

「いや、そうじゃないさ」

脱力した感のある大越の声がいう。

「振込は処理されなかった」

「処理されない？　どういうことです」

辛島は一瞬、混乱する。

「東京シティ銀行が五十億円の金を押さえちまったんだ。計画倒産のこと、奴ら知ってやがった」

息を呑み、なぜ、とつぶやいた辛島を麻紀の大きな目がじっと見ている。

「知らねえ。これからその理由を聞くところだが、ひとつ確実なことがあるよ。黒沢金属工業はこれで一巻の終わりってことさ」


さきほどまで待機していた環状八号線沿いのファミリーレストランで大越と待ち合わせ、西岡との鉢合わせを避けて黒沢金属工業の裏口から出た。赤茶けた工業地帯の裏通りだ。鉄の表面加工工場の前から吹き出した鉄粉が道路に溢れ、人々の熱気とため息が入り交じった独特の雰囲気が辺りに漂う。もう一軒隣の工場の裏手を走り、三軒目との間にできた路地が表通りに通じていた。

麻紀が小さな声をあげ、辛島を見知らぬ工場の軒下へ引っぱる。突き出したパイプにしこたますねをぶつけ思わず呻いた辛島の前を一台のタクシーが猛スピードで駆け抜けていった。

「西岡よ」

真夏の地熱をまき散らしてタクシーが走り去る。コンクリートの壁から頭半分出して覗くと、黒沢金属の社屋前で停まった車の後部座席から紫色のスーツを着こなした男が飛び出すのが見えた。こちらに気づいた様子もなく足早に玄関の中へ消えていく。

駐車場から車を出し、待ち合わせ場所の環状八号線に近いファミレスに入った。窓際の席で、麻紀は力が抜けてしまったように椅子にへたり込む。言葉は二人のどちらからも出てこなかった。

三十分ほど経った頃、羽田方面からきたタクシーを降りた大越が険しい表情で横断歩道をこちらに渡ってきた。大股で店の中へ入ってくると、辛島と麻紀の姿を見つけ、麻紀の向かいにかける。

コーヒーと告げた大越はウェイトレスが運んできたコップの水を全部飲み干す。玉の汗が額に浮いているのは、暑さだけのせいではない。青ざめた表情のまま肩で息をしている大越は、いまや頼りなげで前後に暮れている。目は涙と興奮で真っ赤になっていた。

その唇が動き、乾ききった言葉がこぼれた。堅苦しいのは、手の中のメモを読んだからだ。

「東京シティ銀行は本日、黒沢金属工業に対し、銀行取引約定書にもとづく請求書を内容証明付き配達証明付き郵便で発送したそうです」

辛島の心臓がはねた。銀行取引約定書第5条②請求喪失。これ以上皮肉な結果があるだろうか。麻紀は大きく胸で息をし、窓へ視線を向けている。投げられた視線の焦点はどこに合うわけでもなく虚空を彷徨う。何事も無かったかのように強がる麻紀のかすかに震えた頬に気づき、辛島は胸を締め付けられた。

「皮肉じゃねえか。なんで田神亜鉛じゃなく、うちがそんなことに」

「請求喪失の理由はなんです」

辛島はきいた。

「債権回収に懸念のある状況だそうな。黒沢金属工業を買収した九条鋲螺の実態が不透明だと。そんなこと前からわかってたことじゃねえか。何を今更……」

九条鋲螺は口実だ。東京シティの目的は、田神亜鉛からの債権回収にある。

「西岡はどうしました」

「送金を断られて泡食って飛び出していったよ。店頭で応対した梶本さんを殴ったもんだから大変な騒ぎさ。これ、もらってきた書類だ」

大越が出した銀行のネームの入った封筒から、辛島は請求書と、十ページ以上にもなる相《そう》殺《さい》通知書の写しを取り出した。それを見た辛島に、疑問がわき上がる。

「東京シティ銀行はどうやって安房の計画倒産を知ったんだろう」

大越は伏せていた顔を上げた。

「言っとくが先生、あたしは喋ってないよ」

「誰も大越さんを疑っていません」

計画倒産のことを知る人物はそう多くない。

「誰かが東京シティ銀行に情報を流した」

「誰かって、だれだい」

疑心暗鬼に駆られた大越がきいたとき、

「東京シティに話したのは、私です」

黒沢麻紀が言った。

2

呆気にとられた表情で麻紀の顔をじっと見つめた大越が何事かつぶやいたが、その言葉は聞き取れなかった。

「辛島先生が田神町へ出かけた夜、東京シティ銀行の支店長が病室に訪ねてきた。加賀翔子が連れてきたのよ」

辛島はすっと息を吸い込んだ。

「加賀がなぜそんなことをしたのか、私にはわからない。でもあの人は私に、全てを話しなさい、とそう言った。そうすれば安房正純の計画を砕くことができるからって。実は、そう言われても私、半信半疑だった。それがまさかこんな結果になるなんて」

三人の間に沈黙が挟まった。

「加賀はこれを見越して、連れて来たんだろう」辛島は言った。

「ひとつわかったことがある。父は自殺を図った夜、その支店長さんの家を訪ねていたってことよ。門前払いされたらしい。買収された社長の戯言としか思わなかったって支店長は私に謝ったわ」

「そういや羽田支店長の社宅は代々木だったな。外苑からは目と鼻の先だ」

大越は言い、やりきれない表情で鼻息を洩らした。

「社長にはわかったんだろう。安房が何を考えているか、黒沢金属工業がどうなっちまうか。絶望しただろう、悔しかったと思うよ。支店長を訪ねたのは黒沢社長なりに安房に一矢を報いようとしたんだと思う。それを麻紀ちゃんが代わりにやってくれた。それだけだ。だとすれば俺はなんの文句もない。でも――」

大越は麻紀の手を握り男泣きした。「話してくれればよかったのに……。ひとりで抱え込まなくてさ、俺や先生に話してくれればいいんだ」

どれくらいそうしていたか。大越はテーブルの向こうから、太い腕でぽんとひとつ麻紀の背中を叩いて腰を上げた。そして無理に笑顔を作って見せる。泣き顔よりも悲しく見える笑顔だった。

「さあてと敗戦処理だ。麻紀ちゃん、お父さんのことよく看てやってくれよ」

大越は席を立つと、まるで老兵がひとり戦場へ向かうような寂しさを背負って店を出ていった。往来の激しい環状線を猪首のいかつい体が横切っていくのを見送りながら、辛島は、加賀翔子が企てた復讐がいま成就しようとしていることを実感した。加賀は関東共栄会のマネロンを崩壊させ、そして安房正純の野望をも砕いた。坂本雅彦という男を父に持った人間としてどうしてもやり遂げなければならなかった弔い——。

だが、一方で虚しさに苛まれるのはなぜだろう。胸の中で砂嵐が吹き荒れてでもいるかのように乾いて、荒涼とした気分になるのはなぜだろう。

それは、これらの一連の出来事が元をただせば全て「金」に帰結するからではないか。金のために生き、裏切り、殺され、恨みを抱く。金があるということ。金がないということ。金を中心とした価値観、経済観念が人々の心にこれほど深く根付いてしまっている現代社会の歪みがそこにあるからだ。

金は、この世の共通言語である。結局のところ、薄っぺらで自分の世界の無い人間たちにとって、最も手っ取り早く、そして分かり易い自己実現が金なのだ。それを何とかしようと思うほど辛島は若くはないが、諦めるには早すぎる。そんな中途半端で居心地の悪い狭間に自分はいる。

辛島はため息を洩らしてから、麻紀と向き合った。腕時計に目を落とす。

「ごめんなさい」

小声で謝った麻紀に辛島は何も言えなかった。腹を立てていたのではない。一人で懊悩《おうのう》し続けたこの少女にいまどんな言葉をかけてやれば心を癒すことができるのか、それを考えていたのだ。しかし、どんな言葉も麻紀が苛まれている絶望や不安をかき消すことも、和らげることもできそうになかった。

そのとき、麻紀の携帯電話が鳴りだした。牧村だ。電話を代わった辛島に、慌てふためき度を失った声が届いた。

「田神亜鉛、破産申請したそうです」

ついに。携帯電話を強く握りしめた辛島の耳に、悲鳴にも似た牧村の声が続く。その言葉は辛島の胸を鋭く突いてきた。

「本日——当社も第一回目の不渡りを出します」

「なんとか踏みとどまることはできないんですか」

辛島はその言葉に祈りをこめた。

「今まで、金繰りに駆けずり回ってましたが、もうどうしようもありません」

「銀行は——東木曽銀行で緊急に資金は借りられませんか」

不意に電話の向こうから糸をひくような笑いが聞こえてきた。

「見せたいぐらいです、銀行の有様をね。取り付け騒ぎですよ。これは恐慌だ。——これから、田神亜鉛へ行きます」

そこで電話は切れた。

「どうしたの」

「牧村さんが、不渡りを出すらしい」

麻紀は天井を仰いだ。

「田神町へ行きたい」

麻紀に言われるまでもなく、辛島の気持ちは決まっている。レシートを取って席を立つと麻紀と連れだって、店を出た。

強い日射しが照りつけ、ダッシュボードを熱している。環状八号線を北上し、甲州街道から首都高速を経由して中央自動車道に乗った。西へ向かう助手席で、麻紀は頑な眼差しを前方に向けている。

ルーレットは回り続けている。

いつ止まるとも知れず小さな玉をはじき、人々の思惑と期待を裏切り、翻弄しながら回り続けている。少女のゲームはまだ終わらない。

3

これほどまでに不気味な騒擾《そうじょう》を辛島は知らない。これほどまでに重苦しく口を閉ざし、傾いた西日に染め上げられた顔から一切の表情を流し去ってしまった人々の表情を、辛島は知らない。

「この雰囲気はなに」

牧村商会のある天神坂通りを上り始めた麻紀はおののき、辛島の腕に腕を絡ませてきた。辛島は右手でそっと触れる。汗を滲ませた柔らかな二の腕だ。その傍らで四十半ばと思われる男が茫然と立ちつくし、黄色い排煙の空に向かって誰憚ることなく涙を流している。男の嗚咽に混ざり合い、今この町全体を覆い尽くしている様々な喧噪が、震えが、慟哭が肌に伝わってくる。

町が泣いている。

町が崩壊しようとしている。

いままさに最期の時を迎えようとしているちっぽけな経済圏、安房正純という一人の男に支配された箱庭のような経済がついに力尽き、行き倒れようとする、その最中《さなか》に辛島はいる。

背後を振り返ると、川と並行する道路の向こう、一段低いところに造られた畑に焦げ茶色の板を打ち付けた小屋が見えた。貴之少年とゴンの小屋だ。辛島の胸に小さな波紋が起きたのは、力無く開いたままになっている扉が見えたからだった。もちろんそこに貴之の姿もゴンもない。

密集する中小企業群のなかでひと際高い須藤鉱業のビルの前に、大勢の人だかりができていた。エントランスに入りきらない債権者たちだ。

「あれは?」

麻紀が最初に気づいた。いまその債権者の間を一人の男が泳いでいる。茶髪にした色黒の若い男だった。

男は誰とは構わず話しかけ、断られると次へ話しかけるということを繰り返している。何をしているのだろう。半袖のシャツから長い二本の腕を出し、手には重そうな黒い手提げ鞄を持っていた。ひっきりなしに動かした口が何かの言葉を紡ぎだしている。男は須藤鉱業の建物の中から現れると、債権者たちで押し合いへし合いしている間を、ジグザグに歩き回り始めた。近づいてくるに従って、その声は次第に明瞭になってくる。

こう言っているのだった。

「田神札ないか田神札ないか。はい、田神札ないか田神札ないか。あったら買うよ。はいはい、田神札ないか田神札ないか――」

「両替屋だ」

辛島の言葉に麻紀は目に警戒の色を浮かべた。

壊れたテープよろしく間断なく繰り返している売り声。両替屋は、抜け目無く、狡猾さとがめつさを張りつかせた地黒の顔で周囲の人間の顔に気を配る。なにかよからぬことを考えている目だった。今、ひとりの男が誘いに応じた。人だかりを抜けだし、辛島と麻紀がそっと注目するなか、商談を始める。

　その若い両替屋とは離れた場所にもう一人、辛島の見知った顔がいた。須藤不動産の社長だ。卑屈な笑いと相手の足下を見切った傲慢さとを交互に浮かべながら客を相手に手振りをまじえて何かを説いている。その背後に店員の中込理恵がいて、周囲の喧噪に肩を竦めたまま真っ赤なマニキュアをした指でしっかりとスーツケースを抱え込んでいた。

　両替屋が相手にしているのは禿げ上がった頭の六十ほどの男だった。商店主風の風体は開襟シャツにスラックス、手に黒いセカンドバッグをぶら下げている。

　商談の内容まではわからない。だが、何らかの合意があったのは確実だった。商店主風の男はセカンドバッグから一束の田神札を取り出して渡したのである。

　両替屋は顔に満面の笑みを浮かべ、田神札の帯封を切った。札を左手の指の間に挟み、一枚ずつ不器用な手つきでめくり上げ、数十枚数えたところでぺろりと右の親指を舐めた。また数え始める。

　次は若い男の番だ。黒い重そうな鞄を片膝を上げたその上に載せ、中から普通の金を取り出す。一瞬、鞄の中に一千万円近い現金の束が見え、さすがに周囲の債権者たちから好奇の目が寄せられたがそんなことには構いもしない。辛島が見ている前で三十枚——つまり三十万円の金を相手の男に渡すとさっさと人だかりの中に戻り、また「田神札ないか田神札買うよ」と始める。両替屋は百万円の田神札を三十万円で買ったのだった。

辛島は麻紀と顔を見合わせる。

「なにやってるの」

理解できないのも当然、麻紀がきいた。

「田神札を買ったな」

「田神亜鉛は破産したんでしょ。あんなの今となってはただの紙切れじゃない」

麻紀の言うとおりだ。

「どうするつもりか、それが問題だな。あの男の考えていることはわからんが、嫌な予感がするよ」

両替屋の売り声が念仏のように続く。

辛島はその場から離れ、目指す牧村商会へ向かった。

見慣れた三階建ての建物に、予想した債権者は見当たらない。足早に二階事務所へ駆け上がった辛島を迎えたのは、年輩の女性事務員三人の不安げな顔だった。そのうちの一人は、以前、町営住宅に訪ねた柳井秋江だ。体の具合はもう良くなったのか、足音を聞きつけて真っ先に立ち上がった秋江は、現れたのが辛島と麻紀と知って、胸に手を当てた。

「ああよかった。借金取りだったらどうしようかと思ったわよ」

安心し、一旦は相好を崩したものの、秋江はすぐに表情を引き締め、辛島が口にするより先に「社長?」ときいた。

「いらっしゃいませんか」

「出てったきりなんです。いまさっき電話があって、私たちには先に帰ってくれっていうことなんだけど、ねえ」

秋江は他の事務員と顔を見合わせて思案顔になる。

「約束していただいてますかしら」

「いいえ」

麻紀が答えた。「心配で来ただけですから。どうしようか」

辛島にきいてくる。

「出て行かれたというと、田神亜鉛にですか」

「そうです。安房さんと話をするまでは帰らないなんて勢い込んで出ていったのだけど。ほんというと、もうどうしようもないと思うのよ」

「不渡りはもう――」

確定したか？　午後五時半を過ぎている。この時間まで金融機関が入金を待つとは通常考えられないが、町全体の経済が沈没しかかる異常事態であれば、特別融資などの方針がとられた可能性もなくはない。

辛島のこの予想は、秋江の憂いに満ちた表情で否定された。

「確定よ。仕方がない。田神亜鉛からの入金がストップしちゃったから」

麻紀が両手で口を塞いだ。

「協力会のメンバー企業はどうですか。五十社近くあると聞いていますが」

「連鎖倒産するところが多いはずですよ。それに、協力会が潰れたら下請けの会社なんかひとたまりもないでしょうし……。酷かったでしょう?」

秋江は窓の外にちらりと視線を投げ、きいた。

「須藤鉱業の前で両替屋を見たわ」

麻紀の言葉に秋江は思いきり顔をしかめた。

「現金で田神札を買い漁ってた。田神札百万円を三十万円と交換してたのを見たの。大金を鞄に入れて持ち歩いて」

表情を曇らせた秋江は問うような眼差しを辛島へ送る。

「また誰か年寄りを騙してなきゃいいけど」

秋江は、社長に連絡してみるわ、と言って側のデスクにあった電話をとった。携帯電話にかけたのだろう。——つながった。

「来ていただいたんですか」

背景には様々な声がかぶさっていた。殺気立ち、騒然とした場所に牧村はいる。その声は緊張感に固くなり、憤り、微かに震えている。

「説明があるというので待っているところなんですが、予定の時間をもう二時間近く過ぎているというのに始まらないんです。バカにしてますよ」

「どこですか」

「田神亜鉛本社にある講堂。千人近く来てますかね。みんな我慢の限界に達してますよ」

短い会話の間にも背後で飛び交っている怒号を聞けば、辛島にも想像はついた。

「安房はそこに？」

「いえ──謝罪どころか、顔すら見せていないんです。先ほど経理部長が出てきてもう少し時間をくれという話がありました。まだ待たせるつもりらしいです」

「我々も入れますか」

出入り口で債権者名のチェックがあるというが、牧村商会の者と言えばパスできるとの説明だった。秋江に礼を言った辛島は麻紀とともに牧村商会を辞去し、天神坂通りを上りきると前回、田神町へ来たとき宿泊した扇屋旅館へ向かった。川沿いの道路に路駐した車に乗り、債権者で溢れている工場密集地域を迂回し、仕舞屋の並ぶ古い町並みを目指した。ある交差点に差しかかったとき、対向車線を走ってくるメルセデスに気づいた。運転しているサングラスの女を見た瞬間、辛島は思わずブレーキを踏んでいた。後続の車にクラクションを鳴らされ、ウィンカーを出して道路の左側に寄った辛島は、ルームミラー越しに遠ざかっていく車を見送った。

「加賀だ」

その言葉に麻紀は体を反転させ背後に視線を送ったが、加賀の車はすでに小さくなって突き当たりの角を右へ曲がっていくところだ。

「来ていたのか」

再び車を出しながら、加賀との再会を期待している自分に気づき、辛島は狼狽した。そのまま町中を走り、扇屋旅館の駐車場に車を入れてフロントで一泊を申し出た。

「生憎、お部屋はひとつしかご用意できないんですが」

どうするか迷った辛島に、構わないわ、と横から麻紀が言う。

案内された部屋に手荷物を運び込むと、すぐに女将が顔を出した。

「すみませんでした、お部屋がご用意できませんで。急な予約が入ってしまったものですから」

「あれのせいですか」

窓から見える、亜鉛精錬所の黒々とした建物を辛島は指さした。女将は、ええ、と応じ、茶を運んできた盆を膝に置く。

「昼過ぎから大変な騒ぎですよ、ほんとに。どうなってしまうのか……」

不安を隠すために、つと顔を伏せた女将は、紅をひいた唇を嚙みながらそそくさと手仕事をこなす。茶を淹れ、湯を注ぐ間も固い表情が緩む気配はなかった。

まさか。辛島は、唐突に自分の胸を突いた思いに女将の所作を眺めた。

「扇屋さんも、田神札を？」

急須を持つ手がぴたりと止まり、女将は血の気のひいた顔を上げる。

「うちも田神町に根をはやした旅館です。観光旅館といっても、それで本当に栄えた時代はもう過去のものです。国内より海外へ旅行したほうが安く上がる時代に生きていこうと思ったら、それはもう大変なんです。宴会料理の仕出しから部屋の時間貸しまで、商売の相手はほとんど、田神亜鉛の関係ばかりで」

辛島と麻紀に茶を淹れた湯飲みを差し出した女将は、虚ろな眼差しを窓に振る。

「恨みますよ。突然ですものね」

どれほどの田神札を握ったか、女将の話からはわからないが、のっぴきならない経営の危機に、この扇屋もまた瀕していることだけは確かなようだ。

「受け取った田神札を全部持っているわけではないんでしょう」

たずねた麻紀に、女将は、視線の焦点を遠方から手前へ引いてくる。

「回せるものは回して、それでしのいだ分もありますが、なかなか全部というわけには。でも、田神亜鉛は近々また復興するという話もすでに出ているらしいですわね」

「ほんとですか」

びっくりした麻紀に、女将は微かな期待を込めた目で頷きかけた。

「ですから田神札も、持っていればまだ価値が戻るのかも知れません」

麻紀と顔を見合わせた辛島に女将は続ける。

「町の噂では、安房社長の計画倒産だというんです。銀行からの債権回収をかわすための破産申請なので、すぐに新会社を設立して田神札を買い取るというんですよ」

計画倒産の話そのものは、辛島自身が東木曽銀行で披瀝《ひれき》したことでもあり、外部へ漏れたとしてもそれほど不思議ではなかった。牧村や滝川、あるいは自らは否定したものの支店長辺りの口から出たのかも知れない。問題は、それを田神亜鉛再興の作り話に結びつけていることだ。

辛島はようやく、先ほど見た両替屋の行動を理解した。

計画倒産の噂話は、裏世界の連中にとって願ってもないビジネスチャンスになる。町の人たちの中には、田神亜鉛再興の話を信じる者も少なからずいる。両替屋はそういう人たちに田神札を売っているのではないか。

百万円分の田神札を三十万円で買う。それをまた八十万円で買うという人を見つけていれば、それだけで五十万円の儲けになる。それを狙っているのだ。この機に乗じて、薄汚い金儲けを考える連中は他にもたくさんいるだろう。これから夜にかけ、そういう連中がさらに大勢、この町を徘徊しはじめる。そして町のあちこちで醜悪な闇の断面がその赤い裂け目を見せ始めるだろう。

「簡単に信じないほうがいい。噂は単に噂で、中にはそれを利用して金儲けを企む者もいるんだ」

辛島は女将にやんわりと釘をさすと茶の礼を言って腰を上げた。

辛島は田神亜鉛のゲートを固めていた社員に、牧村商会の名前を言って通過した。駐車場はとっくに満杯で、債権者の車で溢れている敷地内にようやくスペースを見つけ駐車する。講堂の場所は人の流れを見ればわかった。

『禁煙』の二文字には関係なくタバコの煙がたちこめる講堂内は、殺気だっていた。正面舞台の演壇にマイクが一本、立っている。パイプ椅子をずらりと並べた債権者席はほとんど満杯だ。

「牧村さん――」

講堂の最前列に近い辺りで見つけた。怒りをためた暗い瞳が麻紀の声に反応し、丸めた資料を持った右手が振られる。辛島と麻紀はすでに立ち見が出始めている講堂の壁際に立った。正面舞台に向かって左側だ。

演壇は無人だが、野次はひっきりなしだ。いま一人の男が舞台の端から現れたために、どっと怒号が発せられたところだった。六十近い、上等なスーツを着た役員風の男だが、安房正純ではない。

男は演壇のある中央付近まで歩を進めると、野次が収まるまでと思ったか、深々と頭を下げた。

「高い所から失礼させていただきます。田神亜鉛株式会社総務部長の山本と申します。この度は皆様方に大変ご迷惑をおかけいたしまして心からお詫びを申し上げる次第です」

場内は騒然となった。堅苦しい挨拶は、ひっきりなしの怒号にかき消されがちになり、それをうるさいと怒鳴る債権者が出始める始末。それがさらに、「ご返済の計画は今のところ白紙で——」という不用意な一言で会場内の怒りに火を点ける。山本が声を嗄らして読み上げた債権者集会のスケジュールは場内の喧噪に完全にかき消された。

三時間近く待たされて、これか——。

これでは集まった債権者が納得するはずはなかった。自分の金がいくら戻るのか。再建の目途は立つのか。それを聞くために待ったのだ。

拙すぎる。そう痛感したとき、正面舞台にひとりの男が駆け上がった。

「こいつは計画倒産だろうが！」

役員からマイクを奪い取った男の叫びが講堂に響き渡った。

「銀行や大企業、田神亜鉛と恩恵を被ってきた田神協力会なんかどうでもええんや。それより俺達下請け企業が苦しみ抜いてきた田神札はどうなる。約束通り支払ってくれるんだろうな。どうなんだ！」

マイクを総務部長の鼻面に突きつける。しどろもどろの言葉が続いて出た。

「し——振興券につきましても一般の債権と同様に、その——」

貴様ふざけるなっ、と男は遮った。

「無理矢理、掴まされたんだぞ。脅され、すかされ、泣く泣く受け取ったんだ。優先的に支払え。でなきゃ詐欺で訴えるからな」

同調する声が会場から起こり、やがて盛大な拍手に代わった。男は会場を埋め尽くしている債権者の気持ちを代弁していた。

「詐欺だなんて」

総務部長はたじろいだ。男は畳みかける。

「なら破産申請をいつ決めた。昨日や今日じゃないだろう。ある日突然思いつきで破産を申請する奴がいるか。もっと以前に決めていたに違いないんだ。いつだ」

かろうじて保たれていた秩序の細い糸が完全に切れかかっている。

「いつ、と言われましても」

男はマイクを投げ、両手で総務部長の胸ぐらを掴んだ。肉声は辛島のもとへも届いた。

「いつ申請を決めた。言ってみろ」

野次が加勢し、男に倣って席を立った複数の債権者が総務部長を取り囲む。成り行きを見守っていた社員が割って入りその場を収めようとするが、そんなもので引き下がるような気配ではない。

「まずいな」

辛島はつぶやいた。視界の中で牧村が立ち上がり舞台に背を向けた。こちらに向かってくる。壇上の騒ぎは次第に大きくなろうとしている。きな臭い空気が漂い始めていた。

「これでは埒《らち》が明きませんね」

牧村と同様の感想を抱いたらしい債権者がすでに会場を出始めている。

「粘っても安房は出てこないでしょう。誠意を見せるつもりで開いた説明会かも知れませんが、これじゃあ逆効果だ」

もっともだった。壇上では「社長を出せ」という声が緊迫感を煽っている。実権のない総務部長と理性を失った債権者の押し問答だ。意義のある折衝になるはずはなかった。

「行きましょう」

牧村とともに講堂の外へ出た。陽が落ち、生ぬるい風が川の方からそよいでいる。

「田神亜鉛が破産申請した連鎖で今日だけで協力会の三十社近くが不渡りを出したそうです。これから戻ってどうするか決めないと……。お二人は今日は?」

扇屋に宿泊することを告げる。

「ところで再建の噂に乗じて田神札が売買されているようですが、ご存じですか」

「ええ、聞いています」

牧村は苦々しく背後を振り返った。夜の帳が降りかけた町の灯火が瞬き始めている。

「ババ抜きですよ。最後に握っていたものが負けだ。それにしても奴ら、売り抜けられると思っているのかな」

「どの道、失うものの無い連中です」

辛島の言葉に牧村も、そうですね、と応じた。

「これから、どうされます」

「一応、銀行に今後のことを相談に行くつもりですが――」

「何かお手伝いすることがあれば、言ってください」

牧村は首を振った。

「わざわざ心配して来ていただいたんでしょう。それだけで十分です」

麻紀の肩に両手を添えた。

「残念だったね。黒沢金属」

「仕方がないよ。でも、計画倒産の道具にされることだけは免れた」

硬質な目の輝きを放っている麻紀の口調は重い。

「何かあったら宿に電話をしていただけませんか」

債権回収の収穫は無いと見た債権者の車が、ゲートに集中し、渋滞している。

「どうする？」

牧村と別れて車でその後尾についたとき、麻紀がきいてきた。考えがまとまらないまま、辛島の車は田神亜鉛のゲートを抜け、再び田神町への道を戻り始める。

田神大橋を渡ったところで、そぞろ歩く数十人の労働者たちを見た。

「様子がおかしいわ」

麻紀は敏感に察して目で追う。スピードを落とし、集まっている労働者とおぼしき人々の悲憤の表情に気づいた辛島は、なんとも言えぬ不安を感じた。徐々に、何かが違ってきている。労働者たちのシルエットに、講堂の壇上で声を振り絞る男の姿が重なった。共通しているのは、狂気にも似た怒りだ。いや、怒りにも似た狂気と表現するほうが正しいのかも知れない。常識的な一線を越えてしまった過剰な憤怒が、男達からにじみ出ている。

まずいことにならなければいいが。彼らの脇をゆっくりと抜け、そのまま扇屋旅館まで町中を走る。三本ある坂道のひとつで、同じような労働者のグループがぞろぞろと歩いているのを見かけた辛島の不安はさらに募った。それは最初に見たものよりさらに大きく膨れ上がった百人ほどのグループだった。

「東木曽銀行の様子、見てくか」

麻紀が頷いたのを見て、辛島は扇屋の前を素通りして一本目の交差点を右折した。そのブロックの角地に建つ銀行の建物には煌々と明かりが灯っている。金融機関の閉店時間三時をすでに四時間以上経過しているというのに、正面玄関のシャッターは開いたままになっていた。

中に入りきらない人が支店の外にまで溢れている。牧村の姿を探したが、そこにはなかった。

「取り付け騒ぎだな」

「なにそれ」

「金融機関の信用がなくなると預金の払い出しが集中する。それを言うんだ」

建物から溢れている人々の光景をそっと物陰から窺っている人影に辛島は気づいた。

有坂だ。

銀行の駐車場にできた影に佇み、重そうに膨らんだ紙袋を手に提げている。

有坂はじっとり湿った視線を銀行の客に向けていたが、すっと足を踏み出すと、店の外でたまに背伸びをしながら店内の様子を苛立たしげに眺めている経営者風の男に近寄っていった。両替だ、と辛島は悟った。商談が始まる。派手な勧誘をしないのは近くに警邏の警官がいるからだろう。男の反応がいま一つと知った有坂はあらかじめ決めていたとしか思えない素早さで客の間をすり抜けて店内へと消えていく。押し分けられた人の間から「なんだ」と抗議の声が上がったがそんなことに構う男ではない。

「二階」

という声が辛島にも聞こえた。

二階には融資係がある。そのことは先日、この支店に牧村と共に来たとき辛島は見ていた。それに対して表にまで並んでいる人たちの群は預金関係の客だ。無論、有坂が融資係に直接用事があるはずもない。融資係に押しかけているだろう客筋が目当てなのだ。

案の定、十分もしないうちに有坂は、四十半ばの男を伴って建物を出てきた。経営者然とした恰幅の男は、痩せこけて鳥類を思わせる有坂とは対照的だが、いま余裕と生気にあふれているのはむしろ有坂の方だった。

有坂は男を人目の無い駐車場へ連れていき、そこでまた商談を始めた。

「買い集めた分、売るつもり？」

「買い、だ。現金を見せてる。相手を信用させようとしてるんだろう」

連れだって歩き出した二人の三十メートルほど後ろを、辛島はゆっくりと車でつけていく。工場密集地域まで歩いていき、川へ下る坂道のひとつを左に下っていった。

辛島は車を脇に寄せて止め、麻紀とともに歩く。

狭い急な坂を下ってすぐの細長い建物へ男の姿は消えた。有坂はそれとなくあたりを気にしながら玄関前で立ち止まってタバコを吸い始める。それから男に呼ばれ、中に入った。取引だ。

しばらくして、再び有坂は出てきた。ますます膨らんだ紙袋を大事そうに小脇に抱え、今度は足早に坂の途中にある小径に消えていく姿を見送った辛島は、麻紀に目配せして後を追った。こけた頬の上、二つの眼窩《がんか》に怪しい光が宿っていたからだ。

「いよいよ客のところだな」

有坂を追い、湿った土の匂いのする小径を走り抜ける。民家が軒を寄せ合っているうら寂れた路地に出た。有坂の姿がない。

「見失ったわ」

辛島は、一軒の玄関が開いていて中の明かりがこぼれているのを見つけた。大きくはないが、小綺麗な一戸建てだった。ゆっくりとそちらに足を向け、家の前を通り過ぎる振りをして戸の開いた玄関から中を覗く。

有坂は上がり框《かまち》に腰を下ろし、老婆を相手にしていた。

「悪い奴。止めなきゃ――」

「待て」

歩を踏み出した麻紀を止めた。

「それはないですよ」

有坂が発した大きな声が耳に入ったからだった。顔色が変わっている。

「買われるというので、こんなに集めてきたんですよ、私は」

「確かに、興味があるとは言いましたよ。あなたが儲かるって仰るから。でも、買うと約束したわけではないわ」

上品な中に気骨を感じさせる声がいった。

「そんな。これは絶対儲かりますよ。私を信じてください」

有坂は証券会社の営業マンのような口振りでいう。顔に似合わぬ丁寧な言葉を使っているのが、かえって怪しげだ。

「まあ。そんなことを言って。本当に儲かるの?」

「間違いありませんって。ここだけの話、安房社長は田神亜鉛を倒産させてからすぐに新しい会社を設立するんです。そのときには出回っている田神札を全て利息付きで買い戻してくれる。安房社長は田神町の人に迷惑をかけるような人じゃないんですよ。いまこれを買っておけば、何ヵ月かあとには大儲けできる。本当です」

辛島と並んで聞き耳を立てていた麻紀が、不安を顔に出した。有坂の口車に乗せられたら大金を失う。瀬戸際だ。

枯れた老婆の声が辛島のところにも響いてきた。

「そんなに儲かるんなら、あなた買ったらどうなの」

「ですから、私は買う金がないんです。その代わりにですね、儲かったらその一割、約束通り私のほうへマージンをお支払いいただきます。お願いします。買っていただけるものと思って、私、借金までしてこれだけの田神札を買い集めてきたんです。もし、買っていただけないとなると私が破産してしまうんです。借金の方は明日にでも返済しなければなりませんし、困ってしまうんです。今頃、気が変わったなんて言わないでくださいよ」

　言葉は丁寧だが、有坂はじわりと脅しにかかる。

「お言葉ですけどね。何度も言うように、田神札を買ってきてくれなんて頼んだ覚えはないですよ。しかもこんなにたくさん」

「それはないですよ。だって――」

「お引きとりください」

　思い通りにならないと知った有坂は不意に押し黙った。そして、それまで装っていた丁寧な態度から百八十度反対の言葉を吐く。

「いい気になるんじゃねえぞ、ばばあ」

　再び辛島が覗き見たとき、有坂の表情に邪《よこしま》な感情がたぎっていた。こいつ、何かしでかすぞ。そう直感した辛島は、とっさにインターホンのボタンに手を伸ばしていた。

　が、ある気配が辛島を押し止めた。隣家との間に並べられた鉢植えの朝顔。その陰からじっと辛島と麻紀の行動を監視している視線に気づいたからだった。刺すような眼差しに辛島が体を固くするのと、大柄な男がぬっと体を現すのは同時だ。顔に見覚えはないが、男の持っている雰囲気は記憶にあった。貴之少年の家、食堂「かっちゃん」を満杯にしていた労働者たちのそれだ。

　男は辛島と麻紀の方へ数歩近寄ると、そのまま肩を擦れ合うようにして脇を抜け、有坂が入った家の門の内側に立った。

辛島から見える内部では異変が起きていた。老婆の背後から三人の男がぬっと姿を現したのだ。

危険を察知した有坂が玄関から転げるように飛び出したとき、門扉に立ちはだかった男が待ってましたとばかりに、その顔面に鉄拳をめり込ませた。

鼻か頬辺りの骨が砕ける鈍い音がした。仰向けに倒れた有坂を家の中から出てきた男が二人がかりで脇を抱えて立ち上がらせる。

「なんなんだよっ！　お前ら」

精一杯の虚勢を張って有坂は喚いたが、そこまでだった。返答の代わり、腹部への一蹴を食らった体が二つに折れる。酸素を求めて天を仰ぎ、苦悶の表情を見せた有坂は、ずぶずぶと底なし沼に吸い込まれていくように沈んでいく。その横っ面にとどめの拳を入れられ、有坂は再び仰向けにひっくり返った。

辛島と麻紀に構わず、男たちは無言でその場を後にする。行きしな、男のひとりが紙袋の中味を有坂の体の上にぶちまけた。有坂が一日かけて買い集めた何千万円かの田神札が、どっと背中や地面の上にばらまかれ、路地に散乱する。男たちが去ったあとには、ボロ雑巾のように横たわり悶絶する有坂と、いまや信用は地に落ち、紙切れと化した田神札だけが残った。

駆け寄ろうとした麻紀がはたと足を止めた。

継ぎはぎに舗装された地面に左の頬をこすりつけ、涙を流したままの有坂の喉から、笛の音に似た笑い声が漏れ出てきたからだ。ひきつるような笑いは次第に大きくなっていき、気がふれたような哄笑にまで高まったところで、一気にすすり泣きへと変じた。大枚払って集めた田神札は大金に化けるはずだったろう。錬金に失敗した詐欺師が破産した瞬間だった。

「放っておけ」

唖然としている麻紀に言ったとき、辛島は町のどこかで異様な音を聞いた。

地鳴りのように空気を震わせているその音が、人の声、つまりはシュプレヒコールであるらしいと感づいた辛島は、背筋が寒くなるほどの戦慄を覚えた。まるでこの町に生命が宿り、その腹の底から湧き上がってきた呪詛《じゅそ》のようにも聞こえる。知らず、車までの道のりを駆けだしながら、辛島は不吉な予感にのどの渇きを覚えた。

ごくりと唾を飲み込み、安房正純だ、と思った。

安房正純を探し出さなければ。

辛島は一層大きくなって押し寄せてきた騒擾《そうじょう》に、警戒して顔を強ばらせた。声の主たちの苛立ち、彷徨える魂の終着点は安房正純以外にあり得ないと理解したからだ。

「安房はどこにいる」

車を走らせ、辛島は自問する。しかし、思いつくところは結局、ひとつしかなかった。

田神亜鉛社内だ。

あの説明会はどうなったのか。

「田神亜鉛へ行ってくる。お前は宿で待っててくれないか」

辛島はますます物騒な気配に包まれていく町に注意深く目を配りつつ、言った。

「いやよ。私も行く」

目の前で振るわれた暴力に蒼ざめたまま、麻紀はきいた。「だけど、どうするつもりなの」

「安房正純と話がしたい」

話をしてどうする？

今度は自問になった。

安房正純に会ったところで、何をどうすることができるというのか。

何十もの会社が一日にして息絶え、様々な絶望と怒りとに塗り上げられたこの町を救済することはもうできない。

だが、それにもかかわらず安房正純と会うべきだと辛島が思うのは何故か。

それは、この崩壊がもたらした安房正純という経営者について知りたいから、その経営理念や考え方や、生き様を知りたいからに他ならない。〝片手の安房〟を父親に持ち、世間から後ろ指をさされ、貧困の中から這い上がってきた男とはどんな人間なのか。

多数の協力会企業とその下請けを道連れに大音響とともに瓦解していく安房王国、その渦に巻き込まれていく人々の断末魔の悲鳴を安房はどう聞いているのか。

後悔しているか。懊悩しているか。あるいは何の反省もないのか。

知りたいのだ。

この事実をただ許容しろと言われても到底、納得できるものではない。とにかく、善悪にかかわらず今回の一連の出来事の全てを知ること。そうでもしなければ、とてもこんな残酷で、悲惨な結末を受け入れるなどということはできやしない。

だから、田神亜鉛に行くのだ。


債権者になりすまして正面ゲートを抜けた辛島と麻紀は、今や敷地全体が駐車場と化した感のある構内を進み、空いている場所に車を停めた。

真っ先に講堂へ下りた。

いま残っている債権者の数は、百人ほどだろうか。その内の十人ほどは、まだ舞台の前に集まり、総務部長の山本を取り囲んで口々に怒りをぶちまけている。怒号が高い天井に反響し、講堂内は異様な雰囲気になっていた。パイプ椅子を並べた席には悲嘆にくれ頭を抱えている若い男がいる。携帯電話で声高に話し合っている中年女性、憮然として腕組みをしたまま動かない初老の男性、田神亜鉛が振り出した約束手形に並んだ金額をぼうっと眺めているだけの草臥《くたび》れ果てた老人――。この会場のどこを探しても、希望や明るい未来の欠片《かけら》も落ちてはいない。あるのは失意と憤怒、そして諦めだけだ。

辛島は講堂内左手の壁際にあるドアを押して、出た。絨毯を敷いた廊下が左右に延びている。その途中から上階へ通じる階段があった。

麻紀が先に立って上った。

以前——もう何年も前のような気がするが、実はほんの三週間ほど前——加賀翔子と交渉をした応接室は同じ建物の三階にあった。辛島の直感が正しければ、毛足の長い絨毯の敷かれたそこが役員専用フロアのはずで、だとすると社長室はそのどこかにある。安房がいるとすれば、そこだ。

一気に三階まで駆け上がると、フロアの中央、つまりエレベーター・ホールの正面に役員フロア専用の受付がある。静かで、ホテルのラウンジのような琥珀色の照明が灯る廊下の左右を見た麻紀は、そこに人の姿がないと知ると突き当たりの部屋に向かって歩き出した。

ドアの前で立ち止まり、辛島を振り向いて目で知らせる。ドア上部に「社長室」というプレートがあった。

二度、ノックしたが返事は無い。

開けた。

広い室内に明かりはない。右手の壁が一面のガラス張りになっており、開放されたその窓から、木曽川とその向こうに広がる田神町の夜景が見える。左手は、隣棟とに挟まれた中庭か。窓に立てば、辛島の車を見下ろすことができるかも知れない。

いないのか。

中へ足を踏み入れた辛島は、そこで足を止めた。

いや、誰かいる。部屋の中央にあるソファに人がかけている。

暗い室内でも相手の視線が辛島に刺さっていることはわかった。辛島は向かい合った。左手の窓から、常夜灯の光がうっすらと部屋に差し込んでいる。目が慣れてくるに従って、相手の姿は闇と分離され、輪郭をなしていく。辛島の胸に、もしや、という思いが突き上げた
そのとき、麻紀の指が壁のスイッチを押した。

天井に取り付けられたシャンデリアが一斉に輝きを放ち、一瞬眩《くら》んだ視界の中で、加賀翔子はまるで喪服のような黒いスーツに身を包んでかけていた。明かりを点けたことに腹をたてたかのように表情を歪めた加賀は、不機嫌そうな眼差しを辛島に向けたが、麻紀を見て表情を緩めた。

「私のこと、恨んでいるでしょう」

加賀は言った。

「いいえ」

麻紀のはっきりした口調に加賀の目がほんのわずか見開かれる。麻紀は続けた。

「確かに、最初は恨んだ。でも、いまは違う。もしもあなたが田神亜鉛の社債償還に応じてくれたとしても、田神亜鉛が倒産すればウチはやはり生き残ることはできなかった。黒沢金

属が買収されたことはショックだったけど、父が借金から解放されたのはラッキーだった。頭ではわかっているのよ。ただ、気持ちが整理できなかっただけ。それに、銀行を説得してくれたこと、感謝してる。ほんとよ」

麻紀の真剣な眼差しとまっすぐに向き合い、加賀は黙って領いただけだった。

「待っているのか、安房を」

その加賀の様子から辛島は察した。

「話さなきゃいけないことがあるのに、逃げたまま」

吐息混じりにこたえた加賀の、思い詰めた表情に辛島は気づいた。

「坂本雅彦さんのことを?」

加賀は少し驚いた顔をしたが何も言わなかった。そしてソファを立つと壁一面を埋めたガラスの前にたって田神町を見下ろした。辛島のところからは夜景ではなく、ガラスに映し出された加賀翔子の姿だけが見える。

「町の様子はどう」

加賀はきいた。辛島は加賀の後ろに立ち、その肩越しに夜景を見下ろす。

「酷い有様だ。暴力沙汰も起き始めてる。労働者たちが集まってるんだ」

田神亜鉛を中心とする協力会と下請け企業従業員との確執を知っている加賀は、神経質そうに目尻をひくつかせる。

「まずいわね」

「君はどうするつもりだ」

加賀はふと考え込んだ。

「安房に会わなきゃ。ここで待つわ」

「君が裏切ったことを安房は知っているのか」

加賀は、いいえ、と前髪を指で梳き、一瞬、艶めかしいと思える表情で辛島を見た。同時に残酷さを秘めた目だと思った。辛島の体の芯がすっと冷え込んだ。彼女の中に渦巻いている途方もない憎悪に気づいたからだ。

「それを言うのよ。私が裏切ったってことをあいつに知らせる——そのためにここに来たのよ」

「さぞかし驚くだろうな」

辛島は言い、麻紀を誘ってソファにかける。

待つつもりだった。

安房がここに現れるのを。破産した男が顔色を変えてここに逃げ込んでくるのを。

加賀は窓を離れると、豪奢な調度品や絵画で溢れている賑やかな部屋をゆっくりと歩き回った。少女のように後ろ手に組み、自分の父親を破滅させた男の趣味をじっくりと鑑賞する。それはどこか自虐的な行動のようにも見え、そして一方でこれ以上ないほど残酷な儀式にも見えた。父親を破滅させた男をさらに破滅させたのは加賀自身だからだ。

辛島はその部屋で待ち続けた。

二度ほど社員が顔を出したが、加賀翔子を見咎めるものはいない。加賀はいまでも、田神亜鉛社内では安房正純の大事なブレーンであり、資金調達コンサルタントとして認知されている。

どれくらい経った頃か、地下一階の講堂の様子を見に行った麻紀が戻ってきて社長室のガラス窓の前で足を止めると、「燃えてるわ」と驚きの声を発した。

辛島はソファを立ち、麻紀と並んで眼下に見える田神町を見つめる。

火の手は工場密集地域の端のほうで上がっていた。

遠景の中で、音もなく燃え上がる紅蓮の炎に、辛島の神経はささくれ立ち、咄嗟に背後の加賀を振り返る。

「町の様子が心配だ。君はどうする」

加賀は体を固くし、まっすぐに上体を起こしたままこたえない。やがて、

「私は残る。行って」

そう言った。頷いた辛島は、麻紀と共に、重苦しい鉛のような時間が滔々と流れている部屋を飛び出した。何か途轍もない過ちが起きてしまったという後悔にも似た危機感に胸を締め上げられ、走りながら何をすればいいのか、何をすべきかを考える。

だが、答えは出ない。答えなどない。

役員専用フロアの絨毯を敷き詰めた廊下が、辛島には断崖絶壁につけられた小径に見えた。そのイメージは一瞬の間をおいて、いつかの夜、牧村と二人で渡ったトロッコのレールに重なる。しかし今、深く暗く、轟音と風の渦巻く谷に架かった鉄橋の枕木にぶら下がっているのは辛島ではなく、この町の経済だ。その指が最後のとっかかりを失い、奈落へと墜落しようとしている。辛島はまさにその瞬間を目撃している。その瞬間に立ち会っている。

4

闇の中に三つの光群が浮かび上がっていた。

一つは田神亜鉛の本社屋と精錬所周辺、もう一つは川沿いに密集する工業地区、そして三つめはそのライトを浴びて帯状に輝いている木曽川の川面だ。

田神亜鉛を後にした辛島は、川を越え、密集した工場地帯へと降りた。

「どうしちゃったの」麻紀が不安な声をあげた。

人だ。

さらに数を増した人だった。放心したように立ちつくす者、しきりに何かを叫んでいる者、怒り狂い、礫《つぶて》を建物に向かって投げる者。割れたガラスが路上に散らばり、怒号と悲鳴が交錯している。何かが燃え、立ちのぼる刺激臭が嗅覚を刺激してくる。

辛島は、牧村商会への坂道をのぼりかけたところでブレーキを踏んだ。前方を白いカローラ・バンが斜めに道を塞いでいたからだ。粉々に砕け散ったフロントガラスから無人の運転席が見えていた。バックして戻り、車を工場密集地域の外れまで走らせた。エンジンを止め、降りると虫の音を聞いた。街灯もない、月明かりの中に辛島は立って空を見上げる。鉛色をした空の低いところが朱色に焦げていた。燃えているのだ。遠くでくぐもっていたサイレンが急速に近づいてきたかと思うと、猛烈な勢いで消防車がカーブを曲がってくる。風が麻紀の髪を煽り、暴力的ともいえるサイレンの音をまき散らして横切っていった後には、真っ赤な車体の残像と排気ガスが残った。

辛島は先に立って歩きだした。牧村に会えばなにか情報があるはずだ。この騒ぎで、おそらく銀行から会社に戻っているだろう。牧村商会まで徒歩十分ほどだ。歩きながら麻紀が口元を押さえた。工場密集地域から漂ってくる化学薬品の臭気と川岸の泥から立ち上る生臭さが入り交じって吐き気を催させる。

「なにか聞こえない？」

麻紀は立ち止まって耳を澄ませた。月明かりと、道路際に立つ三階建てのビルから洩れてくる灯りに照らされ、辛島と麻紀の細長い影が二つ路面に伸びている。風の音でもなく、川岸を洗う波の音でもなく、別の騒音がどこか空の下でくすぶっている。麻紀は瞑目し、神経を集中した。

「こっちに来る」

坂道の上——頂上付近の空気が騒いだ。

両側に並ぶ中小企業、工場の窓灯りに挟まれた道路にそいつらは現れた。声の限りに罵声を口にし、双眸に怒りの炎を燃やし、激しく体を揺らしながら。

駆け下りてくる。

五十人、百人——いや、もっとだ。みるみるうち狭隘な道路を埋めつくし、犇めき合いながら下ってくる。暴徒だった。ぱん。乾いた音とともに近くのガラス窓が砕け散った。中から怒声とも悲鳴ともつかぬ声があがり、同時に灯りが消えた。投石が道路に面したガラス窓を砕き、飛び散った細かなガラス片が街灯の光に反射していた。パトカーが鳴らすサイレンが夜空のどこかで折り重なっている。全身を硬直させたまま、その光景から目を離すことができないでいる麻紀の肘に手をかける。はっと振り返った瞳は、たったいま悪夢から覚めたように潤んでいた。その瞳に向かって叫んだ。

「走れ！」

危険を感じた。釘を打ち込まれるような視線に気づいたからだ。暴徒化した男達は獲物を渉猟する目でじっとこちらを見ている。かん、という硬質の音とともに足下で礫がはじけた。振り返った辛島の頬に軽い衝撃があり、熱いものを感じた。痛みは後からきた。

「大丈夫？」

顔をしかめた辛島は頬に当てた指に付着した血を見た。かすり傷だ。走りながら、麻紀は両腕で頭を覆っている。

最も田神大橋に近い、天神坂通りの袂から急な石畳の坂道を上った。さきほどの白いカローラ・バンの脇を抜ける。上方に牧村商会が見えてきた。

麻紀が先に立って走り出す。そして――息を呑んだ。

事務所にあがるドアは、上部のガラス窓が割られていた。階段に破片が散乱している。拳大の石が途中に転がっていた。二つ、三つ――。

「牧村さん！」

割れたガラス窓から麻紀が上に向かって叫ぶ。返事はない。辛島は事務所の二階の灯りを確認した。開け放してあるのではない。割れた窓ガラス越しに蛍光灯が見えるのだ。脇のガレージに止められた軽トラックは横転し、タイヤが無くなっていた。

麻紀は携帯電話を取り出して、記憶させていた牧村の番号にかけた。ここにいなければいい、という願いをこめて。

しかし、一拍遅れて、二階の割れた窓ガラス越しに呼び出し音が聞こえだし、麻紀の顔が悲痛に歪んだ。

辛島は割れた窓ガラスから腕を入れ、ドアの内側にかけられた鍵を指で探った。ロックのつまみが横になっている。九十度回し、鍵を外した。歪んだノブが動かない。もう一度、割れたガラスからドアの向こう側に手を入れ、ガラス片が腕に食い込むのを無視して内側から強引にノブを回す。

階段を駆け上がった。

あらゆるものが散乱した床には、投げ込まれた石がいくつも転がっていた。デスクから落ち、床に散乱した書類、投石の直撃を受け破壊された電話は、受話器が外れたままになっている。

「牧村さん！」

牧村の長身が横たわっていた。事務所の奥、駆け寄った麻紀がひざまずいて牧村の名を呼ぶ。うっすらと目が開き口が動いたが、言葉にならなかった。

出血がひどい。

事務所の奥にある水屋でタオルを濡らし、頭部の傷を拭って当てた。側頭部が三センチほど切れている。殴打の痕だろうか、唇が腫れ上がっていた。

「救急車だな。医者に見せたほうがいい」

事務所の電話で一一九番にかけたが、依頼が集中して配車が遅れるという返事だった。

そのとき――。

「辛島、さん」

弱々しい声があがった。「私、大丈夫ですから」

目を閉じたまま、牧村は上体を起こそうとする。それを押しとどめ、思案した。

「牧村さん、車、駐車場？」

麻紀がきくと、歪んだ表情が小さく頷いた。

「この裏。歩いて三十メートルぐらい」

麻紀は辛島に言い、立ち上がって社長室に入ると車のキーを持って出てきた。卓上メモを探し、簡単な地図を描いてよこす。それをズボンのポケットに入れたとき、鋭い音とともに窓枠に残ったガラスを払って石が床に転がった。

「奴らだ」

応接室のドアを開け、辛島が牧村の体を持ち上げ、麻紀が頭部を支えて運んだ。長椅子に寝かせ、部屋の最奥部へ移動させる。テーブルと肘かけ椅子を立て、バリケードにした。

「ここまで上がってくるかな」

「わからん」

心配そうに麻紀が階段へ視線を向けた。鍵は開いたままだ。乱入されたら、正気を失った彼らを宥めることは難しい。

荒い息をしている牧村を見下ろした。窓際まで歩き、破れたブラインドからそっと窓の下を窺う。こちらを見上げるいくつかの顔があった。三十人ほどいる。

麻紀の動きを手で制し、そのまま待った。

心臓の鼓動が喉元から聞こえる。

どれぐらい経ったろう。一分か、二分か。彼らの関心は牧村商会から逸れ、坂を上がっていく。それを確認して窓を離れた。

「行き、ましたか」

音をきいているのだろう。目を閉じたまま、とぎれがちの声だ。

「もう大丈夫だ」

辛島の言葉に、すとんと麻紀が床に座り込んだ。牧村の唇が動いたが、聞き取れない。麻紀が耳を口に近づける。今度は聞こえた。

「下請け」

と牧村は言ったのだった。「――の工員たちが協力会を襲ってるんです」

噛ったのか、胸のあたりが小刻みに震えた。

「どうしてそんなことするの」

牧村はようやく目を開けた。焦点の合わない視線が虚空を見上げる。

「恨みさ」

乾ききった唇はそうつぶやいた。

「なんの、恨み?」

「なんの、恨み……」

忠実に牧村は麻紀の言葉を繰り返した。「田神、札……。奴ら、安房を狙ってる」

牧村は両手を胸に載せたまま、目を瞑る。苦しそうに顔を歪めたかと思うと、激しく嘔吐した。そうすると具合がいいのか、横臥してクッションを枕にする。

「ものすごい量の田神札——安房正純に騙されていたことに、皆気づいたんです」

牧村の唇に弱々しい微笑が浮かんだ。

「まさか、こんな終わり方になるなんて……。誰もが、心のどこかで田神亜鉛が倒産するはずはないって、そう——信じてた。あんな大きな会社が倒産するはずはないって。みんな……甘えてた。実は、俺も心のどこかで……」

虚ろな目になった。頭の怪我が痛むのか、時折、渋面になる。

牧村はソファに横になったまま、再び騒ぎがぶり返した窓の外へ視線を向けた。先程とは別の、少人数のグループが徘徊している。

その気配は、ほんの数分で去っていった。辛島は車のキーをとった。麻紀は濡れたタオルで牧村の口を拭いながら不安そうな目を上げる。

「私、病院の場所、地図で調べておくよ」

牧村商会から走りだした辛島は、麻紀のメモを頼りに天神坂通りを十メートルほど駆け上がる。左手、牧村商会と同じ小さな三階建てビルが二つ並んだ間に、車一台が通れるほどの路地があった。そこを抜けると、先には木造の民家が密集している。駐車場はその手前だ。ゆるい曲がり角に街灯が一本。足下はコンクリートから土に変わっている。バラスを敷き詰めた駐車場には十台近い数の車が入っていた。

見覚えのある牧村のセドリックが入り口近くに停まっていた。駐車場のゲートはない。天神坂通りの有様はひどいものだが、この駐車場はまだ無事だ。ボンネットが無傷のまま星明かりを浴びている。車を出し、歩いてきた路地を天神坂通りへ戻った。

「具合、良くないよ。寒気がするみたい」

待っていた麻紀は心配そうに小声で言う。牧村は目を閉じたままの格好で小刻みに震えていた。顔色が悪かった。

「手伝ってくれ」

麻紀の手を借りて牧村を背負い、シートを倒した助手席に乗せる。麻紀が後部座席にかけ、牧村の頭を動かないよう手で支えた。近隣市内にある総合病院に麻紀は話をつけていた。

体の振動を抑えるため、ゆっくり天神坂通りをのぼる。様々なものが道路を埋めている。石、ガラスの破片、折れた木片――。恨み、と牧村はつぶやいた。ここに秩序と呼べるものは、すでにない。手当たり次第に破壊しつくす暴力があるだけだ。

天神坂通りの頂上を左折、仕舞屋の並ぶ暗い通りに出ると、労働者たちのグループが町の中心へ向かう坂道を上っていくのが見えた。辛島はヘッドライトを消し、街灯の明かりを頼りに走った。彼らとは反対方向、つまり田神大橋に向かって車を走らせる。

「燃えてる」

橋を渡り、スロープを上るとき、麻紀の言葉でスピードを落とした。背後に小さくなった町を振り返る。川岸、おそらく牧村商会に近い場所で新たに一ヵ所、火の手が上がったところだった。さらに、町の中心近くで一ヵ所。反対車線をサイレンを鳴らしたパトカーが三台疾走していく。それをやり過ごした辛島は、一気にスピードを上げた。

5

CTスキャンと頭部レントゲンのために検査室に入った牧村を見届けて病院を出たとき、すでに深夜一時近くになっていた。戻った田神町の通りに人の気配は無く不気味に静まり返っている。町の中心から工場密集地帯へ入る手前で、検問にぶつかった。パトカーの赤色灯が周囲の光景を塗りつぶしている。

「ここから先、通行止めです」

警官の言葉に車をUターンさせ、町役場の駐車場へ入れた。あとは徒歩になる。冷房の効いた車内から出ると、湿度の高い夜気が体に纏いついてくる。麻紀が鼻に皺を寄せ、恨めしそうに天を仰いだ。

田神町役場前の交差点を渡り、警官が道路を封鎖していた場所の手前で商店脇の路地を入った。区画された表通りとは違い、住宅街の中の入り組んだ道を川の方へ向かって歩く。ときおり塀や屋根の向こうに見える田神亜鉛の精錬所が方向を示す役割を担った。

足早に黙々と路地を行く。工場密集地域が広がる南端に出るまで十分近くかかった。両側に並ぶ商店と旅館、仕舞屋の塀を薄暗い街灯がぼんやり照らしている。途中、天神坂通りの入り口がぽっかり穴を開け、奈落の底から吹き上げるような湿った風を川から送り込んできた。

左へ進路を取る。深夜だというのに、多くの中小企業や民家の灯りが点いていた。今夜ばかりは眠ることが許されないとでもいうように。

百メートルほど歩いた交差点に見覚えのある建物が現れた。——東木曽銀行田神支店だ。見上げた二階と三階の窓ガラスがほとんど割られ、ブラインドが引きちぎられていた。先程まで店頭を埋めていた預金者の姿は、もうそこにない。田神札という一企業が創出した独自通貨が密かに流通していた経済圏がいま、轟音とともに瓦解しようとしている。全ての会社が、商店が、そして個人が巨大な崩壊の渦に巻き込まれ断末魔の悲鳴を上げている。

田神亜鉛の倒産によって、東木曽銀行もおそらく行き詰まるだろう。預金を引き出そうと客が殺到すれば、たちまち金融機関としての機能は麻痺する。この銀行が機能不全に陥れば、さらに多くの取引先の倒産を引き起こすことになる。田神亜鉛のために。安房正純という一人の男のために。安房がこの町に運んできた繁栄は、安房が運んできた崩壊でピリオドを打たれようとしている。

東木曽銀行の支店前をやり過ごし、男坂通りへ向かった辛島は、坂道の入り口を消防車二台とパトカー一台が塞いでいるのを見て、足を速めた。びしょぬれの道路に太いホースがうねっている。それを跨いで坂を下った辛島は須藤不動産の惨状に目を奪われた。

田神札の中央銀行の役割を果たしていた場所は燃え尽き、店内は配管や鋼材が剝きだしになって消防士の踝《くるぶし》あたりまで水に浸かっている。田神札の供給元であり、様々な裏ビジネスを手掛けた須藤不動産の変わり果てた姿だった。

道路の端に須藤不動産の社長と中込理恵が呆然とつっ立っている。足下に、夕方、大事そうに抱えていたスーツケースを転がしたまま、言葉もない。魂を抜かれ、マネキンのようにただひたすら焼け跡を見つめる二人に、話しかけようとする者はいない。

川へ急降下する一本道の突き当たりを左へ約五分。そこの縁石に乗り上げたまま、ひっそりと辛島の車が待っていた。

「見て」

乗り込んだ助手席から麻紀が指さす方向に、光の帯が揺れている。川の対岸、田神亜鉛へと向かう道路だ。町を徘徊し、田神協力会企業を血祭りにあげた憤怒は最終的なターゲットに目と鼻の先まで近づいているのだ。

「安房の自宅は？」

麻紀の言葉で車を出した。工場密集地を抜け、田神町の中心地から高台にある住宅街に入る。道順はうろ覚えだが、目的の屋敷はすぐに見つかった。古い屋敷街の中で、ひときわ広大な敷地を高い塀がぐるりと囲んでいる。

屋敷から少し離れた場所に車を停め、歩いた。大きな門の前にパトカーが一台停まっているのが見えたが、警官の姿はない。

「ここもやられたみたいね」

漆喰の塀に所々、削られた痕跡があるのを見て麻紀が言う。純和風建築の二階部分が風格のあるシルエットを見せていたが、雨戸の閉まった窓からは明かりらしいものが全く見えない。内側からは何の物音も、人の気配も伝わってこなかった。

「誰もいないのかしら」

裏手に回り、麻紀がそうつぶやいたとき、塀際で人影が動いた。

辛島と麻紀に頭をひとつ下げ、丸々とした体が近づいて来る。滝川だ。疲れ切った表情で、乱れた前髪を右手で梳きながら安房邸を恨めしげに見やる。

「参りました、ほんとに」

「安房は？」

「午後、電話で破産申請を報せてきたきりです。弁護士のところに行っているのかとも思いましたが、田神亜鉛社内で見かけたという噂もあって……」

「それでこっちで待ち伏せ？」麻紀があきれた。

滝川は疲労困憊した様子で道路の縁石にへたり込んだ。

「いただかなければならない書類があるもんですから。ウチの銀行も辛島さんの話を信用しておけばこんなことにはならなかったんですけど。申し訳ないです。牧村さんもあんなことになってしまって……」

滝川の言葉には、諦観が漂っている。

「ウチはもう駄目です。こんな書類、もらったところでどうなるものでもないですよ」

カバンを脇に抱えたまま自嘲した滝川は、あらためて辛島と麻紀とを交互に見た。

「安房社長に会うなら、いまは田神亜鉛じゃないでしょうか。まだ社内のどこかにいると思うんです」

滝川に別れの言葉を言い、安房正純の自宅前をあとにした。

田神大橋を渡る。窓を全開にして風を入れた。十分に湿気を吸い込んだ重たい風が吹き込んできて、容赦なく顔にぶつかる。構わずアクセルを踏んだ。

駅前からUの字を描くように左折。同じく田神亜鉛を目指しているに違いない労働者のグループをいくつかやり過ごした。辛島は田神亜鉛正門への道を避け、〝軌道道《きどうみち》〟を選んだ。すぐに右手に岩肌がせり出し、道幅が狭くなる。左手はさきほど見上げた断崖だ。ガードレールが、曲がりくねった道なりに弧を描いている。等間隔に取り付けられた反射板がまるで野獣の眸を思わせるように次々と光ってみせた。闇の深さは底が知れない。

道はやがて、フェンスで行き止まりになった。そこにある小さなスペースで車を回し、車から降りる。頭上のどこかで人の声が交錯している。針金で結びつけられた「田神亜鉛私有地」の看板を横目で見ながら、辛島はフェンスに手をかけてよじ登る。最上部の有刺鉄線に皮膚と服を引っかけないよう、慎重に体を持ち上げ反対側に体を転じてから、麻紀に手を差し出した。

「大丈夫」

彼女は軽い身のこなしでフェンスをよじ登る。有刺鉄線をまたぐと、バネのような柔軟さをみせてふわりと草の上に着地した。辛島もそれに続く。フェンスで遮断された道路は、そのまま山の中へ消えている。右手の岩肌から細く白い水が谷底へ向かって流れ落ちていた。

星明かりを頼りに、その道を二百メートルほど進む。そこに、いつか見た操車場があり、レールが闇の向こうに消えていた。横にある小屋の窓から覗くとトロッコが二台、なかに収納されているのが見えた。小屋の前には街灯が一本立ち、ぼんやりした灯りの周りに虫が舞っている。右手に数メートル幅の舗装された道があって、弧を描いて山上へと向かっていた。田神亜鉛の社屋に通じているのだ。

麻紀が走りだしていた。辛島も駆け上がる。五十メートルほど走ると、山林の向こうに田神亜鉛の本社屋が見えてくる。その裏手に出た。常夜灯に浮かび上がった駐車場には何台か車が入っていた。もう足音は気にならない。正面ゲート方面から聞こえてくる騒ぎにかき消されてしまうからだ。

暴徒化した人々の来襲に備えて閉ざされたゲートでは一触即発の睨み合いが続いていた。ゲートの前に人だかりができ、それを挟んで、反対側にスーツ姿の男たちが数人、拡声器で引き返すよう促している。辛島と麻紀は正面ゲートが見える駐車場の植木の陰に身を潜めて成り行きを見守った。

均衡を破ったのは一個の石だった。蒼い常夜灯の中を飛んだ礫がフェンスの内側にいた社員の胸に命中したのだ。男の体がふらつき、痛みに膝をつく。隣にいた別の社員が転がった石を摑み、怒りにまかせて投げ返した。それが引き金になった。最前列にいた男たちがフェンスに飛びつく。瞬く間にフェンスが開かれ、堰を切ったように人々が正面玄関へ向かって走りだすまで一分とかからなかった。

どうする。辛島が自問したそのとき、建物の裏手にある非常口が音をたてて開いた。

人が転がり出てきた。短い呻き声が夜気を伝って聞こえ、体勢を立て直すと、よろよろと階段を下りはじめる。常夜灯がその顔を照らし出す。男のおかっぱ頭が見え、頭頂部の禿げ上がった部分が地肌を見せて丸く浮かび上がる。左足を引き摺《ず》り、何度も転倒しそうになりながら必死で走ってくる。

須藤だった。

鬼の形相だ。口の中でつぶやく言葉が辛島のところまで伝ってくる。「ちきしょう、ちきしょう」身を潜める辛島の前を通るとき、はっきりと聞こえた。須藤はスーツの上着を片手に持ち、体を揺らしながら汚れたシャツを気にかける余裕すらなく駐車場の奥へ消える。アスファルトを踏む靴の音は次第に小さくなって、やがて聞こえなくなった。

その後を追うようにして、もうひとつの人影が飛び出してきた。加賀翔子だ。植木の陰から立ち上がった辛島に、加賀は一瞬立ち竦んだが、相手が辛島と知ってほっとした顔になる。

「須藤を見なかった？」加賀はきいた。

「下」とだけ辛島はこたえ、駆けた。

再び、トロッコ操車場への細い道を下る。須藤の姿はすでに見えない。操車場までいくと、レールを打つ鈍い音とすぐ先のカーブを曲がっていくトロッコのライトが見えた。麻紀は山の中へ消えるレールと、その向こうに広がる夜陰に目を凝らし、行く？　と表情できいた。

「行こう」

辛島は、小屋のドアを開けて中に一台だけ残っていたトロッコを線路に入れた。加賀も乗り込む。

「あいつ、安房のところに行ったに違いないわ」

身軽にトロッコに飛び乗った麻紀が言ったとき、辛島はトロッコを出した。車輪に簡単な駆動装置が付いていて、ボタンで操作するようになっている。それを押すと簡単に動きだした。田神亜鉛の騒乱が背後に遠ざかっていく。川沿いを走る軌道の、両側の光景が険しさを増す。やがてそれは、星明かりのもと、遥か眼下に木曽川の流れを望む幻想的な光景に変わっていった。水流の音が静かな夜空の下で幾重もの衣擦れのように聞こえる。

雲が切れ、鉄橋の上に月がかかっていた。蒼い夜空に山の形がシルエットになって切り取られている。トロッコは山腹を切り拓いた軌道を曲がりくねりながら進む。レールは銀の足のように目の前を伸びていく。最後のカーブを曲がり二百メートルほど進むと小屋が見え、軌道はそこで唐突に途切れた。手元のレバーを引く。車は十メートルほど滑っていき、錆び付いた音とともに止まった。

倉庫の搬入口が全開になり、そこで作業をしている数人の男たちがいた。大型トラックが一台横付けになり、リチウム入りのドラム缶を運び入れている。疲れ切った男たちの、寡黙な労働だった。彼らの脇を抜け、須藤の姿が事務所の方へ消えていくのが見えた。以前、牧村とともにここに来たとき床一面を埋め尽くしていたドラム缶が搬出されている。ちょうど作業が一段落したところらしく、トラックのエンジンがかかり、倉庫出口へ向かって動きだした。

辛島は倉庫を回り込み、正面玄関のガラスドアを押して中へ入った。加賀と麻紀も続く。ドアの向こうには緑色の廊下が奥まで延びている。靴のゴム底が鳴るその廊下を歩き、「応接室」というプレートのかかった部屋の前で辛島は立ち止まった。

6

安房正純は、深紅のカーペットが敷き詰められた部屋のソファで足を投げ出していた。辛島たちの姿に注意を払うこともなく、虚脱した表情を壁の辺りに向けている。脱ぎ捨てられたスーツがだらしなくソファに掛けられ、テーブルには吸い殻の山を載せた灰皿がある。放置されたタバコが一本、吸いさしを天井に向けた格好で燃えていた。須藤は、その安房の前にまっすぐ下へ両腕を伸ばし肩を怒らせて立っている。が、三人の姿に気づいて喚いた。

「なんだお前ら！」

ソファを回り込んで来た。顔面を真っ赤に染め、突き出された太い腕が辛島の胸を力任せに突いてくる。その瞬間体を入れ替えると、須藤は勢い余ってたたらを踏んだ。

「やめなよ、須藤さん。黒沢の娘だ」

「黒沢の……？」

そう言って須藤は荒い息を吐いたまま珍しいものでも見る顔で麻紀を向く。怒りがおさまらない様子でぶるっと唇を鳴らし、頬を膨らませた。

「なんでこんな連中を連れてきた」

辛島と麻紀を睨みつけたまま発せられた言葉は、加賀に向けられていた。

「聞いたぞ。銀行を動かしたのは貴様らだな。よくもよくも、よくも！　余計なことをしやがって」

須藤は辛島の胸ぐらを摑んだ。

「自業自得だ。あきらめろ」

その手を払いのけ、辛島は静かに言った。

須藤は底意地の悪い上目遣いで辛島をきっと睨みつける。そして今度は麻紀のほうへ突進していった。加賀が麻紀を庇って前に出る。辛島の足が伸び、須藤を引っかけた。丸い体は見事にカーペットに転がり、須藤はしたたかに顔面を打ち付ける。背中がひくひく動き、阿修羅の形相が見上げた。短く太い手がテーブルに伸び、凶器にでもするつもりか、山盛りの吸い殻を散らして灰皿をひっ摑んだ。

須藤を嘲笑うかのように、安房正純の言葉がそろりと出てきた。

「みっともない」

須藤の血走った目は瞬間、安房を向いた。

「みっともない？　みっともないだと」

ぶんと腕が振られ、須藤の手からクリスタルの灰皿が飛ぶ。

咄嗟に防いだ安房の左腕にぶつかり、灰皿は床に転がった。骨にぶつかり、にぶい音がしたが安房に苦痛の表情はない。須藤は安房に飛びかかり、つい半日前までかしずいてきた男の胸ぐらを摑み、力任せに激しく揺さぶる。

「あんたを信用したから社債にも協力したんだぞ。絶対にうまく行くっていうから、一緒にやったんじゃないか。冗談じゃない。冗談じゃ――ないよ！」

シャツのボタンがちぎれ飛び、安房の頭がぐらぐら揺れる。その右腕が一閃し、須藤は床に尻餅をついていた。

「ちきしょう、破滅させてやる。破滅させてやるからな！」

須藤は唾を飛ばして喚くと、足を引きずりながら応接室を飛び出していった。

静かになった室内で安房の阻喪《そそう》した声が問う。

「金は……俺の金はどうなった」

「あなたのお金じゃない」

黒沢麻紀はいった。「あなたの金なんか、どこにもない」

安房の拳が震えだした。それは次第に増幅され、やがて腕から体全体へと波及していく。

今年五十になる男の表情が戸惑う子供のようにくしゃくしゃになり、八の字になった眉の間に深い皺が刻まれていった。途方に暮れ、瞳が眼窩の中で振動する様は小さなビー玉に似て、命乞いをする小動物を連想させる。これが安房正純か。あの威光に輝いていた同じ男だろうか。辛島は愕然たる思いで眺めた。辛島の前にいるのは、年相応に疲れたひとりの男である。絶望し、悲嘆に暮れている男である。

「あなたは破産したのよ、安房社長」

安房正純は微動だにせず、灰にまみれたテーブルと床に顔をしかめ、瞑目した。その人生に、ゆっくりとカーテンが下りようとしている。それが目に見えるようだと辛島は思った。

静まり返った応接室に、保管庫で作業を続ける男たちの物音だけが微かに響いてきている。冷房はなく、開け放った窓から夜風が吹き込んでレースのカーテンを揺らしている。人の息づかいが重なる部屋は、麻紀の、安房の、加賀の、そして辛島自身の終着点でもあった。

「本当に倒産しちまった」

安房は独白ともとれる言葉を紡《つむ》ぎ出した。

「倒産とは会社の死を意味する。しかしそれは、会社の死のみしか意味しない。倒産がなんだ。会社など何度でもつくればいい」

シャツの腕にかかった灰を面倒くさそうに払う。絶望の暗闇の中で安房は、誰にともなく毒づきながら一縷の光明を探ろうとしている。不意にその全身から生気が溢れ、息を吹き返したようにも見えて、辛島は慄然とした。

「俺は倒産を怖れていたわけじゃない。会社なんてのは所詮、金儲けの道具でしかないんだ。永久に栄える会社があろうはずはない。大切なのはいかに金を集めてくるか。それだけだ。モノを作って売るだけの商売のどこが面白い？　本当に面白いのは、それにつれて金が動き、増えていくからさ。銀行からの借金だろうが利益だろうが、手元に握ってしまえば勝ちだ。負債も資産も両方が財産なんだ。貯めるだけ貯め、抱えるだけ抱える。そして行き詰まったときには――」

酸素を求めるように、安房は口を大きくあけて喘いだ。

「そのときには――会社なんぞ潰してしまえばいい。会社の死は人の死ではない。田神亜鉛は俺の死ではない。会社は人が経営するものであり、その人が生きている限り、事業を再興することは不可能ではない。巨額の負債を抱える？　それが何だ。そんなものは法的に償却され、五年もすれば忘れられる。本当に大事なのは、どんな状態にあっても金を摑んでいることだ。そして、摑んだ金は絶対に離さないことだ。違うか」

問いかけられた加賀は、ただ安房を見つめただけだ。無論、安房は同意を求めたのではなかった。

「世の中には愚か者が大勢いる。倒産して全ての財産を銀行に取られ、取引先に押さえられ、一文無しで道ばたにおっぽり出される馬鹿どもがな」

安房は加賀から目を離し、銀髪を逆立てた。

「どんな時にも金は握ってなきゃいけない。握ってなきゃ、いけないんだ。この手で。金、金、金、金！　それが生きる条件だ。金こそが会社の死と人間の死を分かつ唯一絶対の条件なんだ。それなのに——」

突如、安房は嗚咽にむせび、そして憎しみ渦巻く目で加賀を睨みつけた。

「お前、裏切ったな」

その野太い声の迫力は周囲を圧倒した。しかし、加賀は動ずることなく、怒りで燃え上がる安房の表情を直視した。

「裏切ったことは何度でもあるけど、裏切られたことは初めて？　安房さん？」

その言葉にぐっと奥歯を嚙みしめた安房は、ぎらりと光を放つ双眸を加賀に向けた。そして、なにか言葉を探したようだったが、こぼれ出たのはどこかに疑念を差し挟んだ嗄《しわが》れた声だ。

「なんだと」

安房正純と加賀翔子は静かに向かい合っていた。澄んだ目で見据えている加賀に対し、安房のそれには深い絶望に加えて、どうしようもないほど膨れ上がった猜疑心が浮かんでいた。

「いったい何の恨みだ」

「アトラス交易」

とだけ加賀は言った。

「共栄会か」

「まさか」

加賀は吐き捨てると、不意に暗く寂しげな面差しとなって安房から目を逸らした。

「私は坂本雅彦の娘よ」

安房は息を止め、瞬《まばた》きすら忘れて加賀を凝視する。

「坂本……」

記憶を浚《さら》い、安房はいま凍結された記憶の彼方から一つの断片を拾い上げたようだった。その記憶はたちまち安房の体から力を奪い取り、怒りを耐え難い驚愕に代え、再び絶望のどん底に突き落とすに充分だった。

「そうだったのか……」

がっくりとソファに崩れ落ちた安房に、加賀は続けた。内面に渦巻いているはずの感情を抑制した、冷徹な響きだ。

「あなたはビジネスの原則を忘れてる」

安房は、体をぴくりと震わせた。

「ビジネスで対価を得られるのは、相手の幸せを実現するから。あなたは貧困の中から今の地位を築いた。そして二十年も前、最初の会社を興してそれを潰した。倒産の哲学を学んだかも知れないけど、同時にもっと大切なものをあなたは失った。それは、あなたが〝片手の安房〟の息子であったなら、きっと理解していただろう人の痛みに他ならない。あなたは独自の経営哲学を持っているし、勘のいい経営者でしょう。それにカリスマ性がある。だけど、今のあなたに、家族や、従業員や、取引先のために自分の腕を機械に入れるだけの思いやりと勇気があるかしら。あなたの哲学はとても土臭いけど、求めていたのは所詮、利己的な利益追求型の経営に過ぎない。目先の金を摑むのなら摑みなさい。だけどビジネスの原則を無視した金は、必ずその指からすり抜けていく。他人を不幸にし、そして最終的に、いまのあなたのように自分を不幸にするのよ」

安房の視線はピンで留められたように加賀に向けられ、やがて力なくすとんと床に落ちた。体を支えていた力が急速に失われ、ぐったりとした安房は、感情を映さぬガラス玉のようになった瞳をそっと天井に向けた。いま一匹の蛾が蛍光灯の周りを狂ったように舞い、放心した安房を揶揄するかのようにかすめ、背後へ消えた。

「蓋が閉じちまった」

安房がつぶやいた。問いたげな素振りを見せた麻紀に、安房は言った。

「オルゴールの蓋だ」

麻紀は理解できない、という顔になる。安房は目を閉じたまま続けた。加賀は、そんな安房をじっと見つめる。

「――三十年も前。俺はそれまで勤めていた会社を辞めて、ある会社を単身、創業した。裸一貫といえば聞こえはいいが、金には随分困ったものだ。ときにタバコ銭すら事欠く始末だった。金ってなんだ――その頃から俺は自問し続けてきた。いったい俺はなんのために働いているのか。これほどまでして手にしなければならない金に、どれだけの価値があるのかってね。いまあんたが抱いている疑問と同じだ。違うか」

麻紀は心情を言い当てられたことに驚き、目を見開く。加賀は、黙って聞いていた。

「ところが、やがて努力の甲斐あって、経済的に恵まれるようになると金を使う楽しさを覚えた。金は神のメロディだ。それが流れているときには至福を味わうが止まると味気ない現実に目覚める。オルゴールを巻いてごらん。ねじを巻く。さらに巻く、もっと巻く。蓋を開けると、神の曲が流れ出す。人はそれに酔い痴れ、満たされた幸福を感じる。金があるというのはそういうことだ。そして、いつかその蓋が閉じた途端、メロディが止まり、再びねじを巻く辛く苦しい作業だけが残る。曲を紡がぬオルゴールなどただの箱。これっぽっちも面白くもない、ただのがらくた。それを人生という。ここ十数年か鳴り続けた俺のオルゴールもどうやら、ついにねじが緩みきっちまったらしい」

「あなたは神様の曲をリクエストしたの？」

「そうさ。だが、天上のメロディは永遠に鳴り続けることはない。やがてそれは聞こえなくなり、至福のときが終わる。今、まさに──」

安房が微笑んだとき、「がん」という耳障りな音がして笑顔を凍りつかせた。安房の双眸にぱっと炎が灯り、やおら体を起こした。

「いかん」

ソファを立つと、どこにそんなエネルギーが残っていたのかと驚くほどの敏捷さで部屋を駆けだしていく。それを追った。廊下の突き当たりにあるドア、安房はそれに向かって突進していった。保管庫だ。広々としたスペースに出た途端、倒れたドラム缶と、流れ出した石油が視界に飛び込んできた。そこに須藤の姿があった。ドラム缶の内容物がコンクリートの床に散乱している。リチウムだ。

「須藤！」

安房が叫んだとき、ごうっという音とともに激しい火柱が上がった。リチウムが化学反応を起こしたのだ。その火力にあぶられ、安房の体が釘付けにされた。辛島は麻紀を背中に庇い、腕を目の前にかざして熱をさける。呆気に取られて遠巻きにしていた作業員が一斉に飛びすさり、たちまち、蜂の巣をつついたような騒ぎになった。加賀が、辛島の背後で呆然と立ちつくしていた。

「麻紀を連れてここから離れてくれ」

その加賀に、辛島は怒鳴った。炎はたちまち天井に迫った。音をたてて燃えさかる業火《ごうか》だ。独特の異臭、もうもうとたち上る黒煙に目が痛みだした。

気がついたとき、その炎のカーテンの向こうで、人影が動いていた。

安房正純だ。

倒れたドラム缶を摑もうとし、それを阻止しようとする須藤ともみ合う。無言の格闘だった。安房の両腕が炎に包まれている。決死の覚悟で駆け寄った作業員のひとりが上着を脱いで安房の炎をはたいた。その隙に、須藤がドラム缶に体当たりした。缶は激しく揺れ、滑らかな液体を飛び散らせる。須藤は再び体をぶつけていく。が、次の刹那、その体はドラム缶と一緒に床に倒れ込んだ。石油とリチウムの中に仰向けに転がった須藤が体を起こそうとしたとき、炎に塗《まみ》れた。

鋭く短い悲鳴が闇を衝いた。床を転がった須藤は、どさりと搬入口から一メートルほど下の地面に転落する。消火器を抱えた作業員が地面に飛び降り、白い消火液を須藤の体に吹きつけたが、ボロ雑巾のようになったその体は動かない。

「倉庫から出ろ！」

低く迫力のある声が辛島を正気に戻した。見ると、両腕を押さえ、苦痛に表情を歪ませながら、安房正純が消火器をひっつかみ、安全ピンを抜き放ったところだった。必死の面相で力を込め、ハンドルを握る。

燃え広がった炎の海に向かって、消火液が噴き出した。

だが、事態は一本の消火器でまかなえる範囲をとうに超えている。

消火液を使い果たしたとき、安房は悔しそうにそれを放り投げ、仁王立ちになった。火柱が噴き上げ、安房の大柄な体が藁人形のように飛ばされたのはそのときだ。熱風と炎の雨が降り注ぐのを避け、地面に突っ伏した辛島が再び顔をあげたとき、火の海に囲まれた安房正純が一旦は立ち上がろうとして、倒れ伏すのが見えた。

「安房！」

辛島は炎の中を無我夢中で駆けた。

俯せになった安房の頬を軽く叩く。かすかな反応があった。両肩の下に手を入れ、渾身の力で引っぱる。加賀が駆け寄ってきて、辛島に手を貸した。

「死んで欲しいわけじゃない。死んで欲しいわけじゃないのよ」

加賀は繰り返し言った。

二人で安房の体を倉庫の端まで引っぱり、地面に下ろす。ほぼ同時に小さな爆発が起き、地面につっ伏した辛島の背を熱風が舐めていった。

安全な敷地の端まで運び、仰向けにした安房の細く開いた瞼から瞳が覗いていた。その片側の頬はさらに火勢を増した倉庫の炎を赤く映している。

麻紀が携帯電話のボタンをプッシュしていた。

「救急車、呼んだから」

それから足下に横たわる安房正純を痛々しげに見た。「助かるといいけど」

麻紀は近くに横たわっている須藤にもちらりと視線をやり、そのあまりに悲惨な状態に目を逸らした。

そして、安房の傍らに膝をついて顔の汚れをハンカチで拭う。安房の頬は深く裂けていた。体の火は消したが、周囲には、衣服と肉の焦げる臭いがかすかに漂っている。

「しっかりして」

安房正純の傷ついていないほうの頬に麻紀は軽く触れる。

「しっかりしてるさ」

安房の唇が動いた。麻紀は呆れたような顔になった。麻紀の隣では加賀が、肩で息をしながら火の手を眺めている。

「燃えてるか」

空を見上げたまま安房は麻紀にきいた。どん、という鈍く太い音がして倉庫の一階廊下側に火の手が伸び、ガラスが砕け散った。もう手がつけられる状態ではない。

「派手にね」

「そうか」

安房は、燃えさかる音と熱気をその全身で感じている。

「この倉庫を持つまで、十年かかった。その頃は、たんまり在庫を抱えて、いい商売してたんだ」

「あまり話さないほうがいいよ。体力使うから」

麻紀はそう安房に忠告する。

安房は再び瞼を開け、自分を見下ろしている麻紀の顔に焦点を当てる。

「なんで助ける。殺したい程、憎いだろうに」

「憎いわ」

麻紀は平然と言った。

「だから私はあなたに罰を与えることにしたのよ。あなたにとっては死ぬよりも、破産者として償いをすることのほうがずっと辛いでしょう。だから、あなたを助けるのよ」

安房は放心し、じっと麻紀を見上げていた。倉庫の天井に穴を開けた火の手が天を焦がし、それは安房の濡れた瞳の中でも燃えている。辛島の傍らでは、業火に魅せられてしまったかのように、加賀が立ちつくしている。

遠くからサイレンの音が近づき、ボリュームを上げながら山を登ってゲートから敷地内に入ってきた。無駄とわかっている消火活動の最中、到着した救急車にストレッチャーで運び込まれるときも、安房は身動きひとつせず、口を噤んだまま夜空の一点に目を凝らしていた。オルゴールを見ているのだと辛島は思った。色も形もわからないが、蓋が閉まり、ただ巻かれるのを待っているだけのオルゴールを、安房正純は見ているのだ。

慌ただしい消火作業が終わった後、加賀は敷地の端に立ち、安房が見つめていたのと同じ空をぼんやりと見上げている。辛島はトロッコが二台並んでいる線路に腰を下ろした。麻紀も隣に座り、大きなため息をつく。

「私には、オルゴールなんて見えないよ」

麻紀は、抱えた両膝の間に顔を埋めた。嗚咽が洩れた彼女の肩を抱きながら、白々と明け始めた東の空で星が次第に輝きを失っていく。その様を辛島は長く見つめ続けた。

7

レバーを押すと、トロッコは不機嫌そうに揺れ、するすると動き始めた。夜明け前、東の空をわずかに曙光がさす渓谷を、辛島と麻紀、そして加賀の三人を乗せたトロッコが走る。

麻紀も加賀も虚脱した表情で狭いトロッコの木枠に腰かけ、ぼんやりと物思いに耽《ふけ》っている。辛島はトロッコの最後部にもたれかかり、体の芯から押し寄せてくる極度の疲労、そしてどうしようもない切なさと必死に闘っていた。

こうなるより他なかったか、という思いは悔恨や苦痛を伴って幾重にも辛島の心に押し寄せてくるのだが、いくら考えあぐね悩み抜いたところで所詮、過去は過去、起きてしまった現実を変えることはできない。どんな知恵も、後出しでは意味もない。タイミングを逸したら価値を無に帰すものもある。過去というものには、意味はあっても現実的な価値はなにもない。価値があるのは現在と未来だけだ。

辛島は思考を向けるべき時間のベクトルを百八十度転換し、だとするといまゼロか、とぼんやり悟った。すると急に体のあちこちを固くしていた力が抜け、陰鬱な気分が少し晴れたようだった。眼下に注意を払う余裕が生まれ、おのおの勝手な物思いに耽っている麻紀と加賀に「見ろよ」と促す。

遥か眼下を流れる木曽川の渓谷を朝靄が埋め、遠方に望む田神町と上空に広がる藍色の空は、まるで透明な輝けるドームに包まれた別次元の町に見える。だが、辛島にとって田神町は、それ以上のどんな想像の楔を打ち込む余地もないほど極めて現実的な存在でもあった。

「あの町には人がいるんだ。絶望と失意のどん底でうごめいてる人がいるんだよね」

麻紀がつぶやいた。

「怖いか」

「いいえ」

風に髪をたなびかせている麻紀は、その冷たさに首を竦めている。「私はこの目で確かめたい。どんな事実も結果も、自分の目で見届けたいのよ。前にそう話したことあるよね」

辛島は力強く頷いた。それでいい。どんなにつらくても苦しくても、避けて通ってはいけないことがある。はっきりと自分の目で観察し、何かを感じなければ、一生後悔してしまうことだってある。トロッコは山肌を縫い、微妙に角度を変えながら田神町に近づいていく。鋼鉄の車輪がレールを嚙み、枕木を踏む度に鳴る規則的なリズムが辛島のほころびた神経に染みわたり、勇気を授け、さらに緊張で凝り固まった気分をほぐしてくれるようだった。

靄が濃くなってきた。木々と濡れた岩肌に囲まれた山あいにトロッコが入ったからだった。両側に突き出した岩の間を抜け、左に曲がると緑色の芝と木こりでも住んでいそうな小さな小屋が見え、レールはその手前で弧を描いて終点となる。

辛島はレバーを引いてブレーキをかけ、スピードを調整しながら操車場の待避線の端でトロッコを停めた。麻紀はひらりと身軽な動作でトロッコから飛び降り、両手を腰に当てて静かになった田神亜鉛の本社屋を見上げる。

辛島は、加賀が降車する手助けをした。

「これからどうする」

加賀は背後の建物を目で指した。

「戻るわ。私はまだ仕事が残っているから。マネーロンダリングに関する経理資料を集めなきゃならない。自分の身は自分で守らないと。共栄会は馬鹿じゃない」

「大丈夫なのか」

加賀はふと考え、どうかな、と言った。

「危なくなったら助けてくれるの」

「連絡、待ってる」

加賀は笑みを浮かべ、右手を差し出した。そのか細い指のどこからわき出してくるのかと思うような力強い握手を交わすと、加賀はゆっくりと森につけられた小径を上っていく。

「行っちゃったか」

麻紀は、辛島の背中をぽんと励ますように叩いて歩きだす。ゆっくりと踵を返した辛島が足を止めて再び振り返ったとき、加賀翔子の姿はすでになかった。微かに響くヒールの音が次第に小さくなり、やがてそれも聞こえなくなると、代わりに木立の静寂と圧倒的な草木の息吹が辛島の心にぽっかりと空いた穴にこぼれ落ちてきた。


二十分後、廃墟の町を辛島は歩いていた。

足下に散らばるガラスや小石を踏みしめながら上る天神坂通りには、つい昨日まで存在し人々の生活を担っていた産業の残骸が散らばっている。割れた窓ガラス、横転した商用車、道路にまで散乱している書類。まるで凄まじい嵐が通り過ぎた後のような凄惨な様子に辛島は言葉を失い、道ばたで茫然と立ちつくしている人たちと一緒に泣きたい衝動に駆られた。

そんな町にも朝はやってくる。

朝焼けの空。東の空から差し込む朝陽が割れた窓ガラスを無秩序な美しさに染め上げ、崩壊の残滓をただ眺め続けるしかない人々の沈黙を残酷に演出し始めた。

ひときわ高い須藤鉱業のビルがそそり立つ様は、箱庭のような町の経済圏で演じられた荒唐無稽な狂騒を一層際だたせていた。思わず蹴り上げたガラスの破片は、路傍のコンクリート塀にぶつかって耳障りな音をたてた。

屋根の低い工場群と零細企業がそれぞれの役割を担い、相互に機能して造形してきたものは一体何だったのか。ちっぽけな町の経済の闇で流通し、苦悩と悲嘆という負の利息を生みながらついに紙切れと化した田神札、それに翻弄され続けた人々の生活とは何だったのか。

安房正純は、倒産は人の死ではない、と言った。

それは真理である。だが、ひとりの人としてこの絶望的な状況からどんな未来図を描けばいいのか、辛島は懊悩する。無ではない、マイナス。投げ出したくなる程の負の遺産。それを背負わなければならない人たちにどんな未来を創造しろというのか。人間にそれほどの力があるのか。

麻紀は様々な物の散乱する坂道を見上げた。

「いろいろな破片があるのね――どれも今まで何かの役割を担ってきたものばかり。こんなにたくさんの物を人は、作って売って買って、生活を成り立たせていたんだ」

食堂「かっちゃん」の前に、一人の少年がパジャマ姿のまま膨れっ面で立っていた。貴之だ。近くまで行き、怒っているのではなく、泣いているのだと知った辛島は胸を打たれた。

辛島は少年が背にしている割れたショーケースを見て、道路に転がりだした蠟細工の丼をそっと拾い、ケースの中に戻した。

辛島は無言で少年の肩を抱いた。

開いたままの扉から、テーブルと椅子がひっくり返り、ひどい有様の店内が見える。明かりはなく、ひっそりとしていた。

「ゴンはどうした」

辛島は昨日見た扉の開いたままのゴンの小屋を思い出してきいた。ゴン。少年が涙声で犬の名を呼ぶ。小さな体が奥の厨房から飛び出し、ガラスの破片で埋まった道路の端まで来ると問いかけるように貴之を見上げる。貴之はその毛むくじゃらの子犬を抱き上げ、獣の臭いのする小さな背に頰を埋めた。

「もう終わったんだ。終わったんだよ」

辛島は肩を抱く腕に力を込めた。

天神坂通りから仕舞屋の並ぶ町並みを歩いて、東木曽銀行の前まで行くと、滝川がひとり、駐車場のフェンスにもたれかかってタバコをふかしていた。

近づいてくる辛島と麻紀に気づいて火をもみ消し、疲労と睡眠不足で土色になった顔に無理矢理笑みを浮かべ、これからどうされるんです、ときいた。

それはむしろ辛島が滝川に向けたい質問だった。

これからどうするのか。この町はどうなるのか。

簡単に結論の出る問題ではない。

「わかりません」

そうですか、と滝川は言い、そうでしょうねえ、とつけ加えた。

いますぐ全てを決めなくても、一つ一つやり遂げていけばいい。焦らなくても、もう何も逃げはしない。全てを失えば、後は得るものしか残っていない。辛島は滝川に別れを告げると、車を路駐したままの川沿いの道へ向かって麻紀と一緒に歩きだした。

8

それから半年たった時点で辛島が知り得た様々な情報を順不同で紹介しておく。

まず、黒沢金属工業の処遇について。辛島から見ても様々な問題が山積していたが、一番の焦点となったのは「否認」についてだった。東京シティ銀行は、田神亜鉛から振り込まれた五十億円もの資金で黒沢金属工業の借入金を回収するという強硬手段に出た。しかし、信用不安のある会社に対してひとりの債権者が単独で行ったこのような〝抜け駆け〟行為が、破産管財人により、後日取り消される可能性も残されていた。これを「否認」という。

無論、同行が「否認」を想定していなかったはずはない。それでも債権回収を強行する背景には、どうせ取りはぐれるものであれば「否認されなければ儲けもの」という駄目もとの発想がある。金融機関だけでなく、辛島が所属していた総合商社のような大手企業であっても貸出先や販売先の破綻に際して、このような債権回収手段に出ることは珍しくない。否認されれば、回収した形になっている黒沢金属工業への貸付金が元の形に戻るが、そうならなかった場合のメリットは計り知れないからだ。

しかも、黒沢義信が東京シティ銀行に差し入れていたはずの連帯保証書はそのままになっていて、もし黒沢金属工業からの債権回収が無効となった場合、復活した借金の請求先は、当然に連帯保証人となる。その場合、黒沢は数億円の借金を抱えてしまうという事情もあった。

この問題について、倒産から三ヵ月後、破産管財人の判断が下された。東京シティ銀行はこの五十億円のうち、六億円を黒沢金属工業に対する債権と相殺、さらに残額を田神亜鉛に対する名古屋支店の債権と相殺したが、後者についてのみ否認され、田神亜鉛の資産として差し戻された四十数億の資金は清算状況に合わせた配当として債権者に分配されることになった。破産管財人がそう判断した理由は定かでないが、債権回収の現場においては結果が全てであり、そうなる過程、理由ないし根拠は何ら意味がない。ここでは金が全てである。世の中にはびこる価値観の凝縮がここにはある。また、債権回収のゲームに勝者はいない。

安房正純は破産し、その個人資産も田神亜鉛の巨額負債に対する連帯保証債務を負うため競売に付されることになっている。一方、刑事事件としての捜査も開始され、年末までに民事刑事両面での訴訟が多数起こされるに至った。田神札を握った人々への補償問題は宙に浮いたまま、現時点で結着の見込みはない。その後の調査により、田神札の流通総額は約五十六億円に上ることが分っている。

田神協力会の内、約八割の四十社が倒産、その下請け企業の約半分が倒産ないし、深刻な打撃を受け、経済的理由により三人が蘇水峡から身を投げて死んだ。そのうちの一人は、全身やけどを負いながらも生還した須藤であったが、須藤の水死体は結局、あがらずじまいのまま捜索は打ち切られた。

蛇足ながら、その年、田神町役場が統計をとった『田神町町勢要覧』によると、田神町の経済規模は約三分の一に減少し、安房正純という盟主が君臨した企業城下町はいまや完全に消滅したといってよい。

黒沢義信は一ヵ月後に退院し、出資者を得て再び会社を再興することが決まっている。そのおかげで黒沢麻紀の転校は白紙にもどり、辛島をほっとさせた。麻紀は再び、将来を見つめる生活を手に入れたのだ。ただし、この一連の事件で独立心の強さに磨きがかかり、扱いにくい生徒という評判はますます強固になった。麻紀は、辛島が側にいても話しかけてはこないし、話しかけてもそっけない応えを返してくる。だが、時々、辛島が気づくまでじっと熱い視線を向けていることがある。あれから麻紀が辛島の部屋を訪ねてきたことはない。

年明け、黒沢義信と恭子は、正式な離婚手続きをとった。離婚の事実は黒沢義信からの電話で知ったが、それについて黒沢麻紀はいまだ一言の感想も述べていない。

牧村商会は二度目の不渡りを出して倒産、会社経営を諦めた牧村は、コネを頼って近隣市内にある機械メーカーの営業職についた。辛島はそれを牧村から届いた一通の挨拶状で知った。「社長より、社員のほうが余程楽しい」と書いてあったのが印象的だった。これはたぶん、本音だ。

その牧村の話では貴之少年の食堂「かっちゃん」は事件後間もなく営業を再開したという。扇屋旅館はなんとか持ちこたえたが、天神坂通りの老舗「かわ田」は七十五年の歴史を閉じた。

加賀翔子からは何の連絡もない。佐木の情報によると、加賀は日本とアメリカで経営していた会社を清算し、自身はニューヨークにある大手コンサルタント会社の管理職におさまったという。加賀もまた新しい人生を踏みだした。

とはいえ、一連の事件で演じられた加賀の役割が正当化されたわけではない。加賀もまた不正の一端を担ったことに変わりはなく、過去を清算することで、また別の因果を背負い込んでしまったのではないか。それとどう向き合い、気持ちの整理をつけていくのか。償いをするのか。それはこれから加賀自身が解決すべき人生の課題になる。

福村彰が、右腕だった成田一己と共に逮捕されたのは、九月の終わり。関東共栄会という組織は実質的に壊滅し、アトラス交易は十月末に不渡りを出して倒産した。

田神亜鉛の倒産で巨額の不良債権を抱えた東木曽銀行は、ライバル地銀の救済合併を受け入れることになった。十月の第二週、全快した牧村の招きで、田神亜鉛の倒産以来初めて田神町を訪問した辛島は、偶然にもその看板の取り外し作業を麻紀とともに目撃した。

建物の脇にクレーン車が横付けされ、東木曽銀行の看板が慎重に降ろされる。やがて白布にくるまれたままの新しい看板が建物に取りつけられたとき、見守っていた人たちの間からまばらな拍手が起きた。

解説

杉江松恋

まず最初に告白しておかなければならない。池井戸潤は私の大学の先輩である。しかも、慶應推理小説同好会の先輩でもある。いわば先輩中の先輩なのである。

告白の訳《わけ》は、「どうせ仲間褒めだろう」という批難に備えるためである。目一杯持ち上げておいて、実は先輩後輩の間柄だった、と後からバレるのはいかにも格好悪いではないか。そういう批難が出ることは覚悟の上で敢えて書く。『架空通貨』は天下に紛れのない大傑作である。新人作家の長編第二作としては飛び抜けた出来であるし、それどころかミステリー史の里程標《りていひょう》に残るべき大傑作である。……大風呂敷が過ぎるって？　では、仲間褒めだと思って後の解説は話半分に読んでください。それでもいっこうにかまわないのだ。

一九六三年生まれの池井戸は、八八年には大学を卒業し三菱銀行（当時）に入行した。同行を九五年に退職し、コンサルタントとして再出発する。業務のかたわら数冊のビジネス書を執筆し、さらに九八年に銀行を舞台にしたミステリー『果つる底なき』で第四十四回江戸川乱歩賞を受賞、作家デビューを果したのである。同時受賞は福井晴敏『Twelve. Y. O.』（私は池井戸とほぼ入れ違いに大学に入学したが、十年後のこのとき初めて「池井戸潤」が同門の大先輩であることを知った）。

『果つる底なき』は、池井戸にとって八八年の『サーキットの死』、九七年の『神が殺す』（最終候補作）に続く三度目の乱歩賞挑戦作である。金融不安で注目を集めていた銀行を舞台にした作品として、選考委員の評はおおむね好意的であった。中でも印象に残るのは、高橋克彦の「本格でもなければ、探偵ものでもなく、警察ものでもない。新しい分野の小説としか言い様がない」の評言だろう。僭越ながらその本意を代弁させていただくと、既存のミステリーのジャンル分けにきちんと収まりきらない「感じ」がして、なんとなくもやもやする、くらいの意味か（おそらく福井の受賞作からも同様の印象を受けたはずだ）。実はこの収まりの悪さに作家の秘密が潜んでいたのであるが、当時は誰もそんなことには気づかない。ただ素材のおもしろさから、「銀行ミステリー」という看板が先行して流通してしまったのである。作家にとって本意か不本意かはわからないが、その時点で「池井戸潤＝銀行ミステリー」というイメージが定着した。

乱歩賞作家は受賞後の長編第一作を一年以内に発表するのが通例である。ところが、池井戸の次回作は翌年の九九年には出なかった。翌々年の二〇〇〇年三月にまでずれ込んだのである。池井戸が執拗に手を加えたためだ。インタビューで「最初に千二百枚書いた後、全部捨てて、新たに八百枚書きました。その後も初校時に三百枚書き足してその分元《もと》を削《けず》るようなことをしていますから、形になった枚数の何倍も手がかかっています」（「ダ・ヴィンチ」二〇〇〇年六月号）と語っているとおり、新人作家なら誰もが直面する「二作目のジンクス」に徹底した書き直しという手段で挑戦し、見事に打破したのだ。それが本書『架空通貨』（初出時『M1』）という作品である。

当時私は、池井戸潤という作家に特別の思い入れもなく（失礼！）本書を読み始めたのだが、たちまちこれが居住まいを正して読むべき小説であることを思い知らされた。第二章半ば、前半四分の一が経過した一〇〇ページがその地点である。こんな題材を扱った小説は稀有である。少なくともミステリーのジャンルでは他の例を探す方が困難だろう。緊張しつつ続く第三章第四章を読み進めるうちに、稀少な題材を扱っているだけではなく、その題材を加工する手つきもまったくなじみのないものであることがわかってきたのだ（おそらく高橋克彦が『果つる底なき』を読んだときも同じ感覚を味わったのだろう）。めったにないことだが、私は興奮した。それが極限に達したのは最終章の第六章、三八二ページにおいてである。池井戸は、こういう文章で段落を書き始めている。「これほどまでに不気味な騒擾《そうじょう》を辛島は知らない」――。この文章を目にした瞬間、私は本書がこれまでに書かれたことのない、異世界の幻想を見るかのようなフィナーレを迎えるであろうことを悟った。一人で力瘤《ちからこぶ》を入れていても仕方がない。簡単にあらすじを書いておこう。元商社マンで信用調査部に籍を置いていた辛島武史は、自社のリストラ方針に嫌気がさして退職し、現在は私立高校の社会科教師として奉職している。ある夜、彼が副担任を務めるクラスの黒沢麻紀という生徒が、辛島のマンションを訪ねてきた。辛島はその態度に不審の念を抱くが、翌日彼は麻紀の父が経営する黒沢金属工業が第一回目の不渡りを出し、そのため麻紀の転校届が提出されたことを知るのである。翌月の決済日には第二回目の不渡りが出て会社が倒産することは間違いなく、麻紀の家族は多額の借金を抱えることになる。黒沢家を訪ねた辛島は、麻紀が会社を救うために田神亜鉛という会社を単身訪問しようとしていることを知る。田神亜鉛から黒沢金属工業に押し付けられた社債七千万円の期前償還が実現すれば、会社は倒産を免れるからだ。教え子のひたむきな思いに打たれた辛島は、麻紀の後を追い、東京から四百キロ離れた田神町を目指すことにする。田神町——、田神亜鉛の関連需要が町の経済を左右する、事実上の田神亜鉛の城下町である。

　ここまでで四九ページ。本書本来の味わいを（初読時の私のように）楽しみたければ、これ以上の予備知識は何も頭に入れず、すぐに本文を読み始めるべきである。だが、これだけの情報では、と尻込みしてしまう読者も多いだろう。その方々のために、できるだけ興趣を削《そ》がない形で以下に本書の押さえておくべきポイントを羅列しておこう。

まず注目すべきは「黒い町」田神市の描かれ方である。亜鉛産業一色に塗りつぶされたこの街を、主人公の目を通して作者は次のように描写している。「いま目の前にあるのは、鈍《にび》色《いろ》の屋根と煙突の煙で黄色くなった空、そして工場排水で濁った川ではないか。(中略)ここは黒い町だ。町全体が亜鉛になってしまったような煤《すす》けた町だ」(六三ページ)。そして町の人々の挙動は、辛島の胸中に疑念を呼び覚ます。よそ者には理解できない、不審な行動をとっていたためだ。

この段を読んだとき、突飛な連想かもしれないが「インスマウスの影」が思い浮かんだ。一九三一年に怪奇小説作家ラヴクラフトによって書かれたこの小説は、気まぐれからニューイングランドの港町インスマウスを訪れた男が遭遇した恐怖を描く小説である。周囲の町ではまったく獲れない魚介類がなぜか多量に収穫できるこの町は、ダゴンという魔神崇拝教団に支配されているという。町の人口は年々減少する一方だが、奇妙なことに他の町との交流は一切なく、嫌われ、孤立している。インスマウスを訪問した主人公は、パノラマを見たときから、町にそびえる三つの尖塔の「上のところが崩れ落ちており、ほかの二つの塔には、前に時計の文字盤が付いていたにちがいない穴がぽっかり黒い口だけをあけていた」様子や、「町の屋根は、大部分、落ちくぼんでいる」さまに不吉の影を感じ、町の人々の所作《しょさ》挙動が「いままで、特に恐怖や憂鬱の念に圧倒されながら読んだ本のなかで見かけた姿に似ている」ことに嫌悪を感じるのである（大西尹明訳に依る）。

結局この感覚には根拠があり、そのために主人公は未明に大脱出劇を演じるはめになる。町はダゴン秘密教団によって、ある恐ろしい支配をされていたからだ。三一年のアメリカは大恐慌の影響もあり、人心は荒廃しきっていた。国家の縮小形ともいえる地方都市では富の集中による階層化と貧困がもたらした腐敗とが極度に進行しており、ストライキなどの労働争議が頻発したのもこの時代である。ラヴクラフトはたぶんそのような意識はなかったものと思われるが、彼の描いたインスマウスはそういった腐敗構造の戯画となりえていたのである。ラヴクラフトに先立ってダシール・ハメットが二四年に「悪夢の街」という中篇でハードボイルド版「インスマウスの影」とでもいうべき物語を書き、翌二五年にはコンティネンタル・オプものの短編「新任保安官」で腐敗した町に乗り込んだ探偵の活躍を描いている。これらは言うまでもなく二九年のハメットの長編『赤い収穫』として集大成されるのである。『架空通貨』のテイストは、この両作家が描いた「未知の町の不安」と「構造的腐敗」の二つの要素を受け継いだものなのである。

この「構造的腐敗」を丹念に明らかにしながら進行していくのが中盤の展開である。田神市が落ち込んだ泥沼を表現するため、作者は何人かの戯画的人物を点景として取り込んでいる。たとえば「両替屋」だ。自分の破滅を避けるため、他人を、しかも昔世話になった恩人の家族などを食い物にして生き延びるこの登場人物は、一二九ページで初めて姿を現す。この小説は悲劇の進行を冷静に描くために群像劇の形をとっており、登場人物は比較的多いのだが、それでも興味が分散せずに結末の一点に向けて収斂《しゅうれん》していく堅固な構成になっているのは、主人公辛島の視点が明確であることと、この両替屋のような戯画的人物によるアクセントがうまいためであろう。

構造的腐敗の諷刺劇には、たとえば一八三六年のゴーゴリ『検察官』がある（大風呂敷の広げすぎだって？　いやいやロシアだけに大ピロシキを広げてみました）。首都からの検察官到来に怯《おび》える町の人々の混乱に乗じて、青年フレスターコフが甘い汁を吸う戯画喜劇であるが、登場人物たちの際立ったデフォルメが笑いを呼ぶ。この戯曲では、ある一言によって一同が自らの破滅を知り、石像のように突っ立って無言（一分半ほどの）のまま幕切れを迎えるのであるが、本書の静かで退潮的な幕引きはその味によく似ている。登場人物一人一人の退散の仕方も、十分に皮肉が利《き》いてみじめであり、かつひねくれた笑いを誘うのだ。人間たちのみじめな喜劇という点では国産ミステリーの中より、むしろ安部公房『飢餓同盟』や獅子文六『てんやわんや』といった小説の方に親和性がある作品である。

さて、小説は先述したとおり第六章に思わぬ転回点を迎えて終局に至るのだが、凄絶な内容を詳述するのはさすがに野暮だからやめておこう。騒擾の果てに、読者は田宮虎彦「落城」や高橋和巳『邪宗門』のような荒涼とした終景に導かれる。そこで初めて肉声を発するのが、これほどの事件の張本人である田神亜鉛の主・安房正純である。権力の階梯《かいてい》を駆け上ったこの人物が最後に発した狂態は、ある人物に驚くほどに似通っている。ジョーゼフ・コンラッド『闇の奥』で密林の中に巨大な帝国を築いた独裁者・クルツ（フランシス・コッポラ監督『地獄の黙示録』でおなじみだ）である。クルツが末期の瞬間に示した魂の暗黒面ともいえる狂態は、安房のものでもある。人間の卑小さ、醜さがひしひしと伝わってくる。

以上、意識的に物語の鍵となる設定から離れて解説を進めてきたが、一応簡単に触れておこう。安房正純の田神亜鉛が田神町を支配している手段とは、「通貨」である。古来より通貨には「公鋳貨」と「私鋳貨」があり、市場でそれぞれ流通してきた。簡単に考えれば政府の通貨である「公鋳貨」が正で「私鋳貨」が偽なのだが、必ずしもそうとは限らない。たとえば中世においては質の悪い「公鋳貨」よりも、大陸渡来の宋銭《そうせん》・明銭《みんせん》といった「私鋳貨」の方が貴《たっと》ばれたという例もあるからだ。要はその通貨に価値の権威づけが見出されるか否かに「良貨」と「悪貨」を区別する根拠があるのだが、歴史上ではその権威がないところで無理に「私製通貨」が造幣された例もある。たとえば旧日本軍の「軍票《ぐんぴょう》」がそうだし、西南戦争時に西郷隆盛が撒《ま》いた「西郷札」がそうである。それぞれ「悪貨」として住民間で押し付け合いが始まり、最終的に多量の「悪貨」を摑んだものが破滅を迎えたという。安房はこれに似た手法で町を支配していくのだが、詳しくは本文を。ちなみに本書の原題である「M1」とは、狭義のマネーサプライを意味する記号で、現金と預金の総量を示している。

本書の後、池井戸は銀行を舞台にした短篇集・連作短篇集を立て続けに発表している。『銀行狐』『銀行総務特命』（ともに講談社）、『仇敵』（実業之日本社）などの作品だ。だが、それをもって池井戸を「銀行ミステリー」の一言のみでくくってしまうのは明らかに間違いである。たとえば『銀行総務特命』には、対立する行内部門間での権力闘争という背後に隠れたテーマがあるが、これなどは冷戦体制下のスパイ小説で集中して書かれた題材を銀行という舞台に移し替えたものといってもよい。また、『果つる底なき』の解説で郷原宏が指摘しているように池井戸の書く主人公にはハードボイルド小説のヒーローたちが体現してきた、ストイックな精神が宿っている。それがもっとも象徴的に表れているのが、自身を破滅させた巨悪との闘いを描く『仇敵』だろう。他にも『MIST』（双葉社）は本書を思わせる地方都市を舞台にした警察小説であるし、二〇〇三年六月にはまた新展開の長編が発表される予定である。「新しい分野の小説としか言い様が無い」とした高橋克彦の評言はある意味大当たりであったといえるだろう。銀行は人間の力の象徴である「金」が集まる場所であり、それゆえに銀行を舞台とすることでさまざまなドラマに直面することができる。池井戸の今後の戦略は、銀行を中心とした同心円の円周をゆるやかに拡げつつ、次第に大きな物語に挑戦していくことに違いない。その大「小説」の第一歩が本書なのである。

本書は、二〇〇〇年三月に刊行された『M1』（講談社）を改題いたしました。

|著者|池井戸 潤　1963年、岐阜県生まれ。慶應義塾大学文学部・法学部法律学科卒。1988年、三菱銀行（当時）に入行。1995年、同行を退職。コンサルタント業の他、ビジネス書の執筆を手がける。1998年、『果つる底なき』（講談社文庫）で第44回江戸川乱歩賞、2010年、『鉄の骨』（講談社）で第31回吉川英治文学新人賞を受賞。著書に『銀行狐』『銀行総務特命』『仇敵』『BT'63（上）（下）』『不祥事』『空飛ぶタイヤ（上）（下）』（以上、講談社文庫）、『MIST』『銀行仕置人』（ともに双葉文庫）、『株価暴落』『オレたちバブル入行組』『シャイロックの子供たち』（以上、文春文庫）、『オレたち花のバブル組』（文藝春秋）などがある。

架空通貨《かくうつうか》

池井戸《いけいど》 潤《じゅん》

2003年 3 月15日第 1 刷発行
2010年12月15日第 8 刷発行

発行者――鈴木 哲
発行所――株式会社 講談社
東京都文京区音羽2-12-21　〒112-8001
電話 出版部 (03) 5395-3510
　　 販売部 (03) 5395-5817
　　 業務部 (03) 5395-3615

Printed in Japan

講談社文庫

定価はカバーに表示してあります

デザイン―菊地信義
製版――豊国印刷株式会社
印刷――豊国印刷株式会社
製本――株式会社若林製本工場

ISBN4-06-273679-9

講談社文庫刊行の辞

二十一世紀の到来を目睫に望みながら、われわれはいま、人類史上かつて例を見ない巨大な転換期をむかえようとしている。

世界も、日本も、激動の予兆に対する期待とおののきを内に蔵して、未知の時代に歩み入ろうとしている。このときにあたり、創業の人野間清治の「ナショナル・エデュケイター」への志を現代に甦らせようと意図して、われわれはここに古今の文芸作品はいうまでもなく、ひろく人文・社会・自然の諸科学から東西の名著を網羅する、新しい綜合文庫の発刊を決意した。

激動の転換期はまた断絶の時代である。われわれは戦後二十五年間の出版文化のありかたへの深い反省をこめて、この断絶の時代にあえて人間的な持続を求めようとする。いたずらに浮薄な商業主義のあだ花を追い求めることなく、長期にわたって良書に生命をあたえようとつとめるところにしか、今後の出版文化の真の繁栄はあり得ないと信じるからである。

同時にわれわれはこの綜合文庫の刊行を通じて、人文・社会・自然の諸科学が、結局人間の学にほかならないことを立証しようと願っている。かつて知識とは、「汝自身を知る」ことにつきていた。現代社会の瑣末な情報の氾濫のなかから、力強い知識の源泉を掘り起し、技術文明のただなかに、生きた人間の姿を復活させること。それこそわれわれの切なる希求である。

われわれは権威に盲従せず、俗流に媚びることなく、渾然一体となって日本の「草の根」をかたちづくる若く新しい世代の人々に、心をこめてこの新しい綜合文庫をおくり届けたい。それは知識の泉であるとともに感受性のふるさとであり、もっとも有機的に組織され、社会に開かれた万人のための大学をめざしている。大方の支援と協力を衷心より切望してやまない。

一九七一年七月

野間省一

稲葉　稔　武者とゆく
稲葉　稔　闇夜の義賊〈武者とゆく(二)〉
稲葉　稔　真夏の凶刃〈武者とゆく(三)〉
稲葉　稔　月夜の始末〈武者とゆく(四)〉
稲葉　稔　陽月の契り〈武者とゆく(五)〉
稲葉　稔　武士の約定〈武者とゆく(六)〉
稲葉　稔　夕焼け雲〈武者とゆく(七)〉
稲葉　稔　大江戸人情花火
井村仁美　アナリストの淫らな生活〈ベンチマーク〉
池内ひろ美　リストラ離婚〈妻が・夫を・捨てたわけ〉
池内ひろ美　読むだけで「いい夫婦」になる本
いしいしんじ　プラネタリウムのふたご
伊藤たかみ　アンダー・マイ・サム
池永　陽　指を切る女
池永　陽　雲を斬る
井川香四郎　冬の蝶〈梟与力吟味帳〉
井川香四郎　日照り草〈梟与力吟味帳〉
井川香四郎　忍《すい》冬《かずら》〈梟与力吟味帳〉
井川香四郎　花《はな》詞《ことば》〈梟与力吟味帳〉

井川香四郎　雪の花火〈梟与力吟味帳〉
井川香四郎　鬼《き》雨《う》〈梟与力吟味帳〉
井川香四郎　科《しな》戸《と》の風〈梟与力吟味帳〉
井川香四郎　紅《くれない》の露〈梟与力吟味帳〉
井川香四郎　側《そく》隠《いん》の灯《ひ》〈梟与力吟味帳〉
伊坂幸太郎　チルドレン
伊坂幸太郎　魔王
岩井三四二　逆ろうて候
岩井三四二　戦国連歌師
岩井三四二　銀閣建立
岩井三四二　竹千代を盗め
岩井三四二　村を助《たす》くは誰《た》ぞ
絲山秋子　逃亡くそたわけ
絲山秋子　袋小路の男
絲山秋子　絲的メイソウ
石黒　耀　死都日本
石黒　耀　震災列島
石井睦美　レモン・ドロップス
石井睦美　白い月黄色い月

犬飼六岐　筋違い半介
犬飼六岐　吉岡清三郎貸腕帳
石川大我　ボクの彼氏はどこにいる?
石松宏章　マジでガチなボランティア
内田康夫　死者の木霊《こだま》
内田康夫　シーラカンス殺人事件
内田康夫　パソコン探偵の名推理
内田康夫　「横山大観」殺人事件
内田康夫　漂泊の楽人
内田康夫　江田島殺人事件
内田康夫　琵琶湖周航殺人歌
内田康夫　夏泊殺人岬
内田康夫　平城山《ならやま》を越えた女
内田康夫　「信濃の国」殺人事件
内田康夫　鐘
内田康夫　風葬の城
内田康夫　透明な遺書
内田康夫　鞆《とも》の浦《うら》殺人事件
内田康夫　箱庭

講談社文庫 目録

内田康夫　終幕のない殺人〈フィナーレ〉
内田康夫　記憶の中の殺人
内田康夫　御堂筋殺人事件
内田康夫　北国街道殺人事件
内田康夫　蜃気楼
内田康夫　「紅藍の女」殺人事件
内田康夫　「紫の女」殺人事件
内田康夫　明日香の皇子
内田康夫　藍色回廊殺人事件
内田康夫　伊香保殺人事件
内田康夫　不知火海
内田康夫　華の下にて
内田康夫　博多殺人事件
内田康夫　中央構造帯
内田康夫　黄金の石橋
内田康夫　金沢殺人事件
内田康夫　朝日殺人事件
内田康夫　湯布院殺人事件
内田康夫　釧路湿原殺人事件

歌野晶午　ROMMY〈越境者の夢〉
歌野晶午　正月十一日、鏡殺し
歌野晶午　死体を買う男
歌野晶午　放浪探偵と七つの殺人
歌野晶午　安達ヶ原の鬼密室
歌野晶午　長い家の殺人
歌野晶午　白い家の殺人
歌野晶午　動く家の殺人
歌野晶午　密室殺人ゲーム王手飛車取り
歌野晶午　新装版　リトルボーイ・リトルガール
内館牧子　あなたが好きだった
内館牧子　切ないOLに捧ぐ
内館牧子　ハートが砕けた！
内館牧子　BU・SU〈すべてのプリティ・ウーマンへ〉
内館牧子　別れてよかった
内館牧子　愛しすぎなくてよかった
内館牧子　あなたはオバサンと呼ばれてる
内館牧子　愛だからいいのよ
内館牧子　養老院より大学院
内館牧子　愛し続けるのは無理である。

内館牧子　食べるのが好き　飲むのも好き　料理は嫌い
宇都宮直子　人間らしい死を迎えるために
薄井ゆうじ　竜宮の乙姫の元結の切りはずし
薄井ゆうじ　くじらの降る森
宇江佐真理　泣きの銀次
宇江佐真理　〈おろく医者覚え帖〉深川恋物語
宇江佐真理　室梅
宇江佐真理　〈髪結い伊三次捕物余話〉紫紺のつばめ
宇江佐真理　涙堂〈琴女癸西日記〉
宇江佐真理　あやめ横丁の人々
宇江佐真理　卵のふわふわ　江戸前でもなし
宇江佐真理　アラミスと呼ばれた女
上野哲也　ニライカナイの空で
魚住昭　渡邉恒雄　メディアと権力
魚住昭　野中広務　差別と権力
氏家幹人　江戸老人旗本夜話
氏家幹人　江戸の性談〈男たちの秘密〉
氏家幹人　江戸の怪奇譚
内田春菊　八ツ堀喰い物物語
内田春菊　愛ほんとに建つのかな
魚住直子　非・バランス

講談社文庫　目録

2010年9月15日現在